WATERKOUD

A.M. OLLIKAINEN

WATER KOUD

Vertaling Annemarie Raas

HarperCollins

Dit werk is uitgegeven met de financiële steun van FILI – Finnish Literature Exchange
FILI FINNISH LITERATURE EXCHANGE

MIX
Paper from responsible sources
FSC® C021394
FSC www.fsc.org

Voor het papieren boek is papier gebruikt dat onafhankelijk is gecertificeerd door FSC®
om verantwoord bosbeheer te waarborgen.
Kijk voor meer informatie op www.harpercollins.co.uk/green.

HarperCollins is een imprint van Uitgeverij HarperCollins Holland, Amsterdam.

Oorspronkelijke titel: *Kontti*

Vertaling: Annemarie Raas
Omslagontwerp: Harvey Macaulay (Imperiet)
Omslagbeeld: © Shutterstock
Zetwerk: ZetSpiegel B.V., Best
Druk: ScandBook UAB, Lithuania, met gebruik van 100% groene stroom

ISBN 978 94 027 1055 7
ISBN 978 94 027 6615 8 (e-book)
NUR 305
Eerste druk september 2022

Originele uitgave verschenen bij Otava Publishers, 2021.
Dutch edition published by agreement with Aki Ollikainen, Milla Ollikainen and Elina Ahlback Literary Agency, Helsinki, Finland.

HarperCollins Holland is een divisie van Harlequin Enterprises ULC.

www.harpercollins.nl

JANUARI

De ochtendzon hangt trillend in de van uitlaatgassen vergeven lucht en verspreidt een viezig geel licht in de buitenwijk. Hij duwt de onverzorgde man de hoek van het winkelcentrum om, de hoofdstraat in.

De man gaat veel te licht gekleed voor het bijtend koude vriesweer. Op de gekreukte, asgrijze colbert en de broek, waarvan de vouwen al lang niet meer geperst zijn, zitten grotere en kleinere vlekken; over de oorsprong daarvan wil je niet al te zeer nadenken. Zelfs een oplettende voorbijganger zal niet kunnen raden dat het pak, waar zelfs de kringloopwinkel zijn neus waarschijnlijk voor ophaalt, enige tijd geleden nog een bedrag van vier cijfers heeft gekost.

De man strompelt rond in de nevelwolk, die langzaam om hem heen optrekt. Hij beseft dat hij in een hem onbekende straat loopt. Heel even beseft hij ook niet veel meer dan dat. Hij heeft de mist zijn hoofd binnengezogen, waar voor gedachten pas ruimte is wanneer de nevel samen met de zware lucht die hij uitademt in de vrieskou verdampt.

Het eerste wat er in hem opkomt zijn de dingen die hij niet weet: waar hij is, waar hij vandaan komt, hoelang hij al rondloopt – hij weet zelfs niet zeker wie hij is. De omgeving wil maar geen vaste vorm aannemen, ze maakt golvende en zwaaiende bewegingen. Net alsof een camera die in de autofocusstand staat er geen vast punt in kan vinden.

De man leunt tegen de koude etalageruit van een supermarkt. Een walgelijke geur, een mengelmoes van urine, maagzuur en alcohol, dringt zijn neus binnen. In het raam ziet hij hoe het spiegelbeeld zijn handpalm tegen zijn eigen ontblote handpalm gedrukt houdt. Maar het spiegelbeeld lijkt niet op dat van hemzelf.

De figuur in het raam heeft weliswaar zijn gelaatstrekken, maar het wit van de ogen die tussen de opgezwollen oogleden door piepen is roodachtig, alsof er glassplinters in zijn gewreven. Op het hoofd van het spiegelbeeld zit een muts met reclame voor een bank die tientallen jaren geleden is omgevallen.

Hij was wakker geworden op een zitbank in een sjofele tweekamerwoning. Door de op een kier staande slaapkamerdeur klonken onbestemde geluiden die lichaamsfuncties verrieden. In het tweepersoonsbed lagen twee mensen te slapen die de man niet kende. Mensen uit de verkeerde sociale klasse. Tussen de lege flessen op de keukentafel vond hij een slechts voor de helft leeggedronken fles Suomi Viina-brandewijn; hij nam een flinke teug en stopte de fles toen in zijn jaszak.

Toen hij begon met drinken, nuttigde hij calvados, XO-cognac en rokerige whisky's. Maar dat is alweer enige tijd geleden – dagen, misschien weken. Zijn tijdsbesef vertroebelde naarmate de drank helderder van kleur werd. Afgaande op zijn stoppelbaard duurt deze zuippartij nu al een dag of negen.

De hand waarmee hij tegen het raam leunt is rood van de vrieskou. Zijn knokkels zijn gezwollen en weigeren te scharnieren, zelfs als hij al zijn wilskracht daarop richt. Ineens merkt hij hoe koud hij het heeft. Dat is ook geen wonder, aangezien hij zijn jas daarnet in een vuilnisbak heeft gepropt, nadat een slecht gerichte straal urine de jaspanden had besproeid.

De man probeert contact te krijgen met voorbijgangers, om hulp te vragen, maar beseft ook zelf al snel dat er geen begrijpelijke woorden uit zijn mond komen, laat staan een hele zin. Hij ziet mensen bij een bushalte en wil daarnaartoe lopen, maar zijn benen lijken hem niet te gehoorzamen. Ze voeren hem naar opzij, gaan dan elk een andere kant op en uiteindelijk, als hij al bijna bij het bushokje is, laten ze hem vallen, op zijn knieën.

Hij krijgt bloemen aangereikt. Ze hebben veel te veel verschillende kleuren, en daardoor oogt het boeket schreeuwerig. Dat is nogal beledigend, want hij heeft oog voor het esthetische. Desondanks mompelt hij glimlachend een dankjewel tegen de jonge, in mantelpak gestoken vrouw. Hij legt het boeket op het spreekgestoelte, buigt zich voorover naar de microfoon maar houdt zijn blik op het publiek gericht en spreekt het toverwoord uit: compassie.

De mensen bij de bushalte zetten een stap achteruit. Ze kijken geconcentreerd een andere kant op, en een geruisloze zucht van opluchting hangt in de lucht als de lokale bus hen eindelijk oppikt.

Ik ben Hannes Lehmusoja, herinnert de man zich ineens. Ik ben een succesvolle zakenman, een internationale weldoener. Mecenas van moderne kunst. Op datzelfde moment verliest hij de controle over zijn sluitspier, en hij voelt hoe er dik, warm vocht tussen zijn billen door vloeit. Daardoor weet hij eindelijk het eerste verstaanbare woord uit zijn mond te persen: godverdomme.

Hannes ziet aan de overkant van de straat een parkje. Hij verzamelt zijn krachten en komt moeizaam overeind. Hij laat zijn handen op zijn dijen rusten, en in die houding begint hij de straat over te steken.

Midden op de rijstrook blijft hij staan. Zijn zintuigen worden iets helderder. Hij hoort het piepen van remmen. Een vrachtwagen komt op twee meter afstand van hem tot stilstand. Hij kijkt naar het Volvo-embleem op de voorkant van de truck. Ik heb ook een Volvo, denkt Hannes. Hij weet zijn handen van zijn dijbenen los te maken, recht zijn rug en loopt slenterend verder. Wanneer hij de rijstrook ernaast op loopt, zoeft er iets aan hem voorbij, een auto, natuurlijk is dat een auto, en die scheert rakelings langs hem heen, hij voelt de luchtstroom door de dunne stof van zijn overhemd vegen. Iemand claxonneert; het is de vrachtwagenchauffeur, die het daar niet bij laat maar ook zijn raampje opendraait, zijn bovenlichaam naar buiten steekt en begint te schreeuwen. Hannes kan niet horen wat hij zegt. Hij wankelt voorwaarts, struikelt bijna over de stoeprand, blijft als door een wonder overeind en zet koers naar het parkbankje, waar hij zich op zijn zij laat vallen.

Compassie. En dan nog een toverwoord, het tweelingzusje van compassie: *solidariteit.*

Het is belangrijk om tijdens een speech het oogcontact te bewaren, om je woorden op iemand in het publiek te richten. Zo behoudt de speech een gevoel van intimiteit. Zo creëer je de indruk dat je niet op algemeen niveau tegen een grote menigte staat te praten, maar tegen iedere aanwezige persoonlijk. Je kunt je een paar keer op een andere persoon richten, maar niet te vaak.

Ik heb vaak horen beweren dat men alleen voor een beperkte groep mensen echte solidariteit kan voelen.

Hannes gebruikt niet graag het onpersoonlijke 'men'; deze hier ontglipte hem. Een stijlfout. Hij pauzeert en kijkt de toehoorder diep in de ogen. Die staren hem angstig aan, onder een strak vastgebonden bontmuts. Het gezicht van een kind. Het kind zet een stap achteruit.

Iemand port voorzichtig tegen zijn schouder.

'Is alles in orde? Moet er een ambulance komen?'

Hannes heft zijn hand op. Daarmee wil hij de toehoorders duidelijk maken dat de onderbreking weloverwogen is, dat hij niet de draad kwijt is.

'Ik word… opgehaald.'

'Weet u dat zeker?'

'Slechts een korte pauze.'

De vrouw en het kind vervolgen hun weg. Ze werpen tijdens het lopen een blik over hun schouder. De vrouw heeft een telefoon uit haar tas gepakt, maar stopt die dan weer weg.

Hannes kijkt hen na. De pauze houdt aan, hij moet snel terug naar zijn toespraak. Had hij het daarnet koud? Nu niet meer. Hij wil nu alleen maar zitten, hier. Hij moet een speech houden, het interdisciplinaire kunstproject 'Compassie' lanceren, dat door de stichting die zijn naam draagt wordt gefinancierd. Hij vangt een nieuw stel ogen op in de menigte.

Waar kunnen we de grens voor solidariteit trekken? vraagt Hannes aan een eekhoorn in wintervacht. *Bij het gezin? De naaste omgeving? Stopt die bij de staatsgrenzen? Kan zuivere beleving van solidariteit alleen gericht zijn op mensen als wijzelf, op degenen met wie we ons kunnen identificeren? Houdt solidariteit op bij zee, op het strand? Zouden uitgerekend wij Finnen, alleen al op basis van onze geschiedenis, niet moeten weten dat wateren ons niet van elkaar scheiden maar juist de verbinding vormen tussen groepen mensen die op grote afstand van elkaar wonen?*

De eekhoorn houdt zijn hoofd schuin, en Hannes doet instinctmatig hetzelfde.

Is de kleinste gemene deler niet al toereikend als uitgangspunt voor compassie? Het feit dat we, ongeacht onze nationaliteit, huidskleur, leeftijd en sekse, allemaal mensen zijn? Jij en ik, we lijken op elkaar, zegt Hannes terwijl hij de eekhoorn diep in de donkere ogen kijkt. Het dier schrikt, springt op een sneeuwbank en hupt dan over de sneeuw naar een met rijp bedekte berk.

Hannes kijkt de eekhoorn na. Hij ziet het smalle paadje dat langs diezelfde berk voert. Hij staat op en gaat achter de eekhoorn aan. Hij komt langs een rozenstruik waarop de sneeuw zodanig ligt samengepakt dat het geheel aan een grote bloemkool doet denken.

Hij heeft het totaal niet koud meer. Integendeel, hij heeft het warm, hij voelt zich goed. Hij houdt van het klimaat aan deze kant van de evenaar. Hij houdt daar al van sinds de eerste keer dat hij er is geweest. Alle keren dat hij elders verbleef heeft hij ernaar verlangd hier terug te keren.

De kleine aap die hij achtervolgde zit op een tak van een acacia en observeert hem nieuwsgierig. Hannes gaat in de schaduw van de struik zitten. Dit is zijn geestelijke thuis, het landschap van zijn ziel. De diepblauwe lucht, de stapelwolken die boven de zuidelijke Atlantische Oceaan zijn ontstaan en die traag vanaf zee naar de savanne zwerven. Het vlakke landschap, her en der mooie acaciabomen. Hij zou nu graag een antilope in de schaduw daarvan zien lopen.

Hannes kijkt naar de lucht. De zon, die daarnet nog bleek trillend werd bedekt door een merkwaardige sluier, heeft nu duidelijke contouren en een okergele kleur. Zijn licht verblindt Hannes.

Hij wordt de antilope in het landschap gewaar.

Het dier nadert hem.

Hij ziet het niet maar voelt zijn aanwezigheid heel duidelijk. Uiteindelijk tekent de kop van het dier zich af. Die is zwart-wit, maar dan ziet Hannes dat de vacht heeft losgelaten.

Het witte is bot, en vanuit de schedel van de antilope staren grote, zwarte eekhoornogen hem aan.

MEI

De rechtszaak begon om negen uur, de ochtend na de Dag van de Arbeid. Toch leek geen van de aanwezigen in de rechtszaal een kater te hebben na de feestelijkheden van de voorgaande dag. De lente was laat, had ook hier op zich laten wachten, en de stad begon er dag na dag treuriger uit te zien, beledigd zelfs, vergeten door het voorjaar. Op bewolkte dagen oogden de gebouwen met hun prefabfaçades zwaarmoedig, als het gezicht van een arbeider die terugkeert van cao-onderhandelingen.

Op de avond vóór 1 mei was er, nadat de zon heel even verraderlijk tevoorschijn was gekomen, natte sneeuw gevallen, en op de daaropvolgende vrije dag waren de weersomstandigheden al niet veel beter geweest. Dat was het soort feestdagen waar het gezag van hield.

Of althans de gezagdragers die moesten werken die dag.

Een jonge agent die bij de deur stond had zijn duimen in de broekzakken van zijn uniform gestoken. De deur was dicht en de enige fotograaf die was komen opdagen was uit de zaal verwijderd. De jonge gedaagde zat met gebogen hoofd tegenover de rechter, een halve meter lager aan een tafel vooraan; hij had zijn capuchon voor zijn gezicht getrokken.

De rechter was een vrouw van middelbare leeftijd die haar gelaatsuitdrukking net zo nauwkeurig in bedwang hield als het knotje haar dat in haar nek was samengebonden. Een vrouw in haar positie kon zich geen meelevende blikken permitteren.

De capuchon van de gedaagde viel tot over diens neus, maar dat het om een jonge jongen ging, zag je al met een blik op zijn kaak, die bleek en bijna helemaal glad was.

Tijdens de rechtszaak waren er geen verrassingen te verwachten, voor niemand. Het ging om een misdrijf tegen het leven, een zaak die nauwelijks enige interesse zou wekken, die op geen enkele manier bijzonder was – doodslag van het type dertien in een dozijn, een zaak die niets bevatte waar de boulevardbladen een hele pagina aan zouden wijden of waarover in realtime getwitterd zou worden.

Achter in de zaal zaten de misdaadverslaggever van de provinciale krant en een assistent van een van de boulevardbladen, die beiden uit hoofde van hun beroep geïnteresseerd keken. Het vonnis zou hoogstens twee kolommen krijgen, de rechtszaak hoogstens twee dagen duren.

De gedaagde had geen bekentenis afgelegd; volgens zijn verklaring kon hij zich niets herinneren van het tijdstip waarop het misdrijf had plaatsgevonden, ook kon hij niet bewijzen dat hij elders was geweest op dat moment. Het slachtoffer was een kleine crimineel, bekend bij de politie, verschillende malen veroordeeld voor drugscriminaliteit. Volgens de aanklager had de jongeman die zich onder de capuchon verborg het slachtoffer doodgestoken om diens amfetamine te stelen, die de politie later in het borstzakje van de gedaagde had aangetroffen. Het mes was op de plaats delict, de huurwoning van het slachtoffer, gevonden met de vingerafdrukken van de gedaagde erop; bovendien had die bij zijn arrestatie kleren gedragen waarop bloed van het slachtoffer was ontdekt.

Voor het vinden van de dader had men geen enkele moeite hoeven te doen, aangezien die bijna bewusteloos in de slaapkamer van het slachtoffer had gelegen. Het slachtoffer zelf had nog kans gezien het alarmnummer te bellen nadat hij op de vloer van de woonkamer ineengezakt was, maar hij was overleden voordat er hulp arriveerde.

Ineens zette de gedaagde zijn capuchon af, alsof iemand hem had opgedragen zijn hoofd te ontbloten en zich voor het gerecht onderdanig te tonen. De ogen die daaronder tevoorschijn kwamen waren die van een kind dat op kattenkwaad was betrapt, maar dat zich nog te veel schaamde om zijn daad op te biechten, hoewel het wist dat de grote mensen het wisten.

In het spaarzame publiek bevond zich niemand die de vader, moeder of vriendin van de moordenaar leek te zijn. De voormalige vriendin van het slachtoffer was daarentegen al eens eerder in de rechtszaal geweest, toen het slachtoffer zelf nog op de plek van de verweerder had gezeten. Een meisje dat verliefd was op een *bad boy*, dat uit alle macht had geprobeerd haar jeugdliefde tot een deugdelijke vader om te vormen voor hun twee kinderen, die nu in de basisschoolleeftijd waren. Toen haar krachten ontoereikend waren gebleken voor de onmogelijke taak waarvoor ze gesteld was, had ze voor de eenvoudiger weg van alleenstaande moeder gekozen, maar ze had er wel voor gezorgd dat de relatie met haar ex goed bleef, zodat de kinderen een vader zouden hebben.

Dat was nu voorbij. Hun vader was alleen nog maar een naam op een steen in een hoek van het kerkhof, waar hij twee weken eerder was begraven.

Naast de ex-vriendin zat de zus van het slachtoffer; de vrouwen hielden elkaars hand vast. Hun ogen waren rood van het huilen. De kinderen van het slachtoffer waren gelukkig niet meegenomen naar de rechtszaal, en ook zijn moeder was niet aanwezig.

Moeders van slachtoffers herkende je altijd meteen; het verdriet had hun vlees aangevreten en donkere schaduwen achtergelaten onder hun ogen, schaduwen die mogelijk nooit meer zouden verdwijnen. Ook drugsverslaafden hadden meestal nabestaanden, iemand die hen voor altijd zou missen.

De zon gluurde door de bovenramen in een zijwand van de zaal naar binnen en wierp via de plafondlampen op ruimteschepen lijkende schaduwen op de panelen van de tegenoverliggende muur. Alles leek ineens anders, ook de mensen, alsof het licht hun het teken had gegeven waar ze al heel lang op wachtten.

Links achter in de zaal zat een vrouw met een grote, goedkoop uitziende zonnebril voor haar ogen. Ze zat ineengedoken, alsof ze onopgemerkt wilde blijven. Haar zwarte bobkapsel was veel te dik en te glad om echt te kunnen zijn. Ook de pruik oogde goedkoop, als iets wat je in een seksshop koopt. Ze zat volkomen roerloos, en aan de houding van haar hoofd kon je niet zien waar ze naar keek.

De rechter wierp een blik op de papieren die voor haar lagen en sloeg met de hamer op de tafel. De jonge aanklager had alvast een officieel gezicht opgezet; nog even en het was zijn beurt om te praten.

De vrouw met de pruik schrok op van de klap met de hamer. Ze had haar ogen dicht gehad vanaf het moment dat de fotograaf, een man van middelbare leeftijd met een buikje, met zijn werk was begonnen. Ze had naar het zachte klikken van de camera geluisterd, dat in de rechtszaal altijd hetzelfde klonk, als een hagelbui waar de gedaagden zonder enige vorm van bescherming doorheen moesten.

Ze zat schuin achter de gedaagde en zag diens donkergrijze hoody en het neergebogen hoofd; onder de capuchon piepten haren vandaan die de kleur hadden van een snelweg na een regenbui. De handen van de jongeman rustten op de tafel; toen ging de rechterhand omhoog en trok hij de capuchon weer over zijn hoofd. De vrouw ving een glimp op van een blauwachtige tatoeage die onder de mouw verborgen zat. Maar de huid van de handrug was schoon en glad.

De aanklager begon aan zijn betoog, de vrouw luisterde ernaar als naar een predikant tijdens een begrafenis: zonder dat de woorden tot haar doordrongen. Met uitzondering van haarzelf en het schepsel met de capuchon was iedereen in deze zaal een buitenstaander, bezig een ritueel uit te voeren, gewoon aan het werk, of een rouwende voor wie de omstandigheden ook zwaar waren, maar op een andere manier dan voor haar en de jongen met de capuchon. De rechtszaal was naar goed Fins gebruik onopgesmukt maar op een stilzwijgende manier ook deftig, een beetje als een parochiehuis, en de ritueeluitvoerders praatten altijd beheerst, ook als er sprake was van een bijzonder wreed of grotesk of misselijkmakend misdrijf. Op die manier werd alles bijeengehouden; het kwaad werd in rekken geplaatst en vervolgens gearchiveerd. Persoonlijke tragedies werden in de rechtszaal teruggebracht tot kwesties als alle andere, tot taken die onder werktijd worden uitgevoerd.

De hoofdhuid van de vrouw begon te jeuken, maar ze durfde niet te krabben. Haar lange, dikke haren broeiden onder de zwarte pruik. Ze wist dat die er belachelijk uitzag, maar ze wilde geen enkel risico lopen herkend te worden. Of misschien had ze gewoon in iemand anders willen veranderen, zodat alles wat zo'n zware last vormde haar niet onder de huid zou kruipen.

En toch kon ze het niet laten aanwezig te zijn.

Ze keek opnieuw schuin van achteren naar de gladde handrug, stelde zich die kleiner en molliger voor, stelde zich die in haar eigen hand voor, warm, zacht. Precies zoals ze zich herinnerde.

Dat was eenentwintig jaar geleden.

Ze besefte dat ze deze zaal als een ander mens zou verlaten.

DEEL I

1

Waar ben ik?

De vraag kwam al in haar op voordat ze zelfs maar haar ogen had geopend, op de grens van slapen en waken.

Eigenlijk was het meer een gevoel dan een vraag, alsof ze erin was geslaagd iets akeligs uit haar gedachten te verdrijven, maar dat het gevoel er nog was.

Ze liet zichzelf langzaam maar zeker bewust worden van haar omgeving en ademde traag door haar neus. Eerst was het volkomen stil. Vervolgens meende ze het geluid van meeuwen te horen, dat tegelijkertijd van dichtbij en veraf kwam, alsof het uit een andere wereld afkomstig was. Ze kon de vogels slechts met moeite horen en wist niet zeker of het misschien allemaal verbeelding was.

Ze opende haar ogen. De angst bonkte in haar maag, instinctief.

Het was volkomen donker.

Ze hield een hand voor haar ogen, bewoog die heen en weer en spande zich in om de beweging, de figuur te zien die haar hand zou kunnen zijn. Ze tilde haar hoofd op van de ondergrond. Dat was een soort matras; een kussen was er niet.

Tot nu toe was het in dit land onnatuurlijk licht geweest, vond ze, en nu was het onnatuurlijk donker. Was het nacht of dag? Heel even was ze bang dat ze blind was geworden, maar ze besefte al snel dat ze naar de duisternis keek. Die dreef voor haar ogen als een zee, diep en bodemloos.

Misschien sliep ze nog en droomde ze alleen maar dat ze wakker was. Dat soort dromen had ze soms; dromen waarin ze iets vreselijks en onherroepelijks had gedaan, iets wat zo verschrikkelijk was dat ze bij het ontwaken dacht dat het waargebeurd was – maar dan bleek ze in werkelijkheid alleen maar van de ene nachtmerrie in de andere te zijn beland. Die toestand werd altijd gevolgd door paniek en bewustwording, en uiteindelijk door het bevrijdende besef dat het allemaal maar een droom was geweest.

De vrouw drukte haar hoofd weer tegen de ondergrond en probeerde aan iets leuks te denken, iets wat haar gedachten zou afleiden van deze situatie, haar opnieuw in de droomwereld zou doen belanden waaruit ze wakker zou worden in haar bed, nadat de zonnestralen over de vloer naar haar toe waren gekropen en haar gezicht hadden bereikt. Maar van een veilige landing was geen sprake, en ze slaagde er niet in haar gedachten op iets anders te richten.

Dit was geen droom, ze was wakker.

Ze zocht met haar blik naar een vast punt in de duisternis, maar vergeefs. Er was geen bleke streep onder een deur, geen wekker met lichtgevende wijzers of een lampje van een telefoon.

Mijn telefoon, waar is die?

Voorzichtig bevoelde ze zichzelf. Ze lag op haar rug en had al haar kleren nog aan, een dunne blouse, daaronder een hemdje, een spijkerbroek en stoffen schoenen zonder sokken.

De telefoon zou in haar handtas moeten zitten, in een klein leren zakje dat daarnaast net genoeg plaats bood voor een piepklein beursje en sigaretten. Ze bevoelde de ondergrond om zich heen. Ze lag op een smalle, eenpersoonsmatras en haar hand raakte al snel de vloer.

De vloer voelde vreemd aan, te koel. De merkwaardige mengeling van koelte en mufheid was sowieso beklemmend. Ze liet haar handen verder van zich af glijden, testte toen de vloer aan de andere kant van de matras. De vloer was niet van beton, zoals ze in eerste instantie had gedacht, maar eerder metaalachtig, met een verflaag die onregelmatig was afgebladderd.

Haar tas lag links noch rechts van de matras. Om haar heen was alleen dat akelig aanvoelende oppervlak te bespeuren, klam en op een of andere manier smerig.

De vrouw was nu klaarwakker. Ze voelde tintelingen in haar borstkas, en het leek of haar keel werd dichtgesnoerd. Haar ogen waren totaal niet aan de duisternis gewend, geen enkel voorwerp begon langzaam maar zeker vorm te krijgen. Er kwam gewoon nergens licht vandaan in deze kamer. Bevond ze zich in een kelder?

Ze probeerde gelijkmatiger te gaan ademen en terug te denken aan het laatste wat ze zich herinnerde voordat ze wakker werd.

Een ontmoeting in een schaduwrijk hoekje van het park.

Alle woorden die werden gezegd – en alle foto's die werden getoond. De vrouw nam ze in gedachten door. Ze kon zich iedere foto nauwkeurig herinneren.

Ze herinnerde zich de opluchting, en de gigantische vermoeidheid die daarop volgde.

De dankbaarheid waarmee ze het flesje water had aangenomen.

Dat was helemaal vol geweest, maar ook ongeopend?

Ze had naar haar moeder moeten luisteren. Als je te ver weg gaat, weet je ook zelf niet meer wie je bent.

Dan ben je los, als een astronaut die tijdens een ruimtewandeling te ver van het moederschip is beland.

Can you hear me, major Tom?

Waarom moest ze uitgerekend nu aan dat nummer denken? Hoe dan ook, het gaf haar nieuwe kracht.

Misschien zag ze alleen maar spoken op klaarlichte dag. Misschien was ze alleen maar flauwgevallen en was ze ergens op een rustig plekje neergelegd om even te rusten.

Ze ging moeizaam overeind zitten en dreigde bijna tegelijkertijd het bewustzijn te verliezen. Het flitste achter haar ogen, ze voelde akelige steken in haar hoofd, alsof iemand schermbewegingen aan het oefenen was in haar hersenen. De vrouw hapte naar adem in het donker.

Het was geen normale hoofdpijn, dat besefte ze meteen, helder. De paniek drong door haar bewustzijn heen, ze kroop overeind en wuifde met haar hand in de duisternis, zette een paar strompelende passen tot haar voet buiten de matras belandde.

Toem.

Ze verstijfde van schrik en probeerde te begrijpen wat het doffe geluid te betekenen had.

Ze trapte met dezelfde voet nog een keer op de vloer, duidelijk harder nu.

Toem.

Toem toem toem.

2

Toem toem toem.

Toem toem toem toem.

De echo van de laatste knal viel uiteen in de lucht terwijl de bal in Paula's hand rustte, in de kom die de vingers van haar rechterhand vormden.

De linkerhand ging omhoog om de bal van de zijkant te ondersteunen. Dan een kort knicksje, inspanning, de armen strekken, een zwieper met de pols en daarna de vingers voor wat backspin. Ze hoefde niet apart na te denken over de verschillende fasen van de worp; die waren in haar spiergeheugen getatoeëerd.

De bal ging in een driepunterboog door de lucht en plofte in het net zonder de ring te raken.

'Voltreffer,' zei De Beer die aan de kant zat en zijn schoenen dichtknoopte.

Alle anderen waren te laat. Of liever gezegd: alle anderen meenden dat ze op tijd waren als ze op het afgesproken tijdstip in de kleedkamer arriveerden.

'De training begint niet in de kleedkamer, maar op het veld,' had Paula een keer tegen Hartikainen gezegd.

Dat had er alleen maar toe geleid dat hij een herinnering aan zijn militaire dienst ophaalde die niet grappig was, eerder een zouteloze mop. Het was moeilijk voor te stellen dat hij vroeger ingewikkelde economische delicten had onderzocht.

Anderzijds was Hartikainen een goede speler, wat ze niet van al haar teamgenoten kon beweren. Paula was jaren geleden al gestopt met technische oefeningen houden en met haar pogingen haar collega's te coachen. De meesten van hen waren mannen die het haatten instructies te krijgen, meer nog dan ze het haatten door een vrouw vernederd te worden bij het sporten.

Paula haalde de bal met de trage, overdreven zware voetstappen van een basketballer en begaf zich naar de vrijeworplijn terwijl ze hem afwisselend met haar linker- en rechterhand liet stuiteren. Het gedreun van de bal weerkaatste in de raamloze, kale sportzaal, in het jaargetijdeloze licht van de tl-buizen dat kleuren flets maakte en mensen grauw.

Paula had bijna haar hele jeugd in dit soort zalen doorgebracht, onder verschillend getinte tl-buizen, in krappe gymzalen van vervallen plattelandsscholen. Tijdens toernooien werden die ingewisseld voor de sportruimtes van grote stedelijke scholen, waar je in eerste instantie geen idee had van de grootte van het veld omdat dat niet door muren werd afgebakend.

Hoewel het zonlicht niet tot in de zaal doordrong, kon de airconditioning niet verhullen dat het buiten ondraaglijk heet was. Dat was het al dagen, en de weersverwachting beloofde dat het de rest van de week nog zo zou blijven.

Een hete midzomer betekende een piek in de verdrinkingsstatistieken, mijmerde Paula terwijl ze zich op een nieuwe worp voorbereidde.

Toem toem toem.

Toem toem toem toem.

Zeven keer stuiteren voor de vrije worp. Zeven, altijd. Dat was een routine die Paula niet kon doorbreken, zo diep zat die in haar ruggenmerg.

Ze maakte een knicksje, spande zich in en strekte haar arm.

'Gwendoline!'

Dat was Hartikainen.

De schreeuw doorkliefde de lucht precies op het moment dat Paula de bal wilde loslaten. Hij zwiepte toen hij aan zijn vlucht begon, lichtjes maar voldoende, raakte de ring en sprong weg naar opzij.

'*Winter is coming*,' zei Paula; ze verborg haar irritatie en draaide zich om.

Hartikainen proestte het uit om die absurde repliek.

'Was het maar zo. Deze hitte is niet uit te houden. Hier kun je je tenminste nog even voor de brandende zon verbergen. Dat het maar snel moge regenen, totdat ik vakantie heb,' zei hij terwijl hij denkbeeldig zweet van zijn zongebruinde voorhoofd veegde.

Hij had Paula vernoemd naar een lange actrice uit zijn favoriete serie. Paula had daarop een poging gedaan *Game of Thrones* te kijken, maar kon zich niet laten meeslepen door de fantasyserie. Het was haar nooit duidelijk geworden hoe verzonnen werelden interessanter konden zijn dan de bestaande wereld. Zelfs de vreselijkste imaginaire wreedheid kon een mens niet op dezelfde manier raken als echt lijden, bestaand of potentieel, of dat nu feit of fictie was.

Na Hartikainen kwamen er nog meer spelers de zaal in, agenten van verschillende teams van de politie van Helsinki. Ditmaal waren het allemaal mannen, al zaten er naast Paula nog meer vrouwen in de groep.

Paula kende hen allemaal bij naam en kende ook van iedere speler de zwakke punten op het veld, wist wie snel was maar een belabberd balgevoel had, wie er altijd naar de basket wilde maar er niet in slaagde af te ronden, van wie je de bal kon afpakken als van een kind.

Als laatste kwam Aki Renko de kleedkamer uit. Paula begon bijna hardop te kreunen.

Renko was niet alleen een hopeloze speler, maar naar Paula's smaak ook veel te spraakzaam. Wat haar met name uit haar vel deed springen was het feit dat hij zelfs op het veld zijn mond vaak niet hield. En nu kwam hij rechtstreeks op haar afgelopen.

Ze draaide zich om en wilde de bal halen, maar iemand was haar voor geweest. De bal vloog met een boog over haar heen naar de andere kant van de zaal, regelrecht naar Hartikainen, die een driepunter scoorde.

'Goeie, Hartsu!' riep Paula.

'Mooi schot,' zei Renko. 'Ik heb nog nooit een driepunter geworpen.'

'Je meent 't. Nou ja, komt nog wel een keer,' reageerde Paula.

'Misschien kun jij me leren beter te werpen.'

'Misschien.'

'Aangezien we nu ook partners zijn.'

'Yep,' zei Paula, zonder meteen te beseffen wat Renko had gezegd. 'Ik bedoel, hè, wat?'

'Wij doen midzomer.'

'Wij tweeën?'

'Yep,' zei Renko.

Paula had er gewillig mee ingestemd met midzomer te werken, aangezien ze net was teruggekeerd van twee maanden verlof. Toen haar chef had gevraagd of zij de midzomerdienst kon draaien, had hij echter niets over Renko gezegd.

Renko leek te beseffen dat Paula niet in haar nopjes was met het nieuws. Dat leek hem echter niet te storen, en Paula stelde haar gelaatsuitdrukking bij, zo positief als ze kon.

'Wat leuk, tot ziens dan maar,' zei ze terwijl ze op een drafje op weg ging naar de andere kant van de zaal om de bal te halen die Hartikainen door het netje had gejaagd.

'Het is maar tijdelijk,' zei Renko achter haar; hij was Paula gevolgd. 'Omdat er zo weinig mensen zijn.'

Dat had Paula zelf ook al vermoed, aangezien ze beiden tot verschillende teams behoorden en nog nooit eerder samen hadden gerechercheerd.

'De kans is toch klein dat er met midzomer iets gebeurt,' vervolgde Renko. 'Het lijkt er wel op dat het mooi weer zal zijn, en de geüniformeerde politie zal genoeg te doen krijgen, maar het lijkt me sterk dat iemand in deze hitte een moord aan het uitbroeden is...'

Dacht hij soms dat ze met haar achterhoofd kon antwoorden, vroeg Paula zich af.

Het zweet begon uit haar poriën te stromen; het was daadwerkelijk heet in de zaal. Misschien was de airco kapot. Paula pakte de bal op en draaide zich om. Renko stond voor haar en schonk haar een brede glimlach.

'We spelen zwart tegen de rest,' riep ze over zijn hoofd heen.

Vijf van hen droegen een zwart shirt, vijf een andere kleur. Het was een zinnige indeling. Anderzijds kwam die haar ook goed van pas, want zij had een zwart T-shirt aan, terwijl Renko's shirt lichtblauw was.

'Vier tegen vier. Eentje als wissel,' deelde ze mee, en Renko slenterde gedwee naar de kant, waar hij op een bankje ging zitten.

'Mooi,' zei Paula instinctmatig. 'Ik bedoel, mooi, we beginnen! Zwart start in die richting. Man-tot-manverdediging, kies je spelers. Ik neem De Beer.'

De Beer had deel uitgemaakt van het Karhu-team – de bijzondere bijstandseenheid die als bijnaam 'het Berenteam' had – op het moment dat hij zich bij de basketbalgroep van Paula had gevoegd. Toen hij naar Moordzaken was overgeplaatst, had Hartikainen hem meteen de bijnaam De Beer gegeven.

Paula was nogal gecharmeerd van de man en had er hard haar best voor gedaan om hem naar Moordzaken te krijgen.

De Beer was bijna twee meter lang, oftewel een centimeter of tien langer dan Paula, maar toch slaagde hij erin nog groter te lijken dan hij in werkelijkheid was. Zijn bewegingen leken altijd weloverwogen. In reboundsituaties gingen zijn handen niet als eerste omhoog, maar dankzij zijn timing leek de bal toch altijd in zijn bezit te belanden.

Paula was content met het feit dat De Beer bij de tegenpartij hoorde. Daardoor bood het spel haar een uitdaging en zou ze oprecht blij kunnen zijn als ze wonnen.

Hartikainen droeg een zwart shirt en gooide Paula de bal toe. Paula liep naar voren en gooide de bal terug, waarop Hartikainen hem opbracht. Paula trok een sprintje, passeerde Hartikainen en spurtte naar de basket. De pass landde op exact de juiste plek; Paula hoefde de bal alleen maar in het netje te leggen.

'Bedankt!' riep ze naar Hartikainen terwijl ze zich naar de verdediging haastte. De Beer bracht de bal snel over de middenlijn, Paula wachtte hem op. De Beer passte naar de zijlijn en dook zelf de andere richting op, Paula zat hem op de hielen, hield haar ogen op de bal gericht en hechtte zich aan De Beer, probeerde zijn bewegingen te voorspellen.

Ze voelde hoe haar lichaam functioneerde, hoe ver het reikte. Het spiergeheugen ging terug tot het moment na de groeispurt waarop ze weer controle begon te krijgen over haar lichaam, het moment waarop ze helemaal rechtop durfde te gaan staan, haar armen en benen durfde te strekken. Ineens voelde haar uitgerekte lichaam, dat voor een meisje excentriek lang was, niet langer als de vijand, maar krachtig en van haarzelf. Daarna vergat ze alle ongemak wanneer ze speelde, ze vroeg zich geen moment af hoe ze eruitzag, en alles om haar heen verdween, verleden en toekomst. Daar had ze een sterke behoefte aan, hoewel ze al jong haar sportieve carrière had moeten opgeven.

De Beer probeerde haar te passeren met een schijnbeweging. Paula zag die aankomen en wist voor hem te belanden. De Beer struikelde over zijn eigen benen, wankelde en grimaste; hij viel gelukkig niet. De pass knalde tegen de achtermuur.

'Wisselen!' riep hij, en hij ging op weg naar het bankje terwijl hij zijn been vasthield.

Zijn plaats werd ingenomen door Renko, zodat Paula nu hem moest verdedigen, en waarschijnlijk moest hij hetzelfde doen met haar. Zo keek hij tenminste terwijl hij naast Paula bleef staan dralen. Hij deed echter totaal geen poging te verhinderen dat Paula Hartikainens pass aannam, maar trok zich in plaats daarvan maar al te graag terug achter de middenlijn. Wat Renko betreft begon het spel pas op zijn eigen helft; waarschijnlijk vond hij het onbeleefd de tegenstander te verhinderen tot daar te komen.

Paula stuiterde met de bal en Renko stond op anderhalve meter afstand met zijn armen te zwaaien alsof hij tijdens het peutergymmen een in de wind zwiepende boom wilde uitbeelden.

Paula had een natuurlijk vermogen het spel te leiden. Ze hoefde geen instructies naar de anderen te brullen maar kon hen met kleine gebaren de dingen op haar manier laten doen. Daar had ze al van gedroomd toen ze nog bij de junioren trainde, en tot haar vreugde en verbazing had ze gemerkt dat het ook in dit hobbygroepje van agenten zo werkte.

Hartikainen ontkwam aan zijn eigen verdediger en zette een block voor Renko. Paula kon erlangs en passte de bal naar een agent onder de basket, wiens schot op de ring bleef hangen. De agent wist echter de rebound te bemachtigen en passte terug naar Paula.

Renko verscheen weer voor haar neus. Ditmaal had hij veel weg van een trillende struik. Paula was van plan naar de basket te gaan, maakte een kleine schijnbeweging naar rechts en probeerde toen links langs Renko te komen. Die had echter niet het benul op de schijnbeweging te reageren en liep geheel per ongeluk de juiste kant op. Hij sloeg de bal uit Paula's handen. De klap trof haar vingers heel lichtjes. Hartikainen brulde 'Fout!' en Renko hief gehoorzaam zijn hand op.

Paula baalde ervan, ze had liever willen doorspelen. De klap op haar vingers stelde niets voor en ze had een voorkeur voor hard spel, waarbij op de grenzen van de regels werd gespeeld. Ze was zelfs bereid Renko te loven voor het feit dat hij haar had weten te verrassen.

Toen Renko de bal opgooide, gaf Paula hem met opzet de ruimte. Hij passte ruim op tijd, alsof hij wilde vermijden in een situatie te belanden waarin hij een snelle beslissing moest nemen en een poging tot iets moest doen. Toch belandde de bal even later opnieuw in zijn handen. Hij stond vlak bij de vrijeworplijn en kon geen vrije route voor een pass vinden.

Paula zag de paniek op zijn gezicht toen hij een schotpoging deed. De bal raakte het bord en stuiterde vervolgens door de ring en het net. Renko schreeuwde het uit.

Paula moest lachen. Ze herinnerde zich hoe endorfine ooit haar lichaam en geest tot een geheel had samengesmolten. Hoe fysieke uitputting in een genot veranderde. Maar het beste was altijd het moment waarop je tijdens een belangrijke wedstrijd zag dat je had gescoord. Dat tintelende gevoel ergens onder in je buik.

Maar nu ze ouder werd, was dat bijna verdwenen. Het enige wat er resteerde was een soort fantoompijn.

3

De vrouw schreeuwde het uit. Het gebrul weerkaatste en stuiterde in de driedimensionale duisternis tot het wegstierf, na een aantal keer tegen dezelfde onzichtbare muren te zijn gebotst.

Ze zette een paar stappen opzij, voorzichtig, want ze wilde dat holle geluid niet nog een keer horen. Toen stak ze haar hand uit, naar voren, en raakte een wand.

In eerste instantie was dat geruststellend: de ruimte kreeg dimensies, ze bevond zich niet in grenzeloze duisternis. Maar toen ze de wand betastte, begon de angst weer door te sijpelen. De wand voelde hetzelfde aan als de vloer. Metaal.

Ze volgde de wand met haar vingertoppen. Al snel stuitte ze op een hoek. Ze draaide een kwartslag en liep verder; de tweede hoek bevond zich op slechts vijf stappen afstand. Toen weer een kwartslag, ze liep sneller nu, er moest ergens een deur zijn, nog even en ze kon deze vreemde plek verlaten en alles zou opgehelderd worden.

Een hoek, een kwartslag naar rechts. Vrijwel meteen raakten haar vingers een soort naad in de wand.

Ze bewoog haar hand omhoog en omlaag over de naad, vervolgens over de wand naast de naad. Geen deurklink, niets. Ze vervolgde haar weg, misschien zat de deur toch in een andere wand. Ze betastte de wand met beide handen, vastbesloten en methodisch, over een zo groot mogelijk oppervlak. Het ging om een soort golfplaat.

Haar hand raakte opnieuw een naad. Ze betastte de wand eromheen, om vast te stellen dat ze alleen maar de hele ruimte was rondgegaan; het ging om een en dezelfde naad en er was nog steeds niets te vinden om de deur mee te openen.

Ze probeerde een logische verklaring te bedenken voor haar bevindingen.

Een dreunende vloer.

Wanden van golfplaat.

Een deur die niet van binnenuit kon worden geopend.

Een deur die niet kon worden geopend.

Was het niet vreselijk gevaarlijk haar ergens op te sluiten waar de deur niet van binnenuit kon worden geopend? Wie deed nou zoiets?

Als het een hete dag werd, zou ze al snel kunnen sterven van de dorst. Als een baby of een hond die in een auto is achtergelaten…

Of als vluchtelingen die in een vrachtcontainer zijn gestopt.

Het was zo'n onvoorstelbare gedachte dat het even duurde voordat die haar bewustzijn bereikte.

Ik zit in een container.

Iemand had haar in een metalen doos opgesloten.

Voorzichtig zette ze een paar stappen achteruit. Ze raakte de matras, ging zitten om na te denken en probeerde uit alle macht haar paniek te onderdrukken.

Here am I, sitting in a tin can.

Was ze gekidnapt? Zou ze naar een of ander vreemd land worden gebracht en als hoer worden verkocht, achter slot en grendel worden gehouden en uiteindelijk vermoord worden?

Haar hoofd dreunde, en ze begon misselijk te worden. Haar geest probeerde wanhopig prettigere verklaringen voor de situatie te bedenken.

Aan de buitenkant bonkte iets tegen de wand.

De vrouw sprong overeind en luisterde. Nog een dreun, nu dichter bij de deur.

Als het de ontvoerder was, kon ze maar beter in een hoekje bij de deur gaan staan, zich zo stil mogelijk houden en wachten tot die openging. Maar stel dat het een buitenstaander was, stel dat ze op een haventerrein met honderden containers stond en dat dit haar enige mogelijkheid was om uit haar gevangenis te komen?

Het verlangen om naar buiten te gaan werd ondraaglijk, vertroebelde geheel haar oordeelsvermogen. Ze begon op de wand naast de deur te bonken en brulde. Het was meer een geloei dan woorden, ze wilde alleen maar weg hier, naar buiten, naar het licht.

Ze wilde de zon, dezelfde zon die thuis scheen, al deed die dat heel anders daar.

Boven haar geloei uit hoorde ze ergens beneden zich een metaalachtige klank. Vervolgens stroomde er licht naar binnen. Tastend bewoog de vrouw zich erheen. Beneden, bijna in de hoek, zat een soort luik. Ze liet zich op haar knieën vallen en keek naar het gat, het was klein en rond. Ze duwde haar gezicht er bijna tegenaan, en hoewel het licht pijn deed aan haar ogen, maakte het een onbeteugelde hoop in haar wakker. Ze brulde opnieuw, duidelijker nu: 'Hier is iemand, *human*, doe de deur open, ik wil naar buiten, hier is iemand!'

Ineens verdween het licht weer. Het gat was dicht. Heel even zag de vrouw niets meer, en in paniek stak ze haar hand uit naar het luik. Haar vingers stuitten op iets ronds van metaal wat door het gat naar binnen kwam. Het was het uiteinde van een buis, en terwijl ze dat besefte, begon er water uit te komen. Op volle kracht.

Ze krijste en dook zittend naar opzij. Het water bedekte de vloer onmiddellijk, haar schoenen en broek waren meteen doornat.

Het water was koud. En er kwam de hele tijd meer bij. Ze voelde hoe het rond haar dijen stroomde.

Er was maar één conclusie die ze op basis van die feiten kon trekken: nog even en ze zou sterven.

De container zou met water worden gevuld en wanneer hij vol was, zou zij dood zijn.

Nog even en ze zou in deze container drijven als een rat die per ongeluk in een fuik is beland.

Ze zou de zon nooit meer zien.

De zon niet, mama niet.

And I'm floating in a most peculiar way.
And the stars look very different today.

4

De zon lag zwaar op de schouders van de stad. Iedereen bewoog zich traag, als om ervoor te zorgen dat de hitte zich niet over je zou uitstorten en alles onder zich zou bedekken.

Aki Renko stond bij de bushalte te wachten. Hij droeg een korte jeansbroek met pijpen tot aan de knieën, sportschoenen en een zwart T-shirt met de tekst SYSTEM OF A DOWN.

Met zijn nogal wilde kapsel en zijn zonnebril oogde hij meer als iemand die voor overheidssteun in aanmerking kwam dan als een rechercheur.

'Was je op weg naar een feestje?' vroeg Paula toen Renko de auto in gleed nadat die ternauwernood tot stilstand was gekomen.

'In Parikkala hebben ze gisteren het warmterecord gebroken,' antwoordde hij.

Paula gaf gas terwijl ze koers zette naar de snelweg; haar mond was tot een strakke streep vertrokken, hoewel de informele outfit van haar collega haar in werkelijkheid volkomen koud liet. Ze merkte dat Renko naar haar keek. Waarschijnlijk vroeg hij zich af hoe serieus hij op haar commentaar moest reageren. Paula paste ervoor hem daarover opheldering te verschaffen, hield haar blik op de weg gericht en zette een pokergezicht op. Je moest types als Renko altijd een beetje op hun tenen laten lopen. Anders begonnen ze zich allerlei vrijheden te permitteren en de grenzen van op het werk betamelijk gedrag te overschrijden.

'Ik was met moeder de vrouw in de winkel toen je belde. Je zou gedwongen zijn geweest te wachten als ik eerst naar huis was gegaan om wat anders aan te trekken. Wat heb je liever, dat ik te laat ben of dat ik verkeerd gekleed ga?'

De vraag klonk zo oprecht dat Paula besloot genadig te zijn.

'Het is beter dat je op tijd bent,' zei ze.

Renko ontspande meteen, schoof de zonnebril naar zijn voorhoofd en strekte zijn benen.

'Toffe Saab heb je, deze worden niet meer gemaakt. Zonde dat de Zweden alles aan China hebben verkocht, hoewel ik niets tegen Chinezen heb, hoor. Of nou ja, ik heb meer tegen Zweden dan tegen Chinezen. Is dit een negen-vijf van de tweede generatie?'

'Meer dan tien jaar oud is-ie,' zei Paula ontwijkend, omdat ze het antwoord niet wist.

Auto's hadden haar nog nooit geïnteresseerd. Ze boeiden haar zo weinig dat ze zelfs niet de moeite nam een nieuwere te zoeken. Haar vader had de Saab voor een spotprijsje aan haar verkocht toen ze na haar laatste scheiding op zichzelf was gaan wonen.

'Wat heb je tegen de Zweden?' vroeg ze.

'Mats Sundin. Laatste minuut. De eerste ijshockeywedstrijd op tv die ik me kan herinneren. Pa huilde, ik was bang,' antwoordde Renko.

Paula lachte even. Ook zij had samen met haar vader ijshockey gekeken. Hij had echter tot het einde toe gezanikt dat het toch allemaal op niets zou uitdraaien, en was daarna sarcastisch en zelfingenomen geworden. Vergeet het maar. Ik zei het toch. Jaren later pas had hij gehuild, toen Finland won.

Het midzomerverkeer dat de stad uit reed, was al over zijn piek heen. Paula stuurde de auto bruusk over twee rijstroken heen naar de afrit van de snelweg, en van daaraf naar de ringweg in westelijke richting.

'Het lijk bevindt zich volgens de melding op een adres dat eigendom is van de Lehmus-stichting. Ken je die?' vroeg ze.

'Nope.'

'Googel effe.'

Renko haalde zijn telefoon uit een broekzak en opende de browser.

'De Lehmus-stichting is een non-profitorganisatie blablabla...' begon hij nadat hij de juiste website had gevonden. 'De stichting kent beurzen toe aan kunstenaars, aan research op het gebied van ontwikkelingslanden en aan internationale projecten. Ook verwezenlijkt de stichting haar eigen artistieke en maatschappelijke projecten,' las Renko voor van het scherm van zijn telefoon. 'We streven naar een betere wereld blabla–'

'Zou je die blabla's ook helemaal kunnen voorlezen?' onderbrak Paula hem.

'Oké, sorry. "We streven naar een betere wereld door te zorgen voor meer kennis en begrip betreffende ontwikkelingslanden en hun problemen, en de oorzaken van die problemen, en willen ook meehelpen aan de oplossing ervan." Ontwikkelingslanden,' herhaalde Renko langzaam. 'Ik heb dat altijd al een vreemd woord gevonden. Het drukt niet alleen uit dat men in die landen achterloopt in de ontwikkeling, maar dicteert ook van buitenaf dat ze moeten –'

'Wie is de oprichter van de stichting?' vroeg Paula ongeduldig.

'Momentje, contactgegevens... Voorzitter van het bestuur is Mai Rinne, de vicevoorzitter heet Elina Lehmusoja.'

'Lehmusoja? Die naam ken ik ergens van,' zei Paula.

'De Lehmus-stichting werd in het jaar 2000 opgericht door Hannes Lehmusoja. Hij wilde een deel van de winst van het Lehmus-concern gebruiken voor charitatieve doeleinden,' las Renko voor.

'Lehmusoja, Lehmus-concern, Lehmus-stichting,' somde Paula op. 'Zouden ze iets met lindebomen hebben? En het klinkt alsof alles om die familie draait.'

'Het is ook een familiebedrijf. De directeur is vandaag de dag iemand met de naam Juhana Lehmusoja. Zou dat een zoon van Hannes zijn?'

'Wat doet dat bedrijf?'

'Er is een link naar de website van het concern... Bouw en infastuctuur.'

'Infrastructuur.'

'Dat ja. Waarom is daar nog geen mooi alternatief woord voor gevonden? Dat krijgt niemand toch uit z'n mond, infrastructuur. Maar anderzijds, welk woord is nou geschikt om al die dingen mee aan te duiden waarmee en waarlangs je wat dan ook waarheen dan ook kunt verplaatsen: auto's, mensen, rioolwater, kennis, stroom, treinen, schepen, vrachtwagens, voedsel, spullen, en dan is er ook nog de sociale infrastuctuur...'

'Infrastructuur. Moet ik bij de volgende links afslaan?' vroeg Paula om Renko's monoloog te onderbreken.

Nadat ze de ringweg hadden verlaten, waren ze over een smalle, maar in goede conditie verkerende weg tussen de zonovergoten velden door geslingerd. Nu maakte de weg een scherpe bocht naar rechts, om vervolgens de schemering van een dichtbegroeid loofbos in te duiken. Het kruispunt vanwaar er een weggetje naar de villa van de Lehmus-stichting voerde, was nauwelijks zichtbaar; je zag het pas als je er al bijna was.

Op korte afstand van het kruispunt stond aan de andere kant van de weg een vrachtwagen met een lege oplegger geparkeerd. Hij blokkeerde de rijbaan bijna helemaal, en om erlangs te kunnen moest je van rijbaan wisselen zonder dat je kon zien of er een tegenligger aankwam.

‘Noteer het kenteken van dat ding daar,’ zei Paula tegen Renko, die in zijn telefoon verdiept was.

Renko schrok op, leunde voorover om het kenteken te kunnen zien en herhaalde dat hardop totdat hij het in zijn telefoon had opgeslagen.

‘Lindebomen!’ jubelde hij terwijl Paula moeizaam de zandweg op reed.

De weg werd inderdaad omzoomd door oude loofbomen met knobbelige stammen.

‘Weet je het zeker?’ vroeg Paula.

‘Weet ik wat zeker?’

‘Dat het lindebomen zijn?’

‘Vrij zeker,’ zei Renko, en hij duwde zijn gezicht bijna tegen de voorruit aan. ‘In het park moet je ervoor oppassen, omdat er luizenpoep afdruppelt.’

‘Ieuw, jasses,’ zei Paula sarcastisch.

‘Maar deze hier zijn al zo oud dat de patriarch ze onmogelijk zelf kan hebben geplant. Misschien stonden ze er al voordat de Lehmusoja’s zich hier settelden.’

Na de bocht was er nog een kort recht stuk weg te gaan tot de villa van de Lehmus-stichting. Aan het eind ervan was een groot wit houten huis te zien, met rechts ervan een stukje zee. De lindebomen die de weg omzoomden, hielden halverwege het rechte stuk al op, bij een metalen poort en een omheining. Daarachter ging de weg verder, dwars door een verzorgde tuin tot aan de hoofdingang van de villa, waarvoor zich een rond bloemperk bevond, waar je helemaal omheen kon rijden.

Voor de gesloten poort stond een blauwe zeecontainer te glinsteren in de zon. Daarachter was een politiebusje geparkeerd. Op een verbreed stuk naast de poort stonden een rode tweezitscabrio en een stevige zwarte SUV.

Paula parkeerde haar auto naast het politiebusje, met voldoende ruimte ertussen.

'Ik doe het woord,' zei ze tegen Renko voordat ze het portier opende.

Bij de poort, onder de laatste linde, stonden twee geüniformeerde agenten; de mannen hadden hun jassen uitgetrokken. In hun gezelschap bevond zich een man van een jaar of zestig in een blauwe overall.

'De luizenpoeppatrouille,' mompelde Renko achter Paula.

Dat toverde een glimlach op haar gezicht terwijl ze de jonge agenten en de man in de overall een hand gaf; de laatste vertelde dat hij de beheerder van het onroerend goed van de Lehmus-stichting was. Hij was die ochtend om tien uur gebeld, toen de Lehmusoja's bij de villa waren gearriveerd om midzomer te vieren.

Directeur Juhana Lehmusoja had vastgesteld dat de container eigendom was van het concern en had de beheerder opdracht gegeven het ding onmiddellijk weg te halen.

'Het lijk bevindt zich dus in de container,' lichtte een van de geüniformeerde agenten toe, en hij zei nadrukkelijk dat ze niets hadden aangeraakt. Behalve de beheerder waren alleen de ambulanceverpleegkundigen in de container geweest, en die hadden geconstateerd dat reanimatie zinloos was.

'Ik opende de deur omdat er iets naar buiten druppelde. Het kwam niet in me op dat-ie vol kon zitten met water,' legde de beheerder haastig uit.

'Vol met water,' herhaalde Renko langzaam. 'Waarom in vredesnaam?'

De overall van de beheerder was aan de voorkant doornat, vanaf diens middel naar beneden.

Paula hief haar hand op om iedereen het zwijgen op te leggen en verzamelde haar gedachten. 'Is de truck met oplegger daarginds op de kruising van u?' vroeg ze aan de beheerder.

'Ja. Of nou ja, van het bedrijf.'

'Oké. Geef de sleutels van de truck aan hem,' zei ze terwijl ze naar een van de agenten knikte. 'Zet hem ergens neer waar hij veiliger staat en loop dan terug hierheen,' kreeg die te horen. 'En jij, zet binnen een straal van vijf meter de omgeving rond de container af,' vervolgde ze tegen de andere agent. 'Zijn de Lehmusoja's verderop, in het huis?' vroeg ze aan de beheerder, die knikte.

'Ik neem aan dat ze op het strand zijn. Waarschijnlijk zijn ze nog helemaal niet op de hoogte van het lijk.'

'Des te beter. U mag zo meteen het hele verhaal van begin af aan vertellen. Renko...' Paula gebaarde hem dat hij de beheerder even apart moest nemen. Toen haalde ze een zaklamp uit haar auto en liep ze voorzichtig op de deur van de container af, die op een kier stond.

Voor de container was de weg nat, helemaal tot aan de andere kant van de poort; een eindje verderop had het water zich verzameld op een laaggelegen punt in het gazon, waar het een plas ter grootte van een pierenbadje vormde.

De container had dubbele deuren, waarvan er eentje van buitenaf was vergrendeld. Paula wierp door de andere deur een blik naar binnen, erop lettend niets aan te raken.

Het lijk lag achter in de container. De ambulanceverpleegkundigen hadden het waarschijnlijk op zijn rug gedraaid. Paula deed de zaklamp aan en richtte die op het lichaam.

De vrouw droeg lichte zomerkleding. Er waren nergens spullen te zien, maar in het midden lag een doorweekte matras op de grond.

Paula liep een stukje bij de deuropening vandaan en keek naar de villa, die in de middagzon baadde. Met alle tuinpaden en ronde bloemperken oogde het geheel als een ouderwets landgoed; je kon je gemakkelijk voorstellen dat er een rij bedienden bij de voordeur stond te wachten op gegoede lieden die per koets arriveerden.

De glimmende vrachtcontainer bij de poort had evengoed een ruimteschip kunnen zijn dat een vreemdeling van een andere planeet bij het landgoed afzette.

5

Renko had de beheerder op de passagiersstoel van Paula's auto geposteerd en leunde zelf tegen het geopende portier.

'De Lehmusoja's kochten het landgoed in 2000, toen de stichting werd opgericht,' zei Renko, en hij ging rechtop staan toen hij zag hoe Paula keek.

'Ik heb van begin af aan voor de locatie gezorgd,' zei de beheerder terwijl hij uitstapte.

'U bent vanochtend dus hiervandaan gebeld,' zei Paula, en ze knikte Renko toe, die het benul had zijn telefoon uit zijn zak te halen om aantekeningen te maken.

'Inderdaad, om een uur of tien. Het precieze tijdstip weet ik niet meer, maar om kwart voor elf was ik hier. Ik heb eerst die vrachtwagen opgehaald van kantoor, dat duurde even.'

'En degene die belde was Juhana Lehmusoja?'

'Klopt. Hij was... Hij was niet al te best gehumeurd, laten we het zo zeggen.'

'Vanwege de container?'

'Inderdaad. Die hoort hier natuurlijk niet te staan. Maar het is er eentje van ons. Containerverhuur is van begin af aan een van de zakelijke activiteiten van het Lehmus-concern geweest, al is dat nu natuurlijk nog maar een heel klein onderdeel van het geheel. Op de containers staat een nummer waarmee –'

'Dat weet ik,' onderbrak Paula hem. 'Wat zei Lehmusoja?'

'Alleen maar dat hier een... godvergeten container staat, zo zei hij het, een godvergeten container, die onmiddellijk moest worden weggehaald. En hij vroeg of ik wist waarom dat ding hier stond.'

'Heeft hij niet in de container gekeken?'

'Hij kon hem niet open krijgen en dacht dat hij op slot zat. Maar de grendel zat alleen maar klem. Ik kon hem zelf ook bijna niet open krijgen.'

'Waarom hebt u de deur geopend?'

De beheerder keek stomverbaasd, en Paula zwakte haar vraag af met iets wat op een glimlach moest lijken.

'Ik moet toch zeker weten of hij leeg is of niet, voordat ik hem durf op te pakken. En het is immers onze container. Of nou ja, van de onderneming.'

'Waren er op dat moment nog anderen aanwezig?'

'Gelukkig niet. Anders waren die ook nat geworden,' zei de beheerder; hij keek naar zijn broekspijpen en vervolgens naar de passagiersstoel van de Saab, waarop donkere vlekken te zien waren. Hij glimlachte verontschuldigend, maar Paula wuifde met haar hand. Een natte passagiersstoel was het probleem van de passagier, oftewel van Renko.

'U opende dus de deur en het water spoelde naar buiten. En toen?'

'Ik probeerde de deur meteen weer dicht te drukken, maar dat lukte uiteraard niet. En toen begon het te bonken. Dat lijk. Het draaide vast rondjes en botste daarbij tegen de wanden.'

De beheerder zweeg, en Renko's tikkende vinger op de telefoon stopte eveneens. Ze hielden als op afspraak een moment van stilte.

Deze vrouw was dus op een of andere manier in een container van het Lehmus-concern beland, die was neergezet bij de poort van het zomerverblijf van de familie die de stichting runde. Gezien het feit dat er een matras in de container lag, had de vrouw mogelijk al een tijdje opgesloten gezeten voordat de container met water was gevuld. Wellicht was ze gedrogeerd voordat ze werd opgesloten.

'Het was trouwens zeewater, ik heb een flinke slok binnengekregen,' zei de beheerder.

'Wanneer bent u hier zelf voor het laatst geweest?' vroeg Paula.

'Gisterochtend heb ik het gras gemaaid, omdat ik wist dat de Lehmusoja's zouden komen. Ik ben ook in het huis geweest om alles te checken. Er was niemand, ik heb niets bijzonders gemerkt.'

'Hebt u het lijk aangeraakt?'

'Nee, maar ik ben er wel bij wezen kijken. Je kon meteen zien dat de vrouw dood was,' zei de beheerder een tikje defensief, al was dat absoluut niet nodig.

Hij had het alarmnummer gebeld, en zowel de agenten als de ambulance waren binnen tien minuten ter plaatse geweest.

'Heeft u hun niets verteld?' vroeg Renko verwonderd terwijl hij in de richting van de villa wees. Paula vroeg zich op haar beurt verwonderd af hoe Renko erin geslaagd was zo lang zijn mond te houden.

De beheerder trok een gepijnigd gezicht en biechtte op dat hij het midzomerfeest van de Lehmusoja's niet had willen verstoren.

'En ik was van plan eerst een pomp te halen om het water weg te zuigen van het gras, zodat dat niet nog verder inzakt.'

Paula kon een snuiven niet onderdrukken, hoewel de beheerder natuurlijk alleen maar zijn werk probeerde te doen, net als zijzelf.

'Afgezien van de politie doet hier nu even niemand iets. Het hele landgoed moet worden onderzocht,' zei Paula, en de beheerder keek onthutst.

De agent die op pad was gestuurd om de oplegger te verplaatsen was teruggekeerd bij de kruising. Paula verzocht Renko de beheerder naar de agent toe te brengen; die zou hem de sleutels mogen teruggeven en vertellen waar hij de oplegger had neergezet.

'Ik kan dus gaan?'

'Jazeker. Zorg ervoor dat u bereikbaar blijft, uw vingerafdrukken zullen worden genomen en er wordt een DNA-test gedaan. Ik verzoek u met niemand over de zaak te praten, niet met de media en zelfs niet met de Lehmusoja's. Dat doen wij.'

De beheerder knikte met een bedroefd gezicht en liep toen achter Renko aan.

De andere agent had ondertussen politielint rond de container gespannen, gebruikmakend van de lindeboomstammen. Paula verzocht hem het politiebusje naar de hoofdweg te rijden.

'Die lui bij het strand moeten we hier weg zien te krijgen. Zou je er samen met je partner voor kunnen zorgen dat alleen de forensisch arts en het onderzoeksteam toegang krijgen tot het terrein?'

'De arts komt er zo te zien al aan,' zei de agent.

Renko en de beheerder gingen aan de kant terwijl de zwarte Mercedes van de forensisch arts traag als een lijkwagen over de oprijlaan gleed. Paula gebaarde naar de arts dat die zijn auto op het brede stuk bij de poort moest neerzetten, naast de auto's van de Lehmusoja's.

'Zal ik een overall aantrekken?' vroeg Renko, die rennend was teruggekeerd van de kruising en een tikje buiten adem was.

Paula knikte en opende de kofferbak. Ook zij zou nu het liefst shorts dragen, of een bikini zelfs. Een beschermoverall zou meteen een benauwd gevoel geven, het heetste moment van de dag zat eraan te komen.

Alleen de beheerder, de twee agenten, de ambulancemedewerkers en de eerste midzomergasten – hoeveel het er ook waren geweest – waren om de container heen gelopen. De beheerder en de ambulancemedewerkers waren bovendien binnen in de container geweest.

De zanderige voetsporen op de bodem hadden pas na het legen

van de container kunnen ontstaan, dus die waren waarschijnlijk van de eerstehulpverleners. Hoe dan ook, de sporen waren al enigszins verstoord.

Nadat ze hun beschermende kleding hadden aangetrokken, liepen Paula en Renko een rondje om de container. Aan de buitenkant zag die er keurig uit, de verflaag leek wel nieuw. Op de grond rond de container was evenmin iets bijzonders te zien, met uitzondering van de voorzijde. In de onderste hoek van de vergrendelde deur zat een soort ventiel; daar was het water waarschijnlijk door naar binnen gepompt. Rond het ventiel waren sporen te zien op de grond, alsof het wegdek was bekrast door iets.

'Dit is totaal onlogisch,' zei Renko. 'Wat een vreselijk ingewikkelde manier om iemand te vermoorden. Waarom zou iemand zoveel moeite doen?'

Paula draaide zich om en keek naar de zee; het wateroppervlak glinsterde tussen de villa en het bos. De afstand tot het strand bedroeg ongeveer honderd meter, misschien zelfs iets meer. Waarschijnlijk was het water direct uit de zee in de container gepompt; een andere mogelijkheid was er eigenlijk niet. Er was een behoorlijk lange slang voor nodig geweest, zelfs als de dader of daders de kortste route hadden genomen, dwars door de tuin en via de hoek van de villa naar het strand.

Terwijl Paula naar het huis keek kwamen er twee mannen achter vandaan; de een was lang, de andere van gemiddelde lengte. In hun witte shirts en shorts zagen ze eruit als tennissers. Plotseling bleven ze allebei staan, vervolgens kwam de kleinste schreeuwend op hen af.

Paula rechtte haar rug en liep door de poort de tuin in. De kleinere man minderde geen vaart maar Paula liet zich daardoor niet misleiden. Haar instinct zei haar dat deze man niet de sterkere van de twee was.

De soldaat met de lagere rang wordt altijd als eerste de dood in gestuurd.

De kleinere man heette Lauri Aro. Hij stak zijn hand al uit naar Paula nog voordat hij helemaal tot stilstand was gekomen, maar trok die terug toen hij besefte dat ze beschermende handschoenen droeg en niet van zins was hem een hand te geven. Hij zei zijn naam midden in een lange zin, die betrekking had op de gigantische waterplas op het verder onberispelijke gazon en de schade die daardoor ontstond.

Verder wilde hij weten wat er was gebeurd, wie Paula was, wie verantwoordelijk was voor dit alles, waarom er een politieauto ter plaatse was, waar de beheerder was en waarom die de container nog niet had weggehaald ondanks het bevel dat te doen.

Paula luisterde naar hem maar wierp tegelijkertijd een blik op de lange man, die op zijn gemak de tuin was overgestoken en op enige afstand bleef staan, zonder zich te komen voorstellen. Hij droeg een volledig zwarte zonnebril en leek zijn ogen daarachter op de waterplas gericht te houden, al had Paula de indruk dat hij in werkelijkheid naar hen keek.

'Ik ben inspecteur Paula Pihlaja van de recherche,' zei ze toen Aro haar eindelijk aan het woord liet. 'Dit is een plaats delict, dus ik verzoek u een eindje verderop te gaan staan.'

Lauri Aro opende zijn mond maar sloot hem ook meteen weer, en keek toen opnieuw eerst naar Paula en vervolgens naar Renko. Hij leek nu pas te bevatten wat de witte beschermoveralls die ze droegen te betekenen hadden.

Ook de lange man deed niet langer alsof hij naar de plas water keek. Hij zette zijn zonnebril af en hing die aan de hals van zijn shirt. Aro liep terug naar hem en boog zich naar hem toe om iets te zeggen. Toen draaide hij zich om en bleef hij met een officieel gezicht staan wachten tot de inspecteur naar hen toe zou komen.

Paula had het gevoel dat ze zojuist van monteur tot minister was gepromoveerd.

'Dit is de directeur van het Lehmus-concern, Juhana Lehmusoja,' zei Aro. 'En ik ben dus Lauri Aro, jurist van het Lehmus-concern en adviseur van de stichting.'

Juhana Lehmusoja keek naar Paula alsof hij haar de maat nam.

Voor lange mannen was het vaak lastiger om Paula tegenover zich te hebben dan voor kleine mannen, die haar gewoon als een soort freak leken weg te zetten. Maar lange mannen waren er onbewust aan gewend op vrouwen neer te kijken, en ook degenen die vrouwen als hun gelijken beschouwden waren instinctief van hun stuk gebracht als een vrouw hen vanaf dezelfde hoogte aankeek.

Juhana vormde geen uitzondering. Heel even glimlachte hij bijna, maar hij keek snel weer serieus.

Hij leek goed voor zichzelf te zorgen, op de manier waarop leidinggevenden dat vandaag de dag geacht worden te doen om geloofwaardig over te komen. Zijn buik vertoonde niet de minste uitstulping en zijn haar leek onlangs geknipt te zijn. In goede conditie maar geen duursporter, oordeelde Paula; vast een tennisser. En misschien dat hij iets van een vechtsport deed.

'Wat is er eigenlijk gebeurd?' vroeg hij met een prettige, donkere stem.

'We kunnen momenteel helaas nog geen mededelingen doen. Wie is er afgezien van u beiden verder nog aanwezig?'

'Mijn echtgenote Elina, mijn dochter Ella, en de voorzitter van de Lehmus-stichting, Mai Rinne. Mijn moeder en mijn zoon arriveren vanmiddag.'

'U moet hun onmiddellijk laten weten dat ze hier niet heen kunnen komen, en u dient zelf dadelijk ook te vertrekken. Ik wil u vragen nog even terug te gaan en te wachten tot iemand u komt halen.

Weest u zo vriendelijk aan die kant langs het huis te lopen. Rechercheur Aki Renko zal u begeleiden,' zei Paula.

Renko begroette de mannen vrij tam. Waarschijnlijk had hij liever de container willen onderzoeken in plaats van op gegoede lieden te passen.

'Neem iedereen apart en vraag waar ze sinds gisterochtend zijn geweest, toen de container hier gegarandeerd nog niet stond. Begin met de vrouwen,' zei Paula zachtjes toen Lehmusoja en Aro zich hadden omgedraaid. 'Ik wil niet dat ze zonder toezicht nog met elkaar kunnen praten nadat ze op de hoogte zijn gebracht van het lijk.'

'Kan een van die dienders niet op die lui passen?' vroeg Renko. 'Ik heb ook al een overall aangetrokken.'

'Dienders? Je hebt te veel *Donald Ducks* gelezen. Op deze manier gaat het sneller, ik wil iedereen die hier niets te zoeken heeft zo snel mogelijk weg hebben. Film de gesprekken, als je daar toestemming voor krijgt. En zeg dat ze weg moeten van de waterkant, als ze daar rondlopen. Het strand moet ook worden onderzocht.'

Renko liep zonder iets te zeggen achter de mannen aan. Paula huiverde vanwege het feit dat ze hem dit in zijn eentje moest laten doen. Maar de kans was klein dat iemand van de stichting of de bedrijfsleiding de weg naar de eigen villa had geblokkeerd met een container met een lijk erin. Waarschijnlijk konden ze nauwelijks licht werpen op de zaak.

Anderzijds moest ze niet vergeten dat de container eigendom was van het concern. Al kon dat ook toeval zijn, aangezien het bedrijf die dingen nu eenmaal verhuurde. Juhana Lehmusoja zou in elk geval kunnen uitleggen hoe de container hier terecht had kunnen komen, al dan niet opzettelijk.

Was de vrouw toen al aan boord geweest, of was ze apart hierheen gebracht en pas later in de container gestopt?

Vanaf de kruising draaiden twee ongemarkeerde politiewagens de oprijlaan op. Het technisch onderzoek kon gelukkig al snel worden gestart, ondanks het feit dat het midzomeravond was.

Paula zette een mondmasker op haar gezicht, deed de zaklamp aan en ging de container binnen.

6

De vrouw was een jaar of dertig, had een donkere huidskleur en lang haar.

De haren hadden in een soort van knotje gezeten, dat was afgezakt naar haar nek. Als ze al make-up had gedragen, dan was die in het zeewater opgelost.

De natte kleren van de vrouw waren onopvallend maar schoon, de witte stoffen schoenen leken nieuw te zijn. Sieraden droeg ze niet, ook geen trouwring.

De forensisch arts was snel klaar. Hij draaide het lijk zelfs niet om; nadere uitwendige inspectie zou pas op het forensisch instituut plaatsvinden. Momenteel leek het erop dat het lijk geen tekenen van extern geweld vertoonde. De vermoedelijke doodsoorzaak was verdrinking, minstens zes uur geleden. Waarschijnlijk was ze gedrogeerd of onder bedreiging met een wapen in de container gestopt, aangezien ze geen sporen van fysieke dwang of een worsteling vertoonde.

'Maar kijk die nagels eens,' zei de forensisch arts.

Paula hurkte neer en pakte voorzichtig een van de handen vast. De nagels waren lang en turkoois gelakt. Of waren dat geweest. Met uitzondering van de duim was iedere vingernagel afgebroken.

De nagel van de wijsvinger was helemaal verdwenen.

Paula's maag draaide zich om. Ze was er weliswaar aan gewend lijken te zien, maar de gedachte aan een complete nagel die afscheurde gaf haar de rillingen.

Het afbreken van de nagels betekende echter nog iets veel akeligers.

'Ze was bij bewustzijn, of is wakker geworden, op het moment dat het water naar binnen werd gepompt,' zei Paula zachtjes.

De forensisch arts glimlachte schamper en pakte zijn spullen bijeen. Het was een oude man, die zijn werk altijd zorgvuldig deed, maar die in een andere wereld leek te leven, als in een bubbel. Misschien was dat zijn manier om de doden buiten te sluiten, maar tegelijkertijd verdreef hij daarmee ook de levenden.

'Het lijk moet zo snel mogelijk worden geïdentificeerd,' zei Paula, en de arts knikte.

'De autopsie is morgenochtend.'

Paula liep met hem mee naar de deur van de container; buiten stonden al twee technisch rechercheurs in speciale uitrusting te wachten. Paula verzocht hen de deur te sluiten en hem pas te openen wanneer zij op de wand klopte. Een van de rechercheurs duwde de deur dicht zonder vragen te stellen. Ze beseften dat Paula de plaats delict eerst in haar eentje wilde onderzoeken, zich op haar eigen waarnemingen wilde concentreren.

Paula deed haar zaklamp aan en luisterde naar het dreunen van de deur toen de grendel aan de buitenkant werd dichtgedaan.

Ze begon bij het gat onder in de hoek waardoor het water naar binnen was gepompt. Het had een diameter van ongeveer vijftien centimeter. De metalen ring aan de binnenkant glom in het licht van de zaklamp; hij leek nieuwer te zijn dan de container. Paula had een dergelijke constructie nog niet eerder gezien in een gewone zeecontainer.

Ze liet de lichtkegel over de wand en de vloer rond het gat gaan. Als de vrouw geprobeerd had het gat op een of andere manier te dichten, dan was dat in elk geval niet te zien. Waarschijnlijk was het water met zoveel kracht binnengekomen dat dat niet eens mogelijk was geweest.

Daarna liet ze de lichtkegel over de vloer gaan, van wand tot wand, maar in het voorste deel van de container was niets te zien. Ze liep om de matras heen en belichtte de vloer en de wanden rond het lijk, en vervolgens het plafond, maar alle oppervlakken waren leeg en schoon.

De matras, die in het midden van de ruimte lag, zag er goedkoop uit. De geruite overtrek oogde relatief netjes maar bedekte slechts een deel van de matras; aan beide uiteinden was nog een baan schuimrubber te zien. Hetzelfde spul zag je in verlaten magazijnen en vergeten voorraadhokken zoals je die bij veel flatgebouwen op de zolderverdieping had. De vloer om de matras was nog steeds nat; waarschijnlijk had de matras heel wat water opgezogen.

Paula duwde hem weg met haar voet en zette hem toen overeind tegen de wand. Vervolgens belichtte ze de plas water in het midden van de vloer. Op de bodem lag een turkooizen nagel.

Haar maag draaide zich opnieuw om. De nagel was bijzonder netjes afgescheurd, in zijn geheel. Hij leek onwerkelijk, als een kunstnagel. Maar afgaande op de vingertoppen van het slachtoffer waren het wel degelijk haar eigen nagels.

Paula deed haar zaklamp uit. De plotselinge pikzwarte duisternis overviel haar hardhandig. De lichtkegel bleef als een begoocheling in haar blikveld zweven. Paula wist niet zeker of ze haar ogen had gesloten. Verdwenen de illusies van licht ergens in de container, of staarde ze naar de duisternis in haar hoofd, een duisternis die een draaikolk werd, een tunnel zonder licht aan het einde?

Ineens werd ze zich onbehaaglijk bewust van het feit dat er vlak bij haar, in deze duisternis en in deze stilte, een dode lag. Een dode jonge vrouw.

Paula drukte haar handen tegen haar oren en hoorde het doffe geruis van haar eigen bloed, een geruis dat aanzwol tot gutsend gebruis. Ze was niet alleen, de draaikolk nam de vorm aan van een doodsbange vrouw die de steeds compacter wordende duisternis van zich af probeerde te duwen. De vreemdeling in het donker raakte in paniek, haar lichaam veranderde in een doodsangst die samensmolt met Paula, zich in haar lichaam vestigde, beschutting zocht bij de longen maar tegelijkertijd verhinderde dat die ademhaalden. Ze kreeg geen zuurstof. Haar ogen waren nu gegarandeerd open, Paula staarde in de duisternis. Ze zag hem, het donker. Het had geen randen. Ze kon er niet meer aan ontkomen, het zoog de vrouw op in zijn diepten.

Paula zoog haar longen vol lucht, zo luidruchtig dat het gereutel heel even weergalmde in de lege container.

Ze bleef roerloos staan en luisterde naar haar ademhaling tot die weer gelijkmatiger werd. Verder was het volkomen stil in de container, ze kon geen enkel geluid van buiten horen.

De identiteit van het lijk moest onmiddellijk worden achterhaald. Dat was de eerste stap op weg naar de waarheid, en Paula had de gewoonte de dingen methodisch te doen, zonder onnodig en te vroeg te speculeren. Meestal sloten de brokjes informatie vrijwel naadloos op elkaar aan. Misdrijven tegen het leven waren zelden buitenissig, en meestal kon je op de plaats delict het motief al vaststellen.

Dit was iets heel anders.

Paula sloot opnieuw haar ogen, verzamelde in gedachten de beschikbare informatie en probeerde die als kale feiten te zien.

Het slachtoffer: een vrij jonge vrouw met een donkere huidskleur.

Doodsoorzaak: verdrinking.

Gebruikte methode: zeecontainer.

Locatie: de villa van de Lehmus-stichting.

Als je uit dat rijtje alleen het feit pikte dat het lijk in een container was gevonden, ontstond er een bepaald beeld. Dergelijke beelden waren al vaak op het nieuws te zien geweest, maar ze waren nooit afkomstig uit Finland: gesmokkelde immigranten die in containers aan hun lot waren overgelaten. In de ergste gevallen waren er tientallen doden in zulke containers aangetroffen.

Maar zij waren meestal door verstikking om het leven gekomen, nadat de zuurstof was opgeraakt in een luchtdichte container die was volgepropt met mensen.

Als Paula aan de feiten verdrinking, container en de etnische afkomst van het slachtoffer dacht, was het eerste wat haar te binnen schoot de Middellandse Zee, dat graf van duizenden mensen die vanuit Afrika geprobeerd hadden Europa te bereiken. Maar dit was niet de Middellandse Zee, en op basis van de huidskleur van het slachtoffer kon je op zich geen conclusies trekken. De vrouw kon heel goed Finse zijn.

Ook was het mogelijk alleen de vrouw en de container met elkaar in verband te brengen, wat weer een ander beeld opleverde. Was de vrouw slachtoffer van seksueel geweld? Uitwendige tekenen daarvan waren er niet, en de kleren die de vrouw droeg waren intact.

En dan waren er nog de Lehmus-stichting en haar villa. En Juhana Lehmusoja, die de leiding had over het bedrijf dat eigenaar was van de container. Dat leek nog het meest losse brokje informatie te zijn.

Maar was het desondanks het belangrijkste?

Paula besefte dat ze een inschattingsfout had gemaakt. Ze had Renko niet in zijn eentje op pad moeten sturen om de Lehmusoja's te ondervragen.

Ze opende haar ogen en schrok bijna toen ze nog steeds niets zag. Heel even voelde ze een flits van paniek, die waarschijnlijk slechts een fractie van de paniek was die het slachtoffer moest hebben gevoeld toen het water de van buitenaf vergrendelde container begon binnen te stromen.

Je in de positie van het slachtoffer verplaatsen werd tijdens recherchewerk meestal onnodig en zelfs ongewenst geacht, omdat het je denkproces verstoorde. Toch móést Paula wel aan de laatste momenten van het slachtoffer denken. De werkwijze was niet alleen onvoorstelbaar, maar ook onvoorstelbaar wreed. De nagels van de vrouw waren afgebroken toen ze met haar laatste krachten had geprobeerd de deur te openen en een weg naar buiten te vinden. Een mens hield zich desnoods met brekende nagels vast aan het leven, zolang hij maar kon.

Maar hoelang had dat in dit geval geduurd? Hoelang duurde het om een grote zeecontainer met water te vullen?

Paula haalde nog een keer diep adem en klopte toen hard op de deur. Een gevoel van opluchting overviel haar toen er meteen op haar geklop werd gereageerd en fel zonlicht de duisternis doorkliefde.

De rechercheur die de deur had geopend schrok van haar gelaatsuitdrukking, maar hij zei niets.

Paula besefte dat ze had geglimlacht van opluchting. Ze zette een neutraal gezicht op en begon instructies uit te delen. Dat deed ze op iedere plaats delict even zorgvuldig, en ze verlangde dat iedereen kalm naar haar luisterde voordat men aan de slag ging, ook al waren veel instructies vanzelfsprekend en had men ze al honderden keren gehoord. Aan het begin van haar carrière was dat haar manier geweest om haar leiderschap te doen gelden, maar ze had de gewoonte niet kunnen loslaten.

De meer ervaren rechercheurs kenden haar stijl en respecteerden die. Het doornemen van de instructies was niet zozeer een teken van wantrouwen, als wel een gemeenschappelijk ritueel.

Ditmaal was het kringetje mensen nog stiller dan normaal, terwijl Paula ook graag de ideeën van de anderen had willen horen. Anderzijds waren er genoeg basiswerkzaamheden uit te voeren om de rest van de dag vooruit te kunnen.

Paula vroeg een van de rechercheurs om met haar mee te komen naar het strand. Maar eerst trok ze haar beschermende kleding uit; ze legde die in de auto en friste zich op met een verfrissingsdoekje dat bij de achterruit bleek te liggen. In de achteruitkijkspiegel wierp ze een blik op haar gezicht. Het was geen goed idee geweest mascara op te doen.

Lehmusoja en zijn kameraad liepen te ijsberen door de tuin, maar Paula gebaarde naar de rechercheur dat hij aan de andere kant van de tuin achter haar aan moest lopen. Ze waren nog niet ver gekomen toen Paula haar naam hoorde roepen.

Een van de rechercheurs stond bij de deur van de container en liet iets in zijn hand bungelen.

'Onder het lijk gevonden,' zei de vrouw toen Paula weer bij de container was.

Het was een hanger; Paula zag meteen dat het om een sieraad van het Finse merk Kalevala Koru ging. Aan de halsketting hing een ronde, bronzen hanger waarvan de gravures onder invloed van het zeewater al groen begonnen te worden. De ketting was gebroken; het slotje was niet geopend.

Het ging om een bekende afbeelding: een soort draad waarmee een vierkant was gevormd door iedere hoek een kleine lus te laten maken.

'Ik heb er ook zo eentje,' zei de rechercheur die het sieraad had gevonden. 'Het is een *hannunvaakuna*, letterlijk: het wapenschild van Sint Johannes, ook wel de Bowen-knoop genoemd.'

'Heeft die een bepaalde betekenis?' vroeg Paula.

'Het is een oeroud symbool. Als ik het me goed herinner, beschermt het tegen alle kwaad.'

Paula keek langs de rechercheur de container in.

Als het sieraad aan de overledene had toebehoord, was die door het soort kwaad getroffen waartegen niets je kon beschermen.

7

Renko had de broekspijpen en mouwen van zijn beschermingsoverall opgerold. Hij stond samen met Juhana Lehmusoja aan het einde van een lange steiger. De mannen stonden met de rug naar haar toe; Lehmusoja wees naar rechts, naar de open zee, waar de horizon verdronk in de fel schijnende zon.

De oever was geheel geplaveid, en tussen de cementrand en het grasveld bevond zich een strook die uit natuursteen bestond.

Jurist Lauri Aro zat met drie vrouwen in een soort modern prieel; langs de deurposten groeide hop. Nu, rond midzomer, reikte die al bijna tot het dak. De deur van het prieel stond open, en het viertal moest net ergens om lachen toen Paula vanuit de tuin rond de villa de trap af liep naar het strand.

Ook op de oever trilde de lucht van de hitte, maar het kalme wateroppervlak van de zee ademde nog de koelte van het begin van de zomer. De rechercheur die door Paula was meegevraagd liep naar de kant van het strand die het dichtst bij de poort lag. Hij moest naar sporen zoeken waaruit bleek hoe en vanaf welke plek het water de container in was gepompt.

Paula keek naar het gazon dat afliep naar het strand; het was pas gemaaid, precies zoals de gastheer had gezegd. Als er ergens een waterslang had gelegen die nacht, dan was de afdruk daarvan niet meer te zien op het gras.

'Inspecteur.'

Dat was Lauri Aro. Hij stond in de deuropening van het prieel, met zijn handen in de zakken van zijn shorts gestoken. Aro zag eruit als een heel normale Finse man, totaal niet opvallend, maar hij was goedgekleed en zongebruind.

'Kom binnen,' zei hij terwijl hij Paula gebaarde het prieel te betreden.

Paula wierp een blik op Renko, die nog steeds samen met Juhana Lehmusoja het landschap leek te bewonderen. Renko's mond bewoog, het ritme van de woorden was tot halverwege de achtertuin te horen maar de woorden waren onverstaanbaar.

'Dank u,' zei Paula terwijl ze het prieel binnenstapte. Dat bleek een volledig geoutilleerde buitenkeuken te zijn, met ramen die tot aan de vloer reikten en die uitzicht boden op zee.

Bij een grote ronde tafel zaten drie vrouwen, twee van min of meer dezelfde leeftijd als Paula en eentje die duidelijk jonger was. Ze hadden hoge, bijna lege champagneglazen in hun handen.

Het irriteerde Paula dat de vrouwen hun glazen hadden bijgevuld, terwijl ze wisten dat er een onderzoek naar een misdrijf plaatsvond.

'Goedendag. Ik ben inspecteur Pihlaja,' zei ze ronduit koeltjes terwijl ze de vrouwen om beurten toeknikte.

De vrouwen keken naar elkaar, vervolgens naar hun glazen, en zetten die toen op tafel neer. De vrouw in het midden lachte verbaasd. Ze was in de veertig, klein, sierlijk en had kleine borsten, en paste waarschijnlijk nog steeds in broeken die voor tienerjongens waren bestemd.

Er was een tijd geweest in Paula's leven dat ze een van haar ogen zou hebben gegeven voor een dergelijk androgyn lichaam, waarvoor je in iedere willekeurige winkel kleren kon vinden en je niet frustrerend lang hoefde te zoeken naar passende kleding, waarbij je überhaupt weinig keus had.

De vrouw droeg een kort, mouwloos zwart jurkje, had rode nagels en lippen, en zwart haar dat zo kort was geknipt dat het wel stekeltjes leken.

De andere vrouw van in de veertig had lang blond haar, blonder dan dat van Paula; waarschijnlijk was het zorgvuldig en voor veel geld geverfd. Ze ging onpersoonlijk stijlvol gekleed, alsof ze met haar kleren aan een onvermijdelijke plicht voldeed waar ze zelf voor geen meter in geïnteresseerd was.

'Ik ben Elina Lehmusoja,' zei de blonde vrouw op beleefde toon, 'en dit zijn mijn dochter Ella en Mai Rinne.'

Ella Lehmusoja glimlachte Paula lieftallig toe. Ze was lang en slank en nog tienerachtig, maar wel meerderjarig, naar het wijnglas te oordelen. Ze droeg alleen het bovenstukje van een bikini en een kort rokje van spijkerstof.

'Zou u zo vriendelijk willen zijn te vertellen wat er is gebeurd? Van wat die mannen vertelden heb ik geen woord begrepen,' zei Elina Lehmusoja.

Paula had de indruk dat ze diezelfde vraag heel kalm in iedere willekeurige situatie zou stellen, *zou u zo vriendelijk willen zijn te vertellen* enzovoort, waar en wanneer dan ook, om vervolgens de situatie weer in balans te brengen: de mond van het kind afvegen, de opgefokte schoonmoeder kalmeren en de minnares van haar man geld voor een taxi geven.

Ze was simpelweg een vrouw die controle over haar leven had.

Mai Rinne was onrustiger. Ze was niet in staat haar nieuwsgierigheid te verbergen en probeerde langs Paula heen door het raam naar de andere kant van de tuin te kijken, waar de technisch rechercheur op weg was naar het strand. Paula keek naar haar rode lippen. Ze had nooit begrepen waarom vrouwen lippenstift gebruikten, maar het stond Mai Rinne goed. Vergeleken met de zelfverzekerde maar ietwat kleurloze Elina was zij zo'n vrouw die er waarschijnlijk altijd goed uitzag.

Paula vroeg Lauri Aro en de vrouwen om even te wachten, dan zou zij haar collega en Juhana Lehmusoja ophalen. Ze ging naar buiten en liep het terrein af naar de steiger. Die was zo lang dat er een oceaanstomer had kunnen aanmeren.

'Vorig jaar in het voorjaar heb ik hier een zeeforel gevangen,' hoorde ze Lehmusoja zeggen toen ze op gehoorsafstand was gekomen.

'Wauw,' zei Renko bewonderend. 'Met wat voor aas?'

'Gewoon een simpele lepel.'

Paula schraapte haar keel en de mannen draaiden zich om. Renko's gezicht was bezweet en hij toonde een brede glimlach.

'Ik stel voor dat we ons bij de anderen voegen, dan licht ik de situatie toe,' zei Paula.

Ze liet Juhana Lehmusoja ruim voor hen uit lopen voordat ze Renko vroeg of hij met alle vijf afzonderlijk had gesproken.

'Alles is hier,' zei hij terwijl hij op de zak van zijn overall klopte, waar een telefoon uit piepte.

'Ik wist niet dat jij zo geïnteresseerd was in sportvisserij,' zei Paula.

'Dat ben ik ook niet,' zei Renko. 'Je zou me eens moeten horen wanneer ik met m'n schoonvader over luchtwarmtepompen praat.'

Paula keek hem aan, eerst verbaasd en vervolgens geamuseerd. Het kwam voor het eerst in haar op dat ze haar tijdelijke partner mogelijk had onderschat.

'Hoe is je eerste indruk van hen?' vroeg ze terwijl ze naar het prieel knikte waar Juhana Lehmusoja net naar binnen ging.

'Tja, wat voor indruk krijg je in het algemeen van rijke mensen; ze zijn beleefd maar behoedzaam,' antwoordde Renko.

Allemaal hadden ze min of meer hetzelfde verteld over de gebeurtenissen van die ochtend. Juhana en Elina Lehmusoja hadden de voorgaande dag en nacht thuis doorgebracht, in Espoo, waar ook hun zoon Jerry aanwezig was geweest, die nog thuis woonde. Ella Lehmusoja was overdag in de stad geweest en had overnacht in haar eenkamerappartement in het centrum. Vanochtend was ze op de fiets naar haar ouders gegaan, omdat ze tegelijk met de volwassenen naar de villa wilde afreizen. Jerry had daarentegen op zijn grootmoeder willen wachten.

Juhana, Elina en Ella waren vlak voor tien uur bij de poort gearriveerd, zoals afgesproken. Lauri Aro en Mai Rinne waren een paar minuten eerder al ter plaatse geweest.

'Vormen die twee een stel?' vroeg Paula. Voor haar gevoel was Lauri veel te gewoontjes voor Mai.

'Geen idee. Ze vertelden allebei dat ze gisteren hadden gewerkt en de nacht in hun eentje thuis hadden doorgebracht. Maar ze zijn wel samen hierheen gereden in die rode tweezitscabrio. Mooie auto trouwens, een Alfa Romeo Spider uit 1970.'

'Tjonge, wat nuttig om te weten.'

'Dat werd me ongevraagd verteld,' zei Renko ter rechtvaardiging. 'Hoe dan ook, ze hadden Juhana gebeld en waren bij de poort blijven wachten, omdat ze het terrein niet op konden.'

Juhana Lehmusoja had vergeefs geprobeerd de container te openen, en na hem had ook Lauri Aro een poging gedaan, eveneens zonder resultaat. Vervolgens had Juhana de beheerder gebeld, op een manier die door Mai Rinne als een 'stampvoetende kleuter met een driftbui' werd omschreven. Daarna had het vijftal hun spullen naar het huis gedragen en was men naar het prieel gegaan om te ontbijten.

Paula probeerde zich Juhana Lehmusoja voor te stellen als een stampvoetende kleuter met een driftbui. Waarschijnlijk had Mai schromelijk overdreven.

'Wat hebben ze onderling over de container gezegd?'

'Voor zover ik het gesprek vanaf de zijlijn kon volgen, helemaal niets. Toen we hierheen liepen heb ik tegenover Aro, omdat die er specifiek naar vroeg, toegegeven dat er een lijk is aangetroffen in de container. De vrouwen denken waarschijnlijk dat we een inbraak of zo onderzoeken hier, tenzij Aro hen inmiddels op de hoogte heeft gebracht,' zei Renko.

'Ik geloof dat hij dat op dit moment doet,' zei Paula toen vanuit het prieel het geluid van brekend glas klonk.

De setting binnen bevestigde dat. Elina Lehmusoja raapte scherven op van de grond terwijl Juhana een nieuw glas inschonk voor Mai Rinne, die met een hand voor haar mond bij de tafel zat. Haar andere hand werd door Lauri Aro vastgehouden.

Mai dronk haar glas in één teug leeg. Paula wachtte tot Elina en Juhana waren gaan zitten en vertelde toen, op officiëlere toon nu, dat bij de poort van de villa van de stichting een moord was gepleegd en dat de hele omgeving onmiddellijk in haar geheel moest worden afgezet.

'Wat afschuwelijk,' fluisterde Ella; ze leunde tegen Elina aan, die een arm om haar dochter heen sloeg.

'We voeren u zo meteen onder begeleiding weg en dan kunt u naar huis. Maar eerst heb ik nog een paar vragen. Volgens de beheerder is de container eigendom van het Lehmus-concern. Heeft iemand van jullie enig idee waarom hij hier is neergezet?'

'Ik zag meteen dat het er een van ons was,' zei Juhana. 'Maar iedereen heeft de container hier kunnen laten afleveren.'

'We moeten precies weten op welke manier men aan een container kan komen, zowel vanbuiten het concern als vanbinnen uit, en wie er toegang hebben tot die gegevens. Bovendien moeten we weten waar de container die nu bij de poort staat eigenlijk zou moeten staan.'

'Morgen is het midzomer,' zei Aro.

'We hebben deze gegevens nu meteen nodig,' zei Paula tegen Juhana zonder ook maar een blik in Aro's richting te werpen.

'Ik regel dat,' zei Juhana.

'Vandaag nog,' vervolgde Paula, en Juhana leek te beseffen dat het niet om een timide verzoek ging.

'Bovendien moeten we de identiteit van het slachtoffer zo spoedig mogelijk zien te achterhalen. In deze fase brengen we slechts beperkt informatie naar buiten, maar het valt te verwachten dat de media lucht krijgen van de precieze locatie waar het lijk is gevonden. Ik verzoek u niet met journalisten over de kwestie te praten.'

'Het zou niet in me opkomen,' zei Aro. 'Het beste is om helemaal niet op te nemen als je door een onbekend nummer wordt gebeld,' voegde hij er betuttelend aan toe, waarbij hij zich vooral tot Ella richtte. Die zag er niet langer uit als een jonge vrouw maar als een kind dat erachter komt hoe slecht de wereld is.

'Neemt u in elk geval wel op als ík bel,' zei Paula, en ze gaf haar visitekaartje aan Juhana. 'Helaas heb ik er maar eentje bij me. Ik heb de leiding over het onderzoek en ik verzoek u mij rechtstreeks op de hoogte te brengen als u iets te binnen schiet wat met de zaak te maken kan hebben, om het even wat.'

Juhana tikte Paula's nummer in op zijn mobieltje en gaf het kaartje toen door aan de anderen. De laatste die aan bod kwam was Mai Rinne, die alleen maar naar het kaartje keek en het daarna vasthield.

'Zorg ervoor dat u bereikbaar bent, aangezien we u waarschijnlijk binnen afzienbare tijd opnieuw moeten lastigvallen. Maar voordat u vertrekt zou ik u willen vragen een foto te bekijken. Een waarschuwing: het is een foto die ik daarnet heb genomen van het gezicht van het slachtoffer.'

Mai Rinne zette meteen haar glas tegen haar lippen, om vervolgens te merken dat het leeg was. Ook de anderen oogden nu alsof ze wel een borrel konden gebruiken.

Paula zocht de foto op haar telefoon en bekeek die eerst zelf. Het was geen bijzonder akelige aanblik; de ogen van de vrouw waren gesloten en het gezicht vertoonde geen enkel teken van verdrinking.

Nu pas besteedde ze meer aandacht aan de gelaatstrekken en de huid van de vrouw, die glad en lichtbruin was. Ze kon haar leeftijd niet inschatten. In de container had ze gedacht dat de vrouw hoogstens een jaar of dertig kon zijn, maar mogelijk was ze een stuk ouder.

'Kijk er om beurten naar, in alle rust, en vertel me of u deze persoon eerder hebt gezien of dat ze u bekend voorkomt,' zei Paula terwijl ze de telefoon aan Juhana Lehmusoja overhandigde.

Hij pakte de smartphone voorzichtig bij de randen vast, alsof hij bang was dat zijn vingers daadwerkelijk de huid van een overledene zouden aanraken. Toen hij het scherm dichter bij zijn gezicht bracht, keek Paula nauwlettend naar zijn mond.

Paula wist uit ervaring dat de mens zijn mond het minst in bedwang kon houden. Als iemand iets te verbergen had, lukte het vaak de gelaatsuitdrukking volledig onder controle te houden, maar rond de mond kon je meestal iets van spanning zien.

Juhana keek langdurig naar de foto – zo lang, en met zo'n beheerst gezicht, dat Paula het idee kreeg dat hij iets wilde bewijzen.

'Volgens mij heb ik haar nooit eerder gezien,' zei hij uiteindelijk, met zijn blik nog steeds op de foto gericht.

Lauri Aro had ongeduldig naast hem zitten wachten en griste de telefoon uit Juhana's hand. Zijn blik verried pure nieuwsgierigheid, en zelfs een soort voldoening. Paula vermoedde dat hij zijn hele carrière als bedrijfsjurist had gewerkt en moordzaken voornamelijk van de tv kende, zoals alle gewone mensen.

'Nee, zegt me niets,' zei Aro. Hij draaide wat met de telefoon en bracht die op bijna een armlengte afstand van zijn gezicht. Ouderdomsverziendheid, oordeelde Paula. Ze nam de telefoon van Aro over en draaide het scherm naar Elina Lehmusoja, aangezien die geen aanstalten maakte de smartphone zelf aan te pakken.

Plotseling kon Elina haar kalme houding niet langer volhouden, nog voordat Paula het beeldscherm dicht genoeg naar haar toe had kunnen duwen om de vrouw überhaupt te kunnen herkennen.

'Maar dat is toch...'

Elina maakte haar zin niet af, en haar mond bleef openstaan. Ella strekte zich uit om de foto tegelijk met haar moeder te kunnen bekijken. Paula zweeg. Ze wachtte tot Elina de zin zou afmaken en bewoog de telefoon ondertussen niet, hield hem niet dichterbij.

'...een vrouw,' zei Ella toen Elina het woord niet over haar lippen leek te kunnen krijgen.

'Ken je haar?' vroeg Paula.

Ella bekeek de foto van dichterbij en schudde haar hoofd.

'Ik heb deze vrouw nog nooit gezien,' zei ook Elina uiteindelijk.

Paula's snelle inschatting was dat Elina niet loog. Toch had ze op de foto van het slachtoffer iets gezien wat haar had verrast. Maar wat?

Inmiddels had Elina zichzelf echter razendsnel vermand, en ze toonde geen enkele verbazing meer.

Alleen Mai Rinne was nog over, die haar roodgestifte lippen strak samenkneep toen Paula de foto voor haar neus hield.

'Ik ken haar niet,' zei Mai. 'Jullie denken toch zeker niet dat wij iets met deze kwestie te maken hebben? Laat staan de stichting?'

'Wij denken helemaal niets,' zei Paula opzettelijk bot.

'De naam van de Lehmus-stichting mag in geen enkele mededeling van de politie worden genoemd. Dat zou grote negatieve gevolgen hebben voor al het goede werk dat de stichting doet,' vervolgde Mai op vastberaden toon.

'Mai heeft gelijk,' haastte Lauri Aro daaraan toe te voegen. 'Bovendien staat de container strikt genomen niet op het landgoed maar daarbuiten, aan de andere kant van de poort.'

'Strikt genomen deelt de politie mee wat ze wil. Of wat ik wil,' zei Paula zo ijzig als ze met het zweet op haar voorhoofd kon.

Lauri schraapte zijn keel en sloeg zijn armen over elkaar; Mai volstond met het lichtjes optrekken van haar keurig geplukte wenkbrauwen.

'Ik betreur het als dit als een schok komt voor jullie, maar het achterhalen van de identiteit van het slachtoffer is van het grootste belang,' zei Renko verzoenend.

In zekere zin was dat komisch, aangezien zowel de Lehmusoja's als Aro en Rinne het slachtoffer al leken te zijn vergeten en aan andere zaken leken te denken, zoals het ongemak dat de container veroorzaakte, en de reputatieschade.

'Ik verzoek u nu hier te blijven wachten; ik zal dadelijk iemand hierheen sturen die u via een omweg naar uw auto brengt, zodat u kunt vertrekken. Zijn er nog spullen in het huis die u mee moet nemen?' vroeg Paula zo neutraal als ze kon.

Juhana keek naar Elina, die het hoofd schudde.

'U kunt later contact met mij opnemen, mocht er iets onmisbaars zijn achtergebleven.'

'Later?' vroeg Elina. 'Wanneer kunnen we hier terugkeren dan?'

'Dat weet ik nog niet. Waarschijnlijk niet binnen een week. Er is immers sprake van een moord, en dit is een groot terrein om te onderzoeken.'

Als de Lehmusoja's het onprettig vonden om dit te horen, dan slaagden ze er goed in hun ongenoegen te verbergen. Maar rond de tafel daalde er een stilte neer die totaal niet paste bij een zonnige middag voorafgaand aan het midzomerfeest. Toen Paula afscheid nam, reageerden ze niet eens allemaal.

'Ook namens mij een prettige dag nog verder,' zei Renko bij de deuropening toen Paula zich omdraaide en wilde vertrekken.

'Ook namens mij een prettige dag nog verder,' herhaalde ze nadat Renko en zij bergop naar de andere muur van het landgoed waren gelopen.

'Wat?'

Paula liet alle hoon varen toen ze zich realiseerde dat Renko wederom muisstil was geweest terwijl zij de situatie had geleid en de aanwezigen had ondervraagd. Hij kon dus wel degelijk zijn mond houden als hij dat wilde.

'Denk je dat een van hen het lijk heeft herkend?' vroeg ze.

'Zo op het eerste gezicht niet. Maar ik was van plan de reacties nog een keer te bekijken.'

'Hoe bedoel je?'

'Ik heb gefilmd toen jij ze de foto liet zien. Zonder om toestemming te vragen; beetje een grensgeval of dat mag, denk ik. Bij een scholing laatst werd ons gezegd dat het vergelijkbaar is met het maken van aantekeningen. Weliswaar waren we nu niet op een openbare locatie, maar... het is van vrij veraf gefilmd, dus ik weet niet hoe goed de gelaatsuitdrukkingen te zien zijn.'

'Hé, Renko,' zei Paula, en ze bleef staan.

Renko draaide zich om en keek schichtig achter zijn donkere brillenglazen, als een tiener in het bureau van de rector.

'Echt verdomd goed gedaan,' vervolgde Paula. 'Heb je overigens gezien wat voor oorbellen Elina Lehmusoja droeg?'

'Eh... een soort knopjes? Geen grote of hangende in elk geval. Hoezo?'

'Het waren van die Sint Johannes-knopen.'

'Ja, en?'

'Dat weet ik nog niet. Misschien heeft het niets te betekenen.'

8

De portretfoto en vingerafdrukken van de vrouw in de container waren onverwijld naar de diverse autoriteiten verstuurd. Desondanks had Paula weinig hoop dat de identiteit van de vrouw al tijdens het weekend zou worden vastgesteld. Dat was frustrerend.

De volgende dag zouden Hartikainen en De Beer zich bij het onderzoek voegen. Paula keek naar Renko, die in de tegenoverliggende hoek van de kamer beelden van de beveiligingscamera in de achtertuin van de villa aan het bekijken was, in de versnelde weergave, vanaf tien uur 's ochtends en dan steeds verder terug.

De twee bewakingscamera's op het terrein waren gericht op de façade en de achterdeur van het gebouw. De dader zou hoogstwaarschijnlijk niet op de beelden te zien zijn, tenzij hij in de villa had ingebroken. De beelden van de voortuin hadden in ieder geval niets opgeleverd. Bij de poort hing geen camera.

Terwijl hij de beelden bekeek had Renko twee keer de telefoon opgenomen, voor gesprekken die waarschijnlijk met één enkele vraag konden worden samengevat: wanneer kom je thuis? Paula herinnerde zich de levensfase waarin ze zelf dat soort telefoontjes had beantwoord. Dat was al jaren geleden.

Verlangde ze daarnaar terug? Die vraag had geen eenduidig antwoord. Maar ze zou Renko naar huis sturen zodra hij ook de tweede videoband helemaal had bekeken.

Zelf nam Paula de filmbeelden door die Renko had gemaakt,

waarop de Lehmusoja's, Aro en Rinne een voor een vertelden wat ze tussen donderdag- en vrijdagochtend hadden gedaan.

Hij was begonnen met Ella Lehmusoja, wier bruisende verschijning totaal in contrast stond met de situatie. Toen ze werd gefilmd wist ze natuurlijk nog niet waarom er naar haar doen en laten werd geïnformeerd. Ella antwoordde schertsend op Renko's vragen en keek van tijd tot tijd langs de camera, naar haar moeder blijkbaar, die met Renko's toestemming in de kamer had mogen blijven zitten, ook al was haar dochter meerderjarig.

Ella had sinds donderdagochtend vroeg tot twee uur 's middags in een door de stichting gehuurde galerie gewerkt, samen met Mai Rinne. Daarna was ze met een paar vriendinnen de stad in geweest, *wil je hun telefoonnummers hebben, hihihi*, totdat ze via de supermarkt naar huis was gegaan, rond een uur of zes 's middags. Toen het 's avonds een beetje was afgekoeld had ze in haar eentje een wandeling gemaakt, en de volgende ochtend was ze rond acht uur op de fiets naar haar ouders gereden.

Mai Rinne was tot vijf uur in de galerie gebleven. Nadat Ella was vertrokken had Paavali Kassinen een bezoekje gebracht aan de galerie, een kunstenaar die was aangeworven voor het kunstproject van de stichting. Mai en Kassinen hadden het pand tegelijkertijd verlaten. Mai was rechtstreeks naar haar huis in Punavuori gewandeld en had dat de volgende ochtend pas weer verlaten, toen Lauri Aro haar was komen halen. *Ik heb geen auto*, lichtte ze toe; ze dronk haar glas leeg, stak dat uit naar iemand buiten beeld, die het haar bijna tegelijkertijd gevuld weer teruggaf. Renko was er blijkbaar niet in geslaagd de anderen bij het prieel weg te houden tijdens de verhoren.

Elina Lehmusoja antwoordde kort en nauwkeurig op de vragen. Het leek alsof ze goed oppaste met wat ze zei, hoewel ze nog helemaal niet wist waar het om ging. Over de gebeurtenissen van donderdag en vrijdagochtend vertelde ze bijna hetzelfde als haar man

Juhana, wat op zich geen wonder was gezien het feit dat hij op gehoorsafstand had gestaan. *We waren de hele donderdag thuis, zoals Elina al zei,* herhaalde hij op de volgende opname, op de geduldige toon die je tegen een onnozel kind aanslaat.

Lauri Aro klonk op de tape nog het meest bezorgd. Waarschijnlijk was het hoofd van de jurist meteen op volle toeren gaan draaien bij de gedachte aan de gevolgen van de moord voor het Lehmus-concern. Hij antwoordde in korte, resolute zinnen: *ik was aan het werk, ik ging naar huis, ik heb tv-gekeken.*

Paula zette de band stil en wreef in haar ogen. Het voelde allemaal als tasten in het duister zolang het slachtoffer nog niet geïdentificeerd was.

Juhana Lehmusoja had kort nadat hij was thuisgekomen gebeld en de naam van de chauffeur doorgegeven die de container bij de poort van het landgoed had neergezet. Andere informatie over de container zou hij waarschijnlijk niet die dag nog kunnen krijgen. Dat had Paula al wel vermoed, maar hoe minder tijd je mensen gaf, des te sneller deden ze meestal wat hun was opgedragen.

De chauffeur had weinig weten te zeggen aan de telefoon. Het was een normale opdracht geweest. De chauffeurs van het Lehmus-concern zagen op de computer in chronologische volgorde de nummers van de te leveren containers en de adressen waar ze naartoe moesten. In het systeem stond meestal ook de naam en het telefoonnummer van de opdrachtgever, maar voor deze bestelling ontbraken die gegevens. De chauffeur had daar verder niets bij gedacht, omdat de container bij de villa van de Lehmus-stichting moest worden geplaatst, oftewel min of meer voor eigen gebruik bestemd was. Hij was ervan uitgegaan dat er iets van een opruimactie plaatsvond op het landgoed.

Voordat ze hadden uitgezocht wie de vrouw was, zou het lastig zijn het onderzoek op een zinvolle manier af te bakenen.

Paula keek naar het fotomateriaal van de plaats delict dat over haar computerscherm rolde. De technische recherche deed grondig werk; het was de bedoeling de informatie samen te vatten tijdens de vergadering die voor negen uur 's ochtends gepland stond, voor de autopsie. Paula had in eerste instantie meegedeeld dat de vergadering om acht uur zou beginnen, maar had die meteen een uur verschoven toen ze de gezichten van de rechercheurs zag.

Het was natuurlijk ook midzomer.

Verder ging Paula er ook van uit dat er op de ochtend van midzomerdag weinig te doen zou zijn op het bureau. Ook de resultaten van de autopsie zouden vast niet voor de middag bekend worden. Ze had er bovendien geen zin in tegen een stel brakke smoelen aan te kijken, en ze verwachtte dat iedereen rond negen uur wel weer toonbaar zou zijn.

Paula zelf dronk sowieso al zelden alcohol, maar de afgelopen maanden had ze helemaal geen druppel aangeraakt. Ze was bang dat het drinken uit de hand zou lopen wanneer ze gestrest was, zoals ook bij haar vader het geval was geweest. Niet dat hij dat trouwens ooit als een probleem had beschouwd.

Paula, daarentegen, was zo iemand die op oudejaarsavond ging hardlopen terwijl andere mensen koers zetten naar het centrum om naar het vuurwerk te kijken en flessen bubbelwijn te openen. Ze wilde bij uitstek hardlopen wanneer de andere feestvierden. Op een keer was ze tijdens de jaarwisseling een kennis tegen het lijf gelopen die bijna beledigd leek te zijn over het feit dat iemand op een feestelijk moment aan het sporten was, en daarmee voor iedereen de sfeer bedierf.

Maar de enige die ze wilde straffen was zichzelf.

'Niets. Nada,' zei Renko.

Hij had zijn taak volbracht. Paula wierp een blik op haar horloge; het was halfvijf.

‘Wil je ervandoor?’

‘Was dat een strikvraag?’ lachte hij. ‘Is er nog iets wat ik kan doen?’

‘Nee. Ga maar.’

‘Doe jij dat nou ook.’

‘Zo meteen.’

‘Ik zal moeder de vrouw een berichtje sturen, dat ze me komt ophalen van het station. Wat zijn jouw plannen voor vanavond?’ vroeg Renko terwijl hij op zijn telefoon typte.

Paula zei niets, en Renko was van zijn stuk gebracht.

En wanneer Renko van zijn stuk gebracht was, begon hij te praten.

‘Nee, veel tijd om te feesten is er niet tussen de bedrijven door. Misschien één biertje in de sauna en een paar glazen wijn. Glaasjes, niet van die grote die je in de tijdschriften van moeder de vrouw wel ziet. Beetje ondefinieerbaar begrip trouwens, ‘een paar glazen’, daar kun je jezelf zo mee voor de gek houden. Een paar glazen kan bijna een hele fles zijn. Als je dus van die glazen pakt die zo groot zijn als een vaas.’

Paula voelde zich zo ongemakkelijk dat ze alleen maar naar haar computerscherm kon staren.

Deze hele toestand had vermeden kunnen worden door gewoon een vrijblijvend antwoord te geven op Renko’s simpele vraag. Maar dat was tegen haar principes. Je stelt geen persoonlijke vragen, en als je om wat voor reden dan ook de behoefte hebt ongevraagd iets persoonlijks te vertellen, dan kun je daar ook maar beter twee keer over nadenken.

Paula’s zwijgen veroorzaakte alleen nog maar meer paniek bij Renko.

‘Moeder de vrouw en ik blijven ook gewoon thuis. We gaan niets bijzonders doen. Er komt geen bezoek. Misschien dat we naar de sauna gaan en de barbecue aangooien. Of andersom natuurlijk, eerst barbecueën. We moeten onderweg naar huis nog even langs de winkel voor courgette, die waren we vanochtend vergeten.’

'Ontwikkelingsstudies,' zei Paula ineens.

Renko's gebabbel had haar gedachten door elkaar gegooid, en nu kwam er ineens iets naar boven, als een willekeurige kaart in een spel kaarten.

'De Lehmus-stichting ondersteunt ontwikkelingsstudies, nietwaar?' vroeg ze Renko, die blijkbaar met zijn gedachten nog steeds bij de vergeten courgette was en zich leek af te vragen hoe die verband hield met ontwikkelingsstudies.

'Klopt. Dat stond geloof ik op de website,' zei hij langzaam. 'Hoezo?'

Paula gaf geen antwoord, omdat het antwoord belachelijk zou hebben geklonken: omdat de vermoorde persoon een donkere huidskleur heeft, zou ze met enige mate van waarschijnlijkheid afkomstig kunnen zijn uit een ontwikkelingsland.

In iedere andere context zou die gedachte niet alleen achterlijk zijn, maar ook racistisch. Maar ze waren bezig een moord te onderzoeken, en dit was de enige link tussen de donkere vrouw en de Lehmus-stichting die Paula momenteel kon zien.

Een zwakke link, maar de enige.

Bovendien was Finland nog steeds een bijzonder wit land. De Finnen hadden nog maar net geleerd dat het niet beleefd was, en niet slim, om aan iemand met een donkere huidskleur te vragen waar die vandaan kwam, want de persoon in kwestie zou heel goed uit Finland kunnen komen. En Finse agenten begonnen nu pas te beseffen dat je iemand met een donkere huidskleur niet op ieder willekeurig moment om zijn papieren kon vragen, alleen maar omdat hij een donkere huidskleur had.

'Ach, gewoon,' zei Paula. 'Fijne midzomer gewenst, en vergeet die courgette niet. Groeten aan moeder de vrouw.'

Renko zei dat hij die zou doorgeven. De sarcastische toon waarin de term 'moeder de vrouw' gedrenkt was, ontging hem.

Nadat hij was vertrokken liep Paula naar de automaat om een flesje koud mineraalwater te halen, waarna ze nog even ging zitten om de foto's te bekijken.

De container was van alle kanten gefotografeerd. Op een van de kiekjes was achter een hoek van de container de villa te zien, onscherp, glanzend wit. Tegelijkertijd was de container in de loop van de namiddag in de schaduw van de lindebomen beland, als een zwijgende zwarte klont bij de poort naar het paradijs. De foto had een kunstwerk kunnen zijn.

Ook de afbeeldingen van het lijk leken op een of andere manier onwerkelijk. Op de close-ups was het lijden of het geweld dat het slachtoffer had ervaren niet te zien; integendeel, de foto's waren op een merkwaardige manier mooi. De foto's die van verderaf waren genomen, bij de deur van de container, waren het schokkendst.

Op die kiekjes leek de vrouw vergeten, weerloos, in de steek gelaten. De foto's waren voor een deel onbelicht, waardoor het lijk slechts een figuur op de grond bij de achterwand was.

Zodra ze wisten wie het slachtoffer was, konden ze gaan uitzoeken waarom ze was vermoord. Maar er was nog een derde, minstens zo belangrijke vraag die dit misdrijf tegen het leven anders maakte dan alle andere moordzaken waar Paula bij betrokken was geweest.

Waarom was het slachtoffer op deze manier gedood?

Waarom op zo'n ongebruikelijke manier?

Iemand van het leven beroven was niet het enige waar het hier om draaide.

Paula dronk het flesje mineraalwater in twee grote teugen leeg en liet een boer. Vervolgens voerde ze in een zoekmachine de naam van Juhana Lehmusoja in. Behalve op de websites van de onderneming zelf kwam zijn naam alleen voor in een aantal krantenartikelen en een uitslagenlijst van een triatlon. Paula kreunde van teleurstelling. Natuurlijk bedreef Juhana de meest voor de hand liggende sport voor een algemeen directeur.

Het recentste krantenartikel betrof de benoeming van Juhana Lehmusoja tot directeur. Het artikel was van februari, en aan het eind ervan stond een link naar het overlijdensbericht voor Hannes Lehmusoja.

De oprichter van het Lehmus-concern, 'schepper van een heus imperium' en een 'ruimhartige weldoener', was in januari plotseling overleden, op zevenenzestigjarige leeftijd. De tekst was duidelijk van Lauri Aro's hand, mierzoet en vleiend. De pluimstrijkerij was waarschijnlijk voor Juhana bedoeld, aangezien Hannes zelf dood was.

Ook als je alle superlatieven buiten beschouwing liet, waren de verdiensten van Hannes Lehmusoja in het bedrijfsleven onmiskenbaar. Het multidisciplinaire concern was begonnen als een kleine werkplaats in de haven, en de verhuur van containers. Wat in eerste instantie een bijzaak was geweest, was uitgegroeid tot een winstgevende activiteit.

Dat had Lehmusoja de kans geboden 'op soms ronduit onbezonnen moedige wijze' steeds weer nieuwe branches te betreden – en nieuwe landen. Al in de jaren tachtig was het Lehmus-concern in diverse Afrikaanse landen actief.

In dit nieuwe millennium hebben de containers van het Lehmus-concern, met steun van de Lehmus-stichting, hulpgoederen vervoerd naar derdewereldlanden, niet alleen in Afrika maar ook elders in de wereld.

Lehmus-stichting, container, Afrika.

Paula wierp opnieuw een blik op haar horloge. Zou Hartikainen al naar de sauna zijn geweest?

9

Het strand was gevuld met dronken jongeren, van wie het merendeel veel te jong was om dronken te mogen zijn.

Vlak bij de waterlijn had een gezelschap plaatsgenomen dat zijn spullen in een grote kring om zich heen had gestrooid: schoenen, handdoeken, lege bier- en breezerblikjes, plastic tassen, afval en een koeltas.

Naast de koeltas lag een meisje dat ternauwernood de tienerleeftijd had bereikt; ze was misschien een jaar of dertien, en het leek of ze bewusteloos was. Haar jurk was bijna tot aan haar middel omhooggerold, haar onderbroek was van een stof met vogeltjes erop, kinderlijk. En dat was ze natuurlijk ook, een kind.

Jerry gooide zijn peuk in het zand en trapte erop tot die onzichtbaar was. De zon was nog maar net begonnen met haar trage afdaling naar de horizon, het zand dat zijn sandalen binnendrong was nog warm.

Toen de plannen voor die dag en avond waren afgelast, was hij de stad in gegaan. In feite was dat bepaald geen teleurstelling; hij bracht midzomer liever met zijn vrienden door dan met zijn familie. Maar nu was hij zijn makkers uit het oog verloren, en niemand reageerde nog op zijn berichtjes. Deden ze dat met opzet? Misschien was iedereen nu op een ander strand aan het feestvieren en lachten ze zich kapot om zijn smekende sms'jes.

Jerry wist niet zeker of hij echt geaccepteerd was in de groep of niet. Hij was het jaar daarvoor van school gewisseld, en vergeleken met vroeger was het in de nieuwe klas één groot feest geweest. Toegegeven, meer dan normaal behandeld worden en een paar vriendschappen die in elk geval op het oog normaal leken, was daar niet voor nodig. Misschien had hij te veel belang gehecht aan normale vriendschap tussen mensen.

Op zijn vorige school was hij te anders geweest, op zijn nieuwe school was hij te rijk. Dat had hij al snel gemerkt, en hij was op minachtende toon over zijn ouders gaan praten. Hij maakte zelfs aanhalingstekens in de lucht als hij over hen sprak: mijn 'vader' en mijn 'moeder'. De leidersfiguur van de klas, een meisje dat naar black metal luisterde en dat nooit haar vinger opstak tijdens de les maar altijd tienen haalde voor proefwerken, had dat lange tijd erg amusant gevonden. Jerry zou zonder enige aarzeling uit haar zwartgenagelde hand hebben gegeten.

Het meisje had eerder die avond geen deel uitgemaakt van de groep klasgenoten die nu was verdwenen; dat was dan nog een schrale troost.

Het meisje naast de koeltas lag daar nog steeds volkomen roerloos. De rest van het gezelschap, voor zover dat het gezelschap was waar ze bij hoorde, concentreerde zich op een langharige gitaarspeler, wiens emotionele expressie zijn technische onvolkomenheden niet kon goedmaken.

Jerry hurkte neer en pakte de pols van het meisje vast. Die was warm, en hij kon haar hartslag duidelijk voelen in zijn vingers. Toen trok hij haar jurk zover naar beneden dat de onderbroek met de vogeltjes weer afgedekt was.

'Wat moet dat, goddomme!'

Jerry schrok en ging overeind staan. De gitaarspeler keek hem woest aan.

'Wat zit je haar goddomme te bepotelen?'

'Dat doe ik niet,' zei Jerry. 'Ik deed alleen maar...'

'Alleen maar, alleen maar,' bauwde de gitaarspeler hem na. Hij drukte de gitaar in de handen van de jongen naast hem en kwam overeind.

Jerry's instinct zei hem dat hij maar beter de benen kon nemen. Maar dat wilde hij niet. Hij wilde het uitleggen.

'Ik controleerde alleen maar of alles in orde is met d'r.'

'Je controleerde d'r kont,' zei de gitaarspeler terwijl hij dichterbij kwam. Hij liep overdreven langzaam, als in een reclamefilm. De rest van het gezelschap hield hem gespannen in de gaten; ze kenden hem en wisten wat Jerry niet wist, namelijk dat hij beter niet had kunnen blijven staan om tekst en uitleg te geven.

'Ik heb haar wat beter afgedekt met haar jurk,' zei Jerry. 'Iemand moet haar naar huis brengen.'

'Ach, je wilt haar naar huis brengen? Natuurlijk. Je wilt haar naar huis brengen en haar daar nog wat beter bekijken. Haar nog wat beter afdekken.'

'Ik was echt niet...' begon Jerry, en hij voelde hoe zijn ogen vochtig werden.

De gitaarspeler was nu zo dichtbij dat Jerry de bruine vlekjes in zijn blauwe irissen kon zien. Hij had mooie, maar kille ogen. Jerry hield zijn adem in. Ze stonden een moment roerloos tegenover elkaar, toen begaf Jerry's zelfbeheersing het en maakte hij zich op om ervandoor te gaan.

De klap landde op zijn oor. Jerry viel op zijn buik, naast het bewusteloze tienermeisje. Het duizelde hem, hij probeerde overeind te komen maar een harde duw in zijn rug wierp hem terug op de grond.

Hij durfde zich niet meer te verroeren. Zijn neus en zijn linkerwang brandden, die waren tegen het zand geslagen. Zijn andere oor leek dicht te zitten. Hij hoorde, als door een muur, hoe een broze meisjesstem de gitaarspeler probeerde te kalmeren en hem smeekte op te houden.

Jerry bleef liggen. Het gitaarspel begon opnieuw, met hetzelfde nummer van Ed Sheeran dat zojuist was onderbroken. Het gezelschap begon mee te zingen. Jerry had zand in zijn mond gekregen, maar trok zich daar niets van aan en ging voorzichtig op handen en voeten zitten. Het gezang ging door, *I'm in love with your body*, en langzaam begon Jerry weg te kruipen van het gezelschap.

Every day discovering something brand new.

Jerry kwam tot stilstand en spuugde zand uit. Er kwam bloed mee. Hij stond op en liep weg zonder achterom te kijken, zonder zich iets aan te trekken van de blikken die op hem werden geworpen. Hij durfde zijn gezicht niet aan te raken.

Pas toen hij de rand van het parkeerterrein had bereikt, draaide hij zich om naar het gezelschap aan de waterkant. Enkele meisjes waren overeind gekomen om te dansen. De klanken van de gitaar bereikten de parkeerplaats niet, maar afgaande op de manier waarop de meisjes bewogen werd er nu iets snellers gespeeld. De gitaarspeler zat nog steeds op dezelfde plek en zwaaide met zijn bovenlichaam heen en weer, met open mond.

Het tienermeisje lag nog steeds naast de koeltas.

10

Toen aanbellen geen resultaat opleverde, liep Paula om het huizenblok heen.

Na zijn echtscheiding had Hartikainen de eengezinswoning die hij zelf had gebouwd aan zijn ex-vrouw afgestaan, zodat de kinderen daar konden blijven wonen; zelf had hij een driekamerwoning op de hoek van een rijtjeshuis betrokken. Op het werk had men plagend tegen de voormalig financieel rechercheur gezegd dat hij nu niet meer zo vaak op de kleintjes hoefde te letten, maar daar had hij zich weinig van aangetrokken. *Sellavie*, was zijn reactie op alle commentaren.

Zoals Paula al had verwacht zat Hartikainen op het terras van zijn woning met een flesje bier in zijn hand. De schaduw van de uitgetrokken luifel aan het verlengde dak sneed hem af bij de hals; zijn gezicht bevond zich in de schaduw maar zijn ontblote bovenlijf baadde in de middagzon.

'Nee maar, Gwendoline,' zei hij op het oog verheugd terwijl Paula zich moeizaam door een gat in de heg de achtertuin in wurmde.

'Mag ik je storen?' vroeg ze voor de vorm.

'Maar natuurlijk. Gwendoline brengt altijd een winterse bries met zich mee. Deze hitte is niet meer vol te houden. Ze zeiden daarnet nog op het weerbericht dat de tropische nachten aanhouden. Nog even en een mens kan niet meer slapen. Nou ja, de regen komt natuurlijk wanneer mijn vakantie begint. Wil je een biertje?'

Hartikainen hief zijn blikje omhoog en Paula zag dat het om alcoholvrij bier ging, hetzelfde merk dat ze zelf ook vaak dronk. Wellicht was Hartikainen, niettegenstaande zijn ogenschijnlijke onbekommerdheid, op enig moment gedwongen geweest de kurk voorgoed weer op de fles te doen, om te voorkomen dat het uit de hand liep.

'Ja, graag.'

Hartikainen schoot ijverig naar binnen door de geopende terrasdeur. Toen hij terugkeerde droeg hij een wit T-shirt dat zijn beste tijd had gehad. Paula trok het koude blikje sissend open en ging tegenover Hartikainen aan de witte kunststof tuintafel zitten.

'Proost,' zei Hartikainen nadat hij zelf ook een nieuw blikje had geopend. 'Hoe gaat het met je vader?'

Paula viel even stil, totdat ze zich herinnerde dat ze verlof had gevraagd op grond van het feit dat ze voor haar vader moest zorgen, die zogenaamd een hartoperatie had moeten ondergaan.

'Mijn vader is goed hersteld, dank je.'

'Mooi zo,' zei Hartikainen; hij slaagde er met moeite in een korte beleefdheidspauze in te lassen voordat hij over datgene begon wat hem eigenlijk interesseerde.

'Nu mag je me alles vertellen over dat containerlijk. Het speet me wel hoor, dat ik vandaag geen dienst had; de baas wilde ook bijna niets loslaten via de telefoon.'

Paula lachte even en nam toen een flinke slok uit haar blikje. Ze kon zich goed voorstellen dat Hartikainen met het geduld van een vierjarige had gereageerd toen hij was opgebeld en gevraagd was dit weekend op het werk te verschijnen.

'Morgen krijg je alles te horen. Momenteel probeer ik informatie te verzamelen die van belang lijkt om het slachtoffer te kunnen identificeren.'

'Een zwarte vrouw in een container bij de poort van de villa van de Lehmus-stichting,' zei Hartikainen. 'Dat wilde de baas dan nog wel verklappen. Ik heb nog niet eerder te maken gehad met de stichting, ben alleen vaag op de hoogte van het doen en laten. Maar het concern is me wel bekend. En dan vooral Lehmusoja senior.'

'Hannes Lehmusoja, bedoel je?'

'Ja. Ik heb hem maar één keer ontmoet, maar dat was meer dan genoeg. Wanneer was het, een jaar of tien geleden of zo, bij een of ander liefdadigheidsgedoetje. Arja had een uitnodiging voor twee personen ontvangen en wilde er niet in haar eentje heen,' zei Hartikainen, waarna hij opnieuw kort pauzeerde; misschien dacht hij even aan zijn ex-vrouw, in positieve of negatieve zin.

Paula goot de rest van haar biertje naar binnen en keek over de heg naar het weiland, dat gloeide in de ondergaande zon. Het volle, gele licht was als een vloeistof die de wilde bloemen koesterde en de insecten ondersteunde die erin dreven.

'Hannes was naast Arja aan tafel geplaatst,' ging hij na een tijdje verder. 'Hij was in zijn eentje naar het evenement gekomen en grapte dat zijn vrouw niets had gevonden om aan te trekken. Maar als ik zijn vrouw was geweest, was ik ook thuisgebleven. Hij was duidelijk weer aan de boemel, was al dronken toen hij arriveerde. We gingen stiekem aan een andere tafel zitten toen de aanwezigen wat meer begonnen rond te lopen. Mij stoorde het niet zo, ik heb dat wel vaker gezien immers, maar Arja wilde meteen bij Hannes uit de buurt verdwijnen zodra dat kon.'

'Waarom? Maakte hij avances?'

'Nee. Dat was niet nodig. Arja zei dat Hannes haar niet eens had aangeraakt, maar toch voelde ze zich betast.'

'Op wat voor manier?'

'Arja kon dat niet echt goed uitleggen. Hannes was heel vriendelijk en uitstekend gezelschap, maar zelf kreeg ik ook een vreemd gevoel bij hem. Hoe dan ook, ik was niet verbaasd toen ik hoorde hoe hij was gestorven.'

'In het overlijdensbericht was sprake van plotselinge gezondheidsproblemen. Een hartstilstand misschien?'

'Technisch gezien, ja. Maar Hannes is in dronken toestand doodgevroren in een sneeuwhoop.'

'Hoe weet je dat?'

'Van een makker van me,' zei Hartikainen.

Paula lachte even. Hartikainen kende waarschijnlijk de helft van alle agenten in de hoofdstedelijke regio, en ook de rest kende hij in elk geval van gezicht. Er bestond geen politieroddel of Hartikainen wist er wel van af.

'Absoluut geen verdachte omstandigheden rond zijn overlijden?'

'Nee. Het is allemaal opgenomen door een bewakingscamera. Glasheldere kwestie. Meer dan drie promille in het bloed en een broek vol bevroren pis.'

Paula dacht aan het triatlonlichaam van Juhana Lehmusoja. De kans was klein dat hij net zo zou eindigen als Hannes. Maar waren er misschien toch overeenkomsten tussen vader en zoon?

'En de zakelijke activiteiten van het concern, kunnen die het daglicht verdragen?' vroeg ze.

'Vandaag de dag vast wel. Het gaat al lange tijd goed met de verschillende bedrijven. Maar Hannes had wel een paar veroordelingen op zijn naam.'

'Waarvoor?' vroeg Paula verbaasd.

'Als ik het me goed herinner voor verduistering en schuldeisersbenadeling. Het gaat om zaken van tientallen jaren oud. In zijn jonge jaren leek Hannes op geen enkele manier op de ouderwetse weldoener met groot verantwoordelijkheidsbesef die hij op latere leeftijd graag mocht spelen. Geen grote schurk, eerder een soort besnorde kruimeldief.'

'Het hebben van een snor is nauwelijks relevant, lijkt me,' zei Paula droog.

'Jawel hoor. Niemand ziet er goed uit met een snor,' reageerde Hartikainen terwijl hij onbewust zijn bovenlip streelde. 'Bovendien hebben grote schurken stijl. Hannes prutste altijd maar wat. Wat ik ervan gehoord heb tenminste, ik zat zelf nog op de politieacademie destijds.'

'Maar die twee oude zaken waren dus het enige?'

'Het enige waarvoor hij tegen de lamp is gelopen,' benadrukte Hartikainen. 'Maar we weten niet wat hij in het buitenland allemaal heeft uitgespookt. Als ik het me goed herinner is er in de jaren negentig ten minste één keer aangifte gedaan tegen het Lehmus-concern, betreffende misbruik van gelden voor ontwikkelingssamenwerking. Maar met die kwestie is waarschijnlijk verder niets gedaan.'

Achter de heg van de buren verscheen een hoofd, dat toebehoorde aan een man van Hartikainens leeftijd die net als hij kalend was. Hartikainen en hij wisselden midzomerwensen uit.

'Die vent heeft me zelfs nog nooit begroet,' snoof Hartikainen zachtjes toen het hoofd weer was verdwenen.

'Waar in Afrika zijn de bedrijven van de Lehmusoja's eigenlijk actief geweest?' vroeg Paula.

'Dat weet ik niet zo uit mijn hoofd, moet ik checken,' zei Hartikainen. 'Maar de Finnen hebben vooral in Oost-Afrika aan ontwikkelingssamenwerking gedaan, zoals in Zambia, Kenia en Tanzania. Echte ontwikkelingshulp is in veel landen jaren geleden al stopgezet, de nadruk is meer op bedrijfsactiviteiten komen te liggen.'

'Van bedrijven als het Lehmus-concern, bedoel je?'

'Ja, maar voor zover ik weet was Hannes al vanaf de jaren tachtig druk in de weer in Afrika. Het zou me niets verbazen als daar flink wat geld in de eigen zakken is verdwenen.'

'In die van Hannes of van Finnen in het algemeen?'

'Die van Hannes, of van iemand zoals Hannes.'

'Want?'

Hartikainen lachte even en liet zijn stoppelige achterhoofd tegen het vensterglas rusten.

'Finnen kunnen gewoonweg niet geloven dat hun landgenoten

zich schuldig zouden kunnen maken aan iets illegaals. En gemiddeld genomen zijn Finnen daadwerkelijk heel eerlijk, daar staan we om bekend. Dat versterkt het vertrouwen dat in de samenleving heerst.'

'Of in elk geval het denkbeeldige vertrouwen,' zei Paula.

'Klopt. Maar te veel vertrouwen kan ook een probleem zijn. Ik heb altijd al gezegd dat Finnen zich gemakkelijk laten bedonderen zolang ze bedonderd worden door een andere Fin. Je hoeft geen al te groot genie te zijn om een Fin in de maling te nemen.'

Paula dacht aan het heldenverhaal dat het Lehmus-concern over zichzelf vertelde, waarin een kleine werkplaats uitgroeide tot een concern en uiteindelijk tot een stichting die goede daden verrichtte. Afgaande op wat Hartikainen vertelde was het verhaal inderdaad te mooi om waar te zijn. De groei was niet alleen te danken aan hard werk en een uitzonderlijk goed zakeninstinct, zoals Lauri Aro in zijn necrologie had laten doorschemeren.

Hannes Lehmusoja was een gerespecteerd weldoener geworden, maar waarschijnlijk had hij onderweg op flink wat tenen getrapt. Wellicht ook op die van de vrouw die in de container was verdronken? Was ze hierheen gekomen om gerechtigheid te eisen voor zichzelf?

Paula bedankte Hartikainen voor het bier en vertrok via dezelfde route waarlangs ze was gekomen, door de heg en naar de voorkant van het huis. Terwijl ze wegliep wierp ze een blik op Hartikainen, die naast de geopende terrasdeur was blijven zitten. Vanuit de verte bekeken leek hij totaal niet op de bekwame agent op wie ze had geleerd te vertrouwen.

Hij oogde nu gewoon als een eenzame man in de midzomernacht.

11

Juhana en Elina Lehmusoja woonden in een wit stenen huis in een postcodegebied waar de wegen smal waren, maar de auto's groot. Paula reed met haar oude Saab de oprit op, achter de terreinwagen aan die ze bij de villa had gezien.

Ze had al om zeven uur die ochtend een berichtje van Juhana ontvangen. Hij had nieuwe informatie over de container waarin de onbekende vrouw was verdronken. Aangezien de rest van het team pas om negen uur op het werk zou verschijnen, had Paula besloten de Lehmusoja's opnieuw een bezoekje te brengen.

Elina deed open zodra Paula aanbelde. Ze droeg geen make-up en was gekleed in een grijs huispak, maar oogde desondanks stijlvol. Ze begroette Paula zachtjes en zei dat die haar schoenen niet hoefde uit te doen. Paula keek naar haar witte sportschoenen, die wel een wasbeurt konden gebruiken, maar trok ze niet uit. Ze volgde Elina vanuit de aula-achtige ruimte naar de woonkamer.

Juhana zat op de bank, in dezelfde tennisoutfit die hij de voorgaande dag had gedragen. Hij had toen een kille indruk gemaakt, maar misschien was hij onder de oppervlakte zo geschokt dat hij in de tussentijd vergeten was zich te wassen of andere kleren aan te trekken. Hij wenste Paula stijfjes goedemorgen, zonder op te staan.

Hij was duidelijk nog laat wakker geweest, misschien de hele nacht wel. Op de glazen salontafel voor hem lagen een laptop en een telefoon.

Paula ging op de bank tegenover hem zitten en sloeg Elina's aanbod om koffie te zetten af. Ze verwachtte dat Juhana zou gaan praten, maar die staarde somber naar het beeldscherm van zijn computer. Paula besloot te wachten, want ze wilde weten wat hij als eerste zou zeggen.

'Heeft de politie al iets in de openbaarheid gebracht?' vroeg hij uiteindelijk, en hij haalde zijn blik van het beeldscherm.

'Nee. Het eerste persbericht gaat er rond de middag uit, en daarin staat alleen dat de politie onderzoek doet naar een mogelijke misdaad tegen het leven die in Espoo heeft plaatsgevonden. Meer niet.'

Lehmusoja maakte zich dus het meest zorgen over het feit dat de vondst van het lijk bij de villa publiek gemaakt zou worden. Angst voor publiciteit was er wellicht ook de oorzaak van dat hij er zo doorwaakt uitzag.

'Zijn jullie er al achter wie het lijk... wie het slachtoffer is, of was?'

'Helaas niet. We hebben alle hulp nodig die we kunnen krijgen om de identiteit van het slachtoffer te achterhalen.'

Elina Lehmusoja zette een kan ijswater en twee glazen op de salontafel. Juhana schonk in voor zichzelf en dronk het glas gulzig leeg. Hij knapte zienderogen op en begon te vertellen dat hij de hele voorgaande avond geprobeerd had het informatiesysteem van het containerbedrijf binnen te komen. Zonder wachtwoord was dat echter niet gelukt, en het hoofd van de afdeling logistiek had niet op zijn berichtjes gereageerd.

Juhana had er zoveel verstuurd dat toen de logistiek manager ze uiteindelijk had opgemerkt, ze Juhana in paniek midden in de nacht had opgebeld.

‘Ze was aan het zeilen,’ lichtte Juhana toe.

‘U bent dus binnengekomen in het systeem?’

‘Klopt. Ik heb het nummer van de container genoteerd toen we gisteren wegreden bij de villa. Afgaande op dat nummer kon ik achterhalen dat de container uit gebruik is genomen en dat hij op het terrein van de onderneming had moeten staan.’

‘Waarom is hij uit gebruik genomen?’

‘Hij was gereserveerd voor een kunstproject van de stichting. Mai weet daar meer over, maar ik heb nog niet geprobeerd haar te bereiken. Ik weet dat ze graag uitslaapt.’

‘Bedankt voor de informatie, ik ga liever zelf even bij haar langs vanmiddag. Kan het zijn dat de container per ongeluk in circulatie is gebracht?’

‘Hoe bedoelt u?’

‘De container stond weliswaar in het systeem als uit gebruik genomen, maar zou hij desondanks per ongeluk van het terrein kunnen zijn gehaald, in opdracht van een buitenstaander?’

Lehmusoja dacht even na en leek niet blij te worden van die suggestie.

‘Ik zou het eerlijk gezegd niet weten.’

‘Ik heb de contactgegevens van die logistiek manager nodig.’

‘Uiteraard. Ze heet Ritva Kaakko en ze zei dat ze vandaag zou komen werken; ze is dan in het kantoor van het containerbedrijf te vinden. Dat ligt in de haven, vlak bij het bouwterrein voor het nieuwe hoofdkantoor. Ritva wilde zelf de bestelling checken om te zien hoe de container bij de villa is beland.’

‘Voordat dit alles gebeurde was u dus niet in bezit van het wachtwoord voor het informatiesysteem van het containerbedrijf?’

Juhana schudde zijn hoofd. Paula schonk een glas water in om voor extra bedenktijd te zorgen.

De dader was er dus op een of andere manier in geslaagd het computersysteem van het bedrijf binnen te komen, en bovendien had hij om wat voor reden dan ook uitgerekend deze container besteld, hoewel die uit gebruik was genomen.

'De container was dus gereserveerd voor een kunstproject. Om wat voor project gaat het?'

'Klopt,' zei Lehmusoja, en hij oogde ongemakkelijk. 'Ik heb niets te maken met die dingen. Ik geef leiding aan het concern, Mai weet meer over de projecten van de stichting.'

Op datzelfde moment klonk er een paniekerige uitroep bij de voordeur. De deur sloeg dicht en Juhana schoot overeind alsof hij een teken had gekregen. Paula volgde hem op de voet naar de hal, waar Elina Lehmusoja tegen een tienerjongen sprak; ze deed haar best haar agitatie te verbergen.

Het gezicht van de jongen zat onder de blauwe plekken, en net als zijn vader leek hij de hele nacht niet geslapen te hebben.

'Wat is dit godverdomme!' brulde Juhana.

Zowel de jongen als Elina keek verschrikt achterom. Ook Paula werd door het gebrul overvallen. Dat paste totaal niet bij het beeld van directeur Lehmusoja dat ze eerder had gekregen.

Hoe had Mai Rinne Juhana's reactie ook alweer beschreven toen ze belde over de container?

Stampvoetende kleuter met een driftbui.

'Waar kom jij ineens vandaan op dit tijdstip?' vroeg Juhana. 'En wat is er met je gebeurd?'

'Ik ben... gevallen,' stamelde de lange jongen met een kinderlijke stem.

Elina Lehmusoja trok haar gezicht weer in de plooi, keek Juhana waarschuwend aan en glimlachte toen tegen Paula.

'Dit is onze zoon Jerry.'

Paula reikte de jongen haar hand en keek onderzoekend naar zijn gezicht. De blauwe plekken zagen eruit alsof ze daadwerkelijk door een val hadden kunnen worden veroorzaakt. Misschien sprak hij de waarheid.

Maar zijn verwondingen waren niet datgene wat als eerste haar aandacht had getrokken.

Jerry Lehmusoja had een donkere huidskleur.

12

De bijeenkomst had een halfuur geduurd en Renko had al die tijd geen woord gezegd. Paula durfde te wedden dat hij toch iets meer dan een paar glaasjes wijn had genuttigd.

Met uitzondering van Paula, Renko, De Beer en Hartikainen verliet de rest van het team de kleine vergaderkamer, waar de temperatuur inmiddels ondraaglijk was geworden. Renko had zelfs niet opgekeken; hij was bezig de beroemdheid op de cover van een paar dagen oud boulevardblad van een snor te voorzien. Hartikainen draaide een jaloezie open.

'Geen wolkje te bekennen. Als de airco het nou nog deed,' verzuchtte hij.

'Vakantiegangers genieten nu,' zei De Beer.

'Ook niet voor eeuwig. Finnen hebben binnen een paar dagen genoeg van deze hitte, zelfs op vakantie,' zei Hartikainen, en hij draaide de jaloezie weer dicht.

'Laten we de open vragen doornemen,' zei Paula met een blik op haar aantekeningen. 'Ten eerste, is zo'n pomp iets heel speciaals?'

Ze liet de foto zien die de technische recherche had genomen van een pomp en een slang die in het water vlak bij de villa van de Lehmus-stichting waren gevonden, en die waarschijnlijk waren gebruikt bij het vullen van de container. De slang van negentig meter lang bestond uit drie gelijksoortige slangen van dezelfde lengte die met behulp van ventielen aan elkaar waren gekoppeld.

Op grond van het vermogen van de pomp hadden de rechercheurs geschat dat het vullen van de container ongeveer een uur had geduurd, misschien iets korter.

'Gewoon standaardspul,' zei Hartikainen. 'Wat ik er nog het interessantst aan vind, is de plek waar ze zijn gevonden.'

'Hoezo?' vroeg Paula terwijl ze naar Renko staarde, die de pagina had omgeslagen en zich op de volgende beroemdheid had gestort; de presentator van een vermageringsprogramma op tv stond op het punt een blauw oog te krijgen.

'Waarom de moeite nemen om de slang nog te verplaatsen nadat het karwei erop zit? Dat type slang laat zich makkelijk van de haspel afrollen, maar oprollen is veel lastiger. De pomp en de slang lagen op een zodanige plek in het water dat de dader wist dat ze gevonden zouden worden. Met andere woorden, er is niet geprobeerd ze te verbergen.'

'Misschien heeft hij ze in het water gegooid om ervoor te zorgen dat er geen sporen van hemzelf op achterbleven,' zei Paula.

'Het was een verrassing,' zei Renko ineens; zijn pen kwam tot stilstand.

'Wat?'

Nu richtte hij zijn vermoeide blik op Paula.

'Als de slang nog bij de container had gelegen, zouden degenen die als eerste bij de container arriveerden meteen hebben gezien dat die was volgepompt met water. Nu kwam dat als een verrassing.'

'Hm, daar zit wel iets in,' zei Hartikainen, en hij keek een tikje verrast naar Renko. 'Maar voor wie was die verrassing bedoeld?'

'Misschien wist hij wie er die ochtend naar de villa zouden komen. Juhana Lehmusoja heeft immers geprobeerd eerst zelf de container te openen,' zei Paula. 'Maar dat zou betekenen dat de moord op een of andere manier tegen de Lehmusoja's gericht was. Het gaat behoorlijk ver om dat te veronderstellen.'

'Laten we er nog even op broeden,' zei Hartikainen vaderlijk.

Rond de container waren geen sporen gevonden, alleen drie sets vingerafdrukken die aan Juhana Lehmusoja, Lauri Aro en de beheerder van de stichting toebehoorden. Onderzoek naar banden- en schoensporen was praktisch gezien zinloos, en de binnenkant van de container had urenlang in zeewater liggen weken. De container was in zijn geheel, inclusief de matras die ze hadden gevonden, afgevoerd voor nadere inspectie.

'Die matras zit mij dwars,' zei Paula.

De container was laat in de middag naar het landgoed gebracht, leeg – althans, zo werd in deze fase vermoed. De vrouw was op enig moment die avond of nacht in de container gestopt. Ze had er voor haar dood dus hoogstens een half etmaal in doorgebracht, maar waarschijnlijk nog korter, misschien slechts een paar uur.

'Als iemand haar in de container heeft opgesloten met als enige doel haar te verdrinken, waarom heeft hij dan de moeite genomen haar een matras te bezorgen?' vroeg Paula.

'Misschien is dat een soort teken van menselijkheid,' zei Hartikainen. 'Of van onmenselijkheid. Een beetje als een gewatteerde strop.'

'Ha,' zei De Beer vreugdeloos.

Paula wist dat De Beer de grapjes van Hartikainen, of wat voor grapjes dan ook, niet kon waarderen als er over slachtoffers van moord of doodslag werd gepraat.

'En wat vinden we hiervan?' zei ze snel terwijl ze een foto van het Kalevala-sieraad op de muur projecteerde.

Het ging om een gebroken ketting. Die kon van de dader zijn, maar volgens Paula lag het meer voor de hand dat de ketting was gebroken toen het slachtoffer voor haar leven vocht in de vollopende container.

Het slachtoffer had dus een Fins sieraad gedragen, wat het alleen maar waarschijnlijker maakte dat ook het slachtoffer Fins was. Alleen had niemand haar tot nog toe als vermist opgegeven.

De hanger oogde niet nieuw. Hij had urenlang in zeewater gelegen, maar het vuil dat zich in de gravures had gehecht, zat er nog steeds.

'Dat is volgens mij een van de meest gangbare Kalevala-sieraden,' zei Hartikainen, als de presentator van een antiquiteitenprogramma die alles al eens gezien had. 'Tamelijk nutteloos, onderzoekstechnisch.'

Zoals ook de kleren van het slachtoffer nutteloos waren voor de identificatie. Internationale merken die je eigenlijk overal kon kopen.

'Kunnen jullie ook maar iets bedenken wat ons helpt de identiteit van de vrouw te achterhalen?' vroeg Paula.

'Asielzoekerscentra?' zei Hartikainen.

'Haar foto en vingerafdrukken zijn ook naar de immigratiedienst gestuurd. Hopelijk levert de autopsie meer informatie over het slachtoffer op, en misschien zelfs een identificatie.'

'Maar zou het geen goed idee zijn naar de asielzoekerscentra hier in de buurt te gaan met een foto?' drong Hartikainen aan.

'Een beetje een schot in het duister, en daar hebben we de middelen ook niet voor,' zei Paula, hoewel Hartikainen voor haar gevoel best eens gelijk kon hebben. Ze was er echter van overtuigd dat er een verband bestond tussen het slachtoffer en de Lehmusoja's.

'Eén ding nog trouwens,' zei ze.

Ze had de informatie zo lang voor zich gehouden dat ze die al bijna vergeten was.

'De Lehmusoja's hebben een adoptiekind met een donkere huidskleur.'

'Dat meen je niet!' riep Hartikainen uit. 'Waarom heb je dat daarnet niet verteld, waar iedereen bij was?'

'Omdat niet gezegd is dat dat een rol speelt, terwijl het het onderzoek wel in de verkeerde richting kan sturen. In dit stadium is het voldoende dat wij het weten.'

Nadat ze Jerry aan Paula had voorgesteld had Elina Lehmusoja de jongen snel meegenomen om zijn wonden schoon te maken. Juhana had zichtbaar moeite gehad kalm te blijven in de aanwezigheid van de politie, maar had uiteindelijk wel antwoord gegeven op vragen over Jerry's achtergrond. De jongen was in Namibië geboren en was vijftien jaar geleden als baby geadopteerd, nadat de Lehmusoja's jarenlang geprobeerd hadden een tweede kind te krijgen. Hun dochter Ella was zeven op het moment dat Jerry in het gezin kwam.

'Jerry's ouders zijn overleden, de moeder tijdens de geboorte en de vader al voor die tijd,' lichtte Paula toe.

'Ho,' zei Hartikainen. 'Als dat echt zo is.'

'Laten we niet op de dingen vooruitlopen. Maar deze informatie moeten we natuurlijk meenemen in het onderzoek.'

'Als het slachtoffer en de adoptiezoon van de Lehmusoja's beiden een donkere huidskleur hebben, moeten we dat inderdaad meenemen,' zei Hartikainen. 'De jongen wordt geadopteerd, de moeder komt hem opzoeken, de moeder wordt gedood. Kan heel goed.'

'De adoptieouders verdrinken de biologische moeder van hun kind in een zeecontainer bij de poort van hun eigen villa. Dat klinkt niet erg geloofwaardig,' merkte Paula op.

'En als die container er toevallig stond toen het plan ontstond om de moeder te doden?' vroeg Hartikainen.

'En de moordenaar had toevallig een pomp en een slang van negentig meter bij zich,' zei Renko luid lachend.

'De dader moet geweten hebben dat het mogelijk was om uitgerekend die container met water vol te pompen. De container zou naar het schijnt deel uitmaken van een kunstproject. Misschien was hij om die reden aangepast,' zei Paula.

‘Waarom in vredesnaam is hij zodanig bewerkt dat je er water in kunt pompen? Voor het transport van vloeistoffen bestaan speciale tankcontainers,’ vroeg Hartikainen zich af.

‘Dat gaan Renko en ik zo meteen aan de kunstenaar zelf vragen,’ zei Paula. ‘Maar voor die tijd hebben we een afspraak met Mai Rinne. Hartikainen, jij gaat naar de autopsie en concentreert je daarna op de Lehmus-stichting en het concern. Het slachtoffer zou ook een medewerkster van een van de bedrijven kunnen zijn. De Beer mag gaan uitzoeken of er bewakingscamera’s op het traject tussen de ringweg en de villa te vinden zijn. Mogelijk zitten er ook particuliere camera’s tussen. Zo ja, alle opnamen tussen vijf uur op donderdagmiddag en tien uur vrijdagochtend meenemen om te bekijken. Verder hebben we de locatiegegevens voor de donderdagmiddag en -nacht nodig van iedereen die op vrijdag bij de villa is geweest, oftewel van Juhana, Elina en Ella Lehmusoja, en van Mai Rinne en Lauri Aro, voor zover nu bekend.’

Hartikainen kreunde onwillig, maar stond toen op en vertrok, op de voet gevolgd door De Beer.

Paula probeerde vergeefs wat bezwete haren van haar voorhoofd te blazen en zette toen haar telefoon aan. Beide boulevardkranten kopten op de voorpagina met de zaak. Het feitelijke nieuwsbericht was echter kort en in beide bladen bijna identiek, en bevatte geen andere gegevens dan wat er in het politiebericht was vermeld: het vermoeden bestaat dat het om moord gaat en de politie verstrekt maandag meer informatie. Over het slachtoffer of de plaats delict werd niets gezegd.

Paula liet haar blik tevreden over de berichten gaan. Het feit dat het midzomer was had in elk geval als voordeel dat de redacties met minimale bezetting werkten. Ze was nog door geen enkele journalist gebeld.

Anderzijds had het onderzoek wel te lijden van het gebrek aan menskracht. Er was geen enkele tip binnengekomen over de identiteit van de vrouw, en er was niemand als vermist opgegeven.

Renko was opgehouden met het bewerken van de gezichten in de krant en staarde voor zich uit. Hij zag eruit alsof hij zijn best deed zijn ogen open te houden.

'Hoe is het met die courgette afgelopen?' vroeg Paula onschuldig.

'Wat?'

'Heb je aan de courgette gedacht?'

'Wat? O, o ja, dat heb ik.'

'Was het een smakelijke maaltijd?'

'Best wel, dank je.'

'Met wat wijn erbij?'

'Hm.'

'Of meer dan een beetje?'

'Wat?'

Renko keek haar aan alsof hij net wakker was geworden. Toen gaapte hij.

'O nee, dat is het niet. Het spijt me, maar het was mijn beurt om te waken. Hij krijgt tanden.'

'Wie?'

'De baby.'

'Hebben jullie een baby?'

'Ik dacht dat je dat wist,' zei Renko verbaasd.

Hij leefde duidelijk in een wereld waarin mensen geïnteresseerd waren in de dingen die hun collega's bezighielden, misschien zelfs al voordat men elkaar leerde kennen.

Nadat hij was bekomen van de verbazing haalde Renko enthousiast zijn telefoon tevoorschijn.

'Kijk, dit is onze Heikki. Volgende week is-ie negen maanden.'

Op de foto stond een baby met een rond gezicht en witte, golvende haren. Om zijn breed lachende mond zaten blauwe bosbesvlekken.

Paula voelde een kleine pijnscheut. Dat was een oude bekende.

'Heerlijke baby,' zei ze geheel oprecht.

'Heerlijk inderdaad, maar hij mag wel wat beter slapen. Hij maakte me om één uur wakker, toen ik zelf net was ingedut. Ik heb hem melk gegeven, z'n moeder had een voorraadje gekolfd, maar twee uur later was hij alweer wakker. Toen was ook melk niet voldoende, ik moest rondjes lopen met hem op de arm, en zo'n uk weegt al heel wat. Dat duurde minstens anderhalf uur, waarna we op de bank belandden. Ik weet niet wie er als eerste in slaap viel. Maar gelukkig kon z'n moeder gewoon doorslapen, die is soms zo moe dat ze...'

Paula stelde zich voor hoe Renko eruitzag midden in de nacht op de bank, half in slaap, met een baby in zijn armen. Ze dacht aan die ene enkele nacht waarin ze een veel kleinere baby had vastgehouden, zo klein dat iedere stap die ze zelf zette, iedere beweging die het kind maakte, haar angst had ingeboezemd.

Meer wilde ze zich niet herinneren.

Terwijl Renko verder babbelde over het slaaptekort van zijn vrouw herinnerde Paula zich wat Juhana Lehmusoja had gezegd in de hal, toen Paula bijna weer buiten stond om te vertrekken.

Voor ons is het alsof Jerry onze eigen zoon is.

Dat was haar met name bijgebleven. Het leek haar zo'n vreemde opmerking.

Alsof hij onze eigen zoon is – maar dat is hij niet.

Waarschijnlijk had Lehmusoja daarmee iets van genegenheid en ouderschap willen uitdrukken, maar je kon die zin ook totaal anders opvatten.

13

Eindelijk stond zijn moeder op van het bed, behoedzaam; waarschijnlijk dacht ze dat hij sliep.

Jerry opende zijn ogen pas toen hij de deur hoorde dichtgaan. Hij had zijn moeder verteld wat er op het strand was gebeurd, maar pas nadat ze diverse keren had beloofd dat ze niets tegen zijn vader zou zeggen, en al helemaal niet tegen de politie. Jerry wilde geen aangifte doen, en degene die hem had mishandeld niet onder ogen komen.

Wat hij zijn moeder niet vertelde was dat dit niet de eerste keer was geweest. Zijn verwondingen waren ditmaal alleen erger dan de vorige keer, toen ze hem in het voorjaar op het schoolplein hadden laten struikelen. Destijds had zijn moeder hem geloofd toen hij zei dat hij niet had opgelet. Maar dat excuus kon hij niet nog een keer gebruiken.

Zijn pa had de kwestie na die eerste reactie van hem verrassend snel laten rusten. Hij leek andere dingen aan zijn hoofd te hebben, namelijk wat er bij de villa was gebeurd. Jerry had geprobeerd daar vragen over te stellen, maar zijn pa had hem snel het zwijgen opgelegd, en zijn moeder had hem aangespoord het hele gedoe maar te vergeten omdat het op geen enkele manier verband hield met hun gezin.

Dat wist Jerry nog niet zo zeker, vooral gezien het feit dat die vrouwelijke agent zo vroeg 's ochtends bij hen aan het 'rondneuzen' was, zoals hij zijn pa had horen zeggen in de keuken toen hij iets te drinken was gaan halen.

Er klonk een bons, gevolgd door een gedempte vloek. Zachte voetstappen kwamen de trap op en gingen aan Jerry's kamer voorbij.

Hij stond op en liep geruisloos de kamer door. Toen hij niets meer hoorde, opende hij stilletjes de deur en wierp hij een blik de gang in. Aan het andere eind van de overloop stond de deur van de slaapkamer van zijn ouders open. Er klonken stemmen, opgewonden en gedempt tegelijk.

Jerry sloop naderbij, helemaal tot naast de deur. Hij voelde een kloppende pijn in zijn gezicht, had er moeite mee gelijkmatig te ademen.

'Vertel me nou gewoon wat je zoekt,' zei zijn moeder in de slaapkamer. 'Anders kan ik je niet helpen.'

'Heb ik om hulp gevraagd dan?' snauwde zijn pa.

'Die doos bevat alleen maar herinneringen. Die zijn voor Jerry bestemd, om mee te nemen ooit, wanneer hij het huis uit gaat. Verder zit er niets in.'

Jerry schrok op toen hij zijn naam hoorde. Hij wist ook meteen welke doos zijn moeder bedoelde. Hij had ooit een keer in de kasten van zijn ouders gesnuffeld toen hij alleen thuis was geweest.

Hij had de stoel bij zijn moeders kaptafel naar de inloopkast gesleept om de spullen op de bovenste planken te kunnen doorzoeken. De doos met seksspeeltjes had tegelijkertijd afkeer en interesse gewekt. Maar nog veel langer had hij uiteindelijk de lange, kartonnen doos doorzocht waar zijn naam op stond geschreven, in het mooie handschrift van zijn moeder.

'Hou je mond,' zei pa.

'Waarom kun je het niet gewoon hardop zeggen?'

Pa gaf geen antwoord, en zijn ma zei niet wat ze bedoelde. Wilde ze nog steeds alleen maar dat hij vertelde wat hij zocht, of ging het om iets anders?

'Ga nou toch gewoon,' zei zijn pa met een vermoeide stem.

'Ik zag hoe die vrouw keek. Ze dacht vast dat –'

'Hou nou godverdomme je mond!'

Jerry deinsde achteruit alsof hij was geslagen. Zijn gezicht stond op huilen, zijn wonden brandden. Hij liep achteruit naar zijn eigen kamer en probeerde tegelijkertijd te luisteren naar wat er in de kamer aan het eind van de gang werd gezegd, maar daar was het nu muisstil.

Pas nadat hij zijn kamerdeur had gesloten durfde Jerry zijn longen vol lucht te zuigen. In de gang klonken voetstappen, hij dook zijn bed in en onder de deken, maar ook ditmaal gingen de stappen aan zijn deur voorbij.

Zijn telefoon lag op de grond en begon te trillen. Jerry strekte zijn hals om te zien wie er belde. Hij voelde opluchting toen hij Ella's naam op het schermpje zag. Zijn zus zou hem in elk geval vertellen wat er op midzomeravond bij de villa was gebeurd.

14

Mai Rinne deed open in een crèmekleurige zijden ochtendjas.

'Ik dacht dat jullie straks naar de galerie zouden komen,' zei ze, wat ze een minuut eerder ook al had gezegd toen Paula op de zoemer van de hoofdingang van het gebouw had gedrukt.

'Kunnen we nu praten?' vroeg Paula, en ze liep naar binnen zonder op antwoord te wachten.

'Goedemorgen,' zei Renko vrolijk. 'Wat een warme midzomerochtend, hè? Sorry dat we op deze manier moeten...'

Paula liet hem flirtend met Mai in de gang achter en liep zelf rechtstreeks de grote, lichte woonkamer binnen. Het appartement bevond zich in een statig oud gebouw in een dure wijk in het centrum.

'Willen jullie koffie?' vroeg Mai.

'Nou, een bakkie zou er wel –'

'Geen tijd voor, sorry,' onderbrak Paula Renko. 'We willen graag informatie over de container die donderdagmiddag naar de poort van het landgoed is gebracht.'

'Juist,' zei Mai verbaasd.

Hoewel de ochtendjas anders deed vermoeden, was ze niet nog maar net opgestaan, want ze was zorgvuldig opgemaakt, tot en met lippenstift aan toe. Onder de kraag van de ochtendjas piepte een bh-bandje tevoorschijn. Van rood kant.

'Volgens informatie die ik heb ontvangen was de container onderdeel van een kunstproject waar jij – mag ik "jij" zeggen? – meer over kunt vertellen.'

'O, mijn god,' fluisterde Mai. 'Is dat de container waar het om gaat?'

Ze zeeg neer op een stoel bij een hoge bijzettafel en gebaarde tegen Paula en Renko dat ze op de bank konden plaatsnemen.

'Je wist dus dat de container een ventiel had waarmee hij kon worden volgepompt met water?' vroeg Paula.

'Uiteraard wist ik dat. Ik heb zelf op de werkplaats uitgelegd hoe hij moest worden aangepast.'

Ergens klonk de gedempte ringtoon van een telefoon. Mai schrok op en kwam overeind.

'Sorry, ik heb mijn telefoon in de slaapkamer laten liggen. Ik ga even kijken wie er belt.'

Ze verdween om de hoek van de keuken. Renko begon het deuntje van de ringtoon na te fluiten, die al snel ophield. Paula stond op en keek naar het schilderij dat boven de bank hing en dat bijna de hele muur bedekte. Het ging om abstracte kunst, oftewel het soort kunst waar ze niets over wist te zeggen.

'Mooie kleuren,' zei Renko, die zich ook had omgedraaid naar het schilderij. Op het doek wisselden roze en bruine tinten elkaar af. Rechts onderin stonden de initialen M.R. Het moest om een werk van Mai Rinnes eigen hand gaan.

'Niets belangrijks,' zei Mai toen ze terugkeerde in de woonkamer. Ze had zich omgekleed en dezelfde rok aangetrokken die ze de dag daarvoor op het landgoed had gedragen.

'Prachtig schilderij,' zei Renko.

'Dank je,' reageerde Mai met een glimlach.

'Je bent dus vlak voordat de Lehmusoja's arriveerden samen met Lauri Aro bij het landgoed aangekomen,' zei Paula. 'Heb je het ventiel toen niet opgemerkt?'

'Nee. We hebben de container niet nader geïnspecteerd. We hebben in de auto zitten wachten op Juhana toen we merkten dat we niet door de poort konden rijden.'

'In die hitte? Werd het niet bloedheet in de auto?'

'Gut, misschien zijn we op een gegeven moment uitgestapt om buiten te wachten. Maar we zijn niet in de buurt van de container geweest. We dachten dat het om een vergissing ging.'

'Waarom zijn jullie niet naar de villa gelopen om te wachten? Ik neem aan dat je een sleutel hebt van de poort.'

'Klopt. Maar de anderen zouden er ook zo zijn. En we hadden het een en ander te bespreken.'

Paula keek naar het roze-bruine schilderij. Op de gulden snede was de verflaag dikker, en de penseelstreken leken met geweld te zijn neergezet. Renko had de kleuren geprezen, maar Paula vond dat de combinatie een terneergeslagen, bijna deprimerende indruk maakte.

'Jij en Lauri Aro? Wat hadden jullie te bespreken?'

'Niets bijzonders, dingen over de stichting.'

'Jullie hebben dus achter de container op de Lehmusoja's zitten wachten, en zijn niet naar de voorkant gelopen voordat zij er waren?'

'Inderdaad.'

'En toen de Lehmusoja's arriveerden, wat gebeurde er toen?'

'Nou, Juhana was al flink over de zeik, omdat Lauri hem had gebeld en over de container had verteld. Juhana en Lauri liepen naar de deur van de container, wij vrouwen bleven bij de auto's om de spullen eruit te tillen. Die moesten immers naar de waterkant worden gedragen.'

'En je hebt de container niet nader bekeken toen je erlangs liep?'

'Nee. Echt niet. Maar wacht, dat ventiel. Betekent dat nou dat het slachtoffer...'

‘De vrouw is in de container verdronken, inderdaad,’ zei Paula.

‘O, mijn god,’ zei Mai opnieuw.

‘Dat is een detail waar we in dit stadium geen ruchtbaarheid aan willen geven.’

‘Nee, natuurlijk niet.’

Mai rechtte haar rug en leek zich ineens te herinneren wie ze was. ‘Dit is ook voor ons afschuwelijk. Voor de stichting dus, en voor mij persoonlijk. Ik voel me op een of andere manier verantwoordelijk,’ zei ze.

‘Was het jouw idee om de container met water te vullen?’

‘Nee, de kunstenaar Kassinen kwam daarmee. Maar ik heb de instructies gegeven.’

‘Hoeveel mensen wisten van het bestaan van die container?’

‘O jee, dat zijn er een heleboel.’

‘In elk geval iedereen die op het landgoed aanwezig was?’

‘Ja, maar ook veel anderen binnen de stichting en het concern. En er is natuurlijk het hele voorjaar door gecommuniceerd over het project. Ik weet ook niet wat de kunstenaar er zelf over heeft verteld.’

‘En dan dit,’ zei Paula terwijl ze Mai haar telefoon aanreikte, waarop ze de foto’s van de pomp en de slang alvast tevoorschijn had gehaald. ‘Komen die je bekend voor?’

Mai rilde en schudde haar hoofd.

‘Die heb ik nog niet eerder gezien. Ik wist wel dat Paavali had gevraagd een pomp en een slang bij de container te laten bezorgen.’

‘Wie wisten dat nog meer?’

‘Behalve ikzelf Kassinen, en in elk geval Ritva Kaakko en een paar medewerkers van de werkplaats. En Ella natuurlijk, die werkt deze zomer bij ons. Waarschijnlijk heb ik Lauri er ook over verteld. Voor de rest weet ik het niet.’

In de gang klonk een zoemer. Mai haastte zich erheen en probeerde zachtjes te praten, maar te midden van het gemompel kon Paula de woorden 'niet nu' onderscheiden. Ze liep naar het raam en wachtte tot Mai de intercom zou ophangen. Ze zag hoe Lauri Aro de straat overstak en naar de hoek van de straat liep, waar zijn sportwagen geparkeerd stond. Paula draaide zich om en zag Mai Rinne nerveus glimlachend in de deuropening staan. Die wilde blijkbaar niet dat ze wisten wie er had aangebeld, hoewel ze zich de dag ervoor gewoon als een stel hadden gedragen. Paula begreep niet waarom Rinne dat wilde verbergen; ze waren immers twee volwassenen, ongebonden.

'Willen jullie koffie?' vroeg Mai opnieuw, alsof ze zo snel niets anders kon bedenken om te zeggen. Toen werd ze weer alert.

'Ik moet een nieuwe container gaan regelen voor Kassinen.'

15

Hartikainen voelde zich op veel plaatsen als een vis in het water, maar het mortuarium was daar niet een van. Zelfs nu de koelte daar heel even verlichting bood in de hitte.

De oude forensisch arts stond bij het lijk en leek in zichzelf te praten. Hij had Hartikainen op formele toon begroet, hoewel ze elkaar al minstens tien jaar kenden. Het had geen enkele zin te proberen de man een uitspraak te ontlokken, dat wist Hartikainen inmiddels.

De arts had hetzelfde gezegd als de voorgaande dag: het slachtoffer was verdronken. Haar longen zaten vol met zeewater en haar lichaam vertoonde geen enkel teken van extern geweld. De gebroken nagels en andere wonden aan haar handen waren hoogstwaarschijnlijk ontstaan toen de vrouw had geprobeerd de deur van de container te openen en daar met haar vuisten op had gebeukt.

DNA-onderzoek of gebitsgegevens hadden geen nut zolang er niets was waarmee ze konden worden vergeleken. Het DNA-monster en de vingerafdrukken zouden weliswaar in alle mogelijke databanken worden ingevoerd, maar het was niet waarschijnlijk dat de vrouw daarin was opgenomen, als crimineel althans. Dat zei Hartikainen echter niet tegen de forensisch arts, omdat die zou gaan zeuren om argumenten die die veronderstelling schraagden, en het enige wat Hartikainen kon bieden was een onderbuikgevoel.

Hij staarde naar het naakte lichaam, waar de forensisch arts net bezig was een laken overheen te trekken.

'Stop!'

De arts schrok van Hartikainens uitroep en liet het laken uit zijn handen vallen. Dat bleef halverwege rond het middel van de vrouw liggen. De arts keek Hartikainen afkeurend aan, en Hartikainen wist wel waarom. De man was van mening dat je je waardig diende te gedragen in het bijzijn van slachtoffers.

'Sorry,' zei Hartikainen. 'Maar zou je het laken een stukje kunnen terugtrekken?'

'Hoe ver?'

'Tot onder de heupen.'

Nu keek de arts hem aan alsof hij puur voor de lol de schaamstreek van het slachtoffer nog een keer wilde zien.

'Ik zag iets op haar onderbuik,' lichtte hij toe.

De arts verplaatste het laken tot halverwege de dijen van de vrouw. Hartikainen ging tegenover hem staan en boog zich over de buik heen.

'Bedoel je dat operatielitteken?' vroeg de arts. 'Dat komt van een keizersnede. Minstens tien jaar geleden, zou ik zeggen. Ik heb dat daarnet overigens vermeld. Het houdt op geen enkele manier verband met de dood van het slachtoffer.'

'Vast niet,' zei Hartikainen, maar hij kon niet verbergen dat hij een totaal andere mening was toegedaan.

Ineens zette de arts een stap achteruit, en hij fronste. 'Natuurlijk bestaat de mogelijkheid dat het ons iets kan vertellen over de achtergrond van het slachtoffer. Dan moet ik wel behoorlijk speculeren, maar...'

'Zeg het nou gewoon,' gromde Hartikainen ongeduldig.

De arts rechtte zijn rug en trok het laken over het lijk heen. Toen zweeg hij even demonstratief.

'Ik benadruk dat dit niet meer dan een losse gedachte is. Maar de huidskleur en het litteken van het slachtoffer in acht nemend zouden we een zekere conclusie kunnen trekken die met enige mate van waarschijnlijkheid wellicht de juiste zou kunnen zijn.'

'Namelijk,' spoorde Hartikainen hem aan.

'Het slachtoffer zou afkomstig kunnen zijn uit Zuid-Afrika. Keizersneden zijn daar bijzonder gangbaar.'

Hartikainen keek met een brede glimlach naar de afgedekte overledene, totdat hij merkte dat de forensisch arts hem afkeurend aankeek. Hij sprak zijn dankbaarheid uit en wist zijn gezicht in de plooi te houden tot hij de sectieruimte had verlaten.

Nu moesten ze meer te weten komen over de activiteiten van de Lehmusoja's in Afrika, en Hartikainen wist precies wie hij moest bellen.

16

De planoloog had een handvol legostenen gekregen om zijn visie te realiseren. Kantoorgebouwen waren niet van fabriekshallen te onderscheiden. De buitenkant van de gebouwen glom nog net niet in het zonlicht, maar maakte evenmin een vieze indruk. Tussen de legostenen door flitste af en toe de zee, waarop de wind golven met schuimkoppen liet verrijzen.

Renko's voorhoofd drukte opnieuw bijna tegen de voorruit terwijl hij de nummers van de gebouwen probeerde te ontcijferen. Hij zocht wat hij vond en wees ernaar met zijn vinger. Paula zette de auto in de schaduw van een grote grijze legosteen neer.

In de grote deur van de hal zat een kleinere ingang. Renko deed geen poging aan te kloppen maar drukte de deurkruk naar beneden. De deur was niet op slot.

Aan de binnenkant bood de hal een alomvattende zintuiglijke ervaring die zowel je net- als je trommelvliezen met geweld raakte. Geluiden weergalmden scherp in de grote open ruimte, en het snijdende gezoem van de tl-buizen klonk overal bovenuit. Een deel van de lampen ging aan en weer uit, wat voor flitsen van staalblauw licht zorgde. Het was alsof gigantische insecten een technorave hielden.

Kunstenaar Paavali Kassinen stond zwijgend midden in de hal, alsof hij al even op hen had staan wachten.

Kassinen was een indrukwekkende verschijning. Hij had een

peervorm – zijn onderlichaam was imposant, maar zijn schouders waren smal.

Daarentegen waren zijn armen robuust, en ze eindigden in handen zo groot als pingpongbatjes.

De achterwand van de hal werd bedekt door een grote, roestige metalen boot op een trailer. Was dat een kunstwerk of een gebed zonder einde, vroeg Paula zich af. Kassinen wierp een blik op hen maar kwam niet naar hen toe en vroeg niet wie ze waren. Hij richtte zijn blik op een pallet met een gigantische metalen schroefdraad erop die eruitzag als een houtkrul. Kassinen was een lijvige man, maar het was hem desondanks gelukt een overhemd te vinden dat te groot was.

'De schakelaar is naast de deur!' riep hij boven het gezoem van de tl-buizen uit.

Toen Renko de schakelaar omdraaide gingen de tl-buizen uit en daalde er rust neer in de hal, en een duisternis die alleen werd doorbroken door het licht van het spotje dat op de metalen schroefdraad was gericht.

Het hele complex maakte deel uit van het Lehmus-concern. De hal in kwestie was eigendom van de Lehmus-stichting, en die had de ruimte afgestaan aan kunstenaar Paavali Kassinen om als atelier te dienen.

Het klapperen van Renko's sandalen weergalmde in de hal terwijl hij achter Paula aan naar Kassinen toe liep, in de lichtkring van het spotje.

'Smerissen,' zei Kassinen zonder zijn blik van de grote metalen houtkrul af te halen, die bij nader inzien van een soort hard plastic bleek te zijn gemaakt.

Paula vond het amusant dat de kunstenaar na lang nadenken uiteindelijk op die begroeting was uitgekomen.

'Inspecteur van de recherche Pihlaja,' stelde Paula zichzelf voor.

‘Renko.’

‘Heb jij geen titel?’

‘Brigadier van de recherche Aki Renko,’ zei Renko op formele toon.

Kassinen gaf hun een hand met een van zijn kolenschoppen en kreunde, alsof hij wilde uitdrukken hoe onaangenaam het voor hem was neer te dalen in de hem omringende werkelijkheid.

‘Laten we naar het kantoor daarginds gaan. Daar is het prettiger praten,’ zei hij terwijl hij naar een hokje met ramen bij de rechtermuur knikte, dat ternauwernood zichtbaar was in de schemering.

‘Ik heb gevraagd of die lampen gewisseld kunnen worden. Maar Aro maakt geen haast met de kwestie, en de onderhoudsdienst steekt geen vinger uit als hij daartoe geen opdracht geeft,’ zei Kassinen nadat hij de gloeilamp, die zonder afdekking aan het plafond hing, had aangedaan.

‘Lauri Aro?’ vroeg Renko ter bevestiging.

‘Yep, die jurist. Om een of andere reden gaat hij over deze ruimtes.’

Kassinen bood hun koffie aan, die hij waarschijnlijk al had gezet toen Mai Rinne hem had gebeld over hun komst. Paula sloeg het aanbod beleefd af nadat ze de glazen kan zag, die grijs aangekoekt was. De kunstenaar schonk pikzwarte koffie in kartonnen bekertjes voor hemzelf en Renko.

‘Helaas is er geen melk,’ zei hij terwijl hij een aantal suikerzakjes op de tafel wierp die uit het restaurant van een benzinestation waren gepikt. ‘Jullie willen meer weten over die container?’

‘Die was voor u opzijgezet, klopt dat?’ vroeg Paula.

‘Yep. Je mag trouwens wel jij zeggen. Bevond dat lijk zich daadwerkelijk in mijn container? Dat lijk waarover de middagkranten al schreven? Jullie gaan uit van moord,’ zei Kassinen, en hij slurpte luidruchtig uit zijn bekertje.

In gedachten slaakte Paula een zucht. Mai Rinne had dus al kans gezien Kassinen telefonisch bij te praten; hopelijk had ze niet alles wat ze wist verteld.

'Wat was de bedoeling van die container?' vroeg Paula zonder zijn vraag te beantwoorden.

Kassinen zette zijn bekertje neer en leunde met zijn ellebogen op de tafel. Hij plaatste zijn vingertoppen zodanig tegen elkaar dat de handpalmen een driehoek vormden voor zijn gezicht.

'Het was de bedoeling die met zeewater te vullen.'

'Bij uitstek met zeewater?' vroeg Renko.

'Ja. Er was me ook een krachtige pomp beloofd waarmee dat heel snel gedaan zou kunnen worden. Daar is een extra klep voor aangebracht in de zijkant. De container was zo waterdicht mogelijk gemaakt. Er mocht niets naar buiten stromen.'

'Waarom wilde je de container met zeewater vullen?' vroeg Paula.

'Het is een installatie,' zei Kassinen, zorgvuldig articulerend. 'Het is onderdeel van het Compassie-project waar ik met steun van de Lehmus-stichting aan werk. Een met zeewater gevulde container in een galerie in de haven.'

'Als een soort kritiek op de globalisatie of zo?' vroeg Renko.

Kassinen keek hem aan met een blik die zelfs niet probeerde zijn geamuseerdheid te verbergen.

'Ook, maar de container is meer dan alleen een metafoor voor globalisatie. In de praktijk is hij de facilitator. De container is bij uitstek de uitvinding die dit hele gedoe in gang heeft gezet.'

'Welk gedoe?' vroeg Renko.

'Welk gedoe?' herhaalde Kassinen pathetisch. 'Dit hele gedoe. Het feit dat je rotzooi bestelt op internet, wat dan goedkoop vanuit China bij je thuis wordt afgeleverd in plaats van dat je het een kilometer verderop zelf gaat halen. Oftewel de reden dat de wereld is zoals hij vandaag de dag is, namelijk globaal. En logistiek is toch waar het om draait bij die hele globalisatie. Dat spullen in grote hoeveelheden over lange afstanden getransporteerd kunnen worden,' legde Kassinen uit, waarbij hij minstens net zoveel met zijn grote handen praatte als met zijn mond.

Hij ging staan en schonk nog meer koffie in zijn bekertje, maar liet dat op tafel staan en ging verder met zijn voordracht, alsof hij een lezing gaf.

'De globalisatie zoals we die vandaag de dag kennen begon ergens in de jaren vijftig van de vorige eeuw. Begon die met internet?' vroeg Kassinen op een manier die aangaf dat hij geen antwoord van wie dan ook verwachtte. 'Nee. De globalisatie begon met één vrachtwagenchauffeur,' vervolgde hij, en hij wierp een blik op de rechercheurs om te zien wat zijn woorden bij hen losmaakten. 'Die man was Malcolm McClean, een Amerikaanse wegtransporteur die een rederij wilde beginnen. Hij besefte dat het zinloos was vrachtwagens in de haven te laten stilstaan terwijl hun lading met de hand werd uitgeladen.'

'Interessant,' zei Renko; hij klonk oprecht geïnteresseerd en typte aantekeningen op zijn telefoon.

'Daar begon het mee. Men denkt vaak dat internet de wereld tot één groot dorp heeft gemaakt, in positief en negatief opzicht, maar de container deed dat al. Containers vervoeren in de praktijk alles wat je je maar kunt voorstellen over zee. Alles,' zei Kassinen hoogdravend, en hij hield een korte pauze voor het dramatische effect. 'Alles, behalve zeewater.'

'Wie was er allemaal op de hoogte van dit project?' vroeg Paula.

'Half Finland. Het is vlak na de jaarwisseling tamelijk groots gelanceerd.'

Paula geloofde niet dat de interesse in Kassinens conceptuele kunst nou echt zo groot was, maar dat zei ze niet hardop.

'Ik bedoelde deze containerinstallatie,' lichtte ze toe.

'Juist, inderdaad. Over de precieze inhoud van de tentoonstelling is nog niets openbaar gemaakt.'

'En wie wist dus dat de container waterdicht was en relatief snel gevuld kon worden? Of dat een dergelijke container überhaupt bestond?'

'Mai treedt op als curator, zij wist er uiteraard van. Ella Lehmusoja, mijn assistente. En Aro, die jurist. En dan Ritva natuurlijk, hoofd logistiek is geloof ik haar titel. Zij neemt alle besluiten betreffende de containers. Ik heb aan Kaakko uitgelegd wat ik wilde, en Mai heeft de werkers die de container gebouwd hebben nadere instructies gegeven.'

'Oftewel hoofd logistiek Kaakko?' controleerde Paula.

'Yep, Ritva Kaakko. En Juhana Lehmusoja. Die in elk geval. En natuurlijk ook wijlen Hannes Lehmusoja; naar hem ben ik als eerste toe gegaan met dit idee. Hannes was hier de facilitator. Ook de naam, Compassie, was zijn voorstel. Ik had liever iets flitsenders gewild, maar Hannes wilde het simpel houden, ter onderstreping. Mijn gedachte was een beetje dat er een documentaire over die container zou worden gemaakt waarin hij na de tentoonstelling op een vrachtschip mee zou gaan naar de haven van Walvis Bay, met alleen maar zeewater als lading.'

'Dat ligt in Namibië,' zei Renko. 'Dat weet ik door dat spelletje, *De ster van Afrika*.'

Kassinen keek Paula aan en draaide met zijn ogen. Paula glimlachte bij wijze van reactie, maar ook omdat het al de tweede keer was dat Namibië vandaag ter sprake kwam.

Dat kon toeval zijn, maar anderzijds bood het ook een strohalm om vast te grijpen.

'Daar zijn de Lehmusoja's immers begonnen met hun liefdadigheidsbusiness,' ging Kassinen verder. 'Ze hebben uit die tijd nog steeds een landgoed dat van tijd tot tijd in gebruik is. Ik ben er een paar keer geweest. Een magische plek, precies op de grens van de woestijn.'

'Gaat die nu niet door? Die documentaire?' vroeg Renko.

'Hannes zag het wel zitten. Maar hij is in januari op tragische wijze overleden, zoals jullie vast weten. Het hangt nu van Juhana af. En het is helaas geen kwestie van zo vader, zo zoon.'

'Hoe goed ken je de Lehmusoja's?'

'Ik weet niet of ik kan zeggen dat ik ze ken. Hannes Lehmusoja was een fijne man. Hij had iets van zo'n oude weldoener van vroeger. Een mecenas van de kunst en een echte filantroop. Hij was niet zo'n zakenman die zoveel mogelijk geld voor zichzelf binnen wilde halen, maar omdat hij geld wilde uitdelen, wat misschien moeilijk te geloven is. Hannes verzamelde mijn werken. Die krul daar, die vormt de basis voor Hannes' grafsteen,' vertelde Kassinen.

Hij liep de hal in en gebaarde Paula en Renko hem te volgen.

'Natuurlijk wordt het niet zo'n grote, op het graf komt een kleinere versie. De grotere maakt deel uit van het Compassie-project. Ik hoop dat het Lehmus-concern hem in de hal van het nieuwe hoofdkantoor zal neerzetten, daar was vaag sprake van. Al weet ik met Juhana niet of er iets van terechtkomt, als hij zich erin mengt. Maar je zou denken dat ook hij het levenswerk van zijn vader wel dermate respecteert.'

'Ben je van mening dat Juhana Lehmusoja niet op zijn woord te vertrouwen is?' vroeg Paula.

Kassinen snoof een keer.

'Typische libertariër,' opperde Renko.

Paula keek hem verbaasd aan maar herinnerde zich toen dat hij iets heel anders had gestudeerd aan de universiteit voordat hij naar de politieacademie ging. Filosofie wellicht?

'Eerder een ingenieur,' zei Kassinen. 'Hoewel hij economie heeft gestudeerd, heeft hij de tunnelvisie van een ingenieur.'

‘Wist jij waar de container stond opgeslagen? Had jij de mogelijkheid hem te verplaatsen? Te regelen dat hij hierheen werd gebracht, bedoel ik, of ergens anders?’ vroeg Paula.

Kassinen keek haar strak aan. In eerste instantie leek hij beledigd, zoals iedereen die meent dat hij verdacht wordt van een misdrijf. Maar toen leek de kunstenaar te beseffen dat dat soort vragen er nu eenmaal bij hoorden.

‘De container stond ergens op een depot. Ik weet niet waar. Als ik hem ergens naartoe had willen laten brengen, had ik Rinne moeten bellen. Die zou dan weer iemand anders hebben gebeld, enzovoort.’

‘Je hebt de container dus niet gezien?’

‘Jawel. Ik ben hem wezen uitkiezen toen hij nog tussen de andere containers stond. Ze zijn natuurlijk allemaal hetzelfde, maar ik wilde kijken of er eentje bij zat die bijzondere vibes uitstraalde.’

‘En, deed-ie dat?’ vroeg Renko terwijl hij nog steeds aantekeningen maakte op zijn telefoon.

Kassinen haalde zijn schouders op.

‘Ik neem aan dat ik hem weer terugkrijg? Of anders regelen ze wel een nieuwe voor me. Hij vormt immers het centrale element van de tentoonstelling.’

Paula’s telefoon piepte om aan te geven dat er een sms’je was binnengekomen. Dat kwam van Renko, die vroeg of ze Kassinen een foto van het slachtoffer moesten laten zien. Paula wierp een steelse blik op haar collega en knikte. Ze opende de foto van het gezicht van de vrouw op haar beeldscherm. Renko liet zijn telefoon videobeelden maken.

‘Kun je je herinneren of je deze persoon ooit hebt ontmoet?’ vroeg Paula terwijl ze Kassinen haar telefoon aanreikte; hij haalde een goedkope leesbril uit het borstzakje van zijn te grote overhemd.

Hij keek even naar de foto en schrok toen ergens van, waarschijnlijk van zijn eigen gedachte.

‘Herken je haar?’ vroeg Paula.

‘Nee. Maar die vrouw is toch Afrikaans.’

‘Hoezo? Waarom zou ze niet Fins kunnen zijn?’

Kassinen leek zich snel te vermannen na de schok die de foto had veroorzaakt. Hij was nog steeds van zijn stuk gebracht, maar ditmaal was het alsof hij zijn enthousiasme moest onderdrukken.

‘Dat kan natuurlijk, zo bedoelde ik het niet. Maar ze heeft een donkere huidskleur... een lijk met een donkere huidskleur in een vrachtcontainer. En dan is mijn eerste associatie dat ze Afrikaanse moet zijn,’ legde Kassinen uit.

Hij keek eerst Paula en vervolgens Renko geïrriteerd aan en stak de leesbril weer in zijn zak. Toen wreef hij met zijn vingers over zijn slapen.

‘Als we dit alles nu niet in de eerste plaats als een moordzaak beschouwen, maar ervan uitgaan dat het om een installatie gaat... een kunstwerk. In dat geval heeft de werkelijke identiteit van het slachtoffer geen al te grote betekenis. Dan is de symbolische waarde datgene waar het om gaat, dat wat de dader ons heeft willen zeggen, en vooral de manier waarop wij als ontvangers de boodschap interpreteren. Het lichaam van een zwarte vrouw in een vrachtcontainer... Dat is zo’n overduidelijk statement; banaal bijna, als er geen sprake zou zijn van een echte overledene.’

Kassinen zweeg even. Hij boog zijn hoofd en streek nadenkend over zijn achterhoofd. Zijn andere hand ging langzaam omhoog totdat de wijsvinger naar Paula wees.

‘Haar haar was nat,’ riep hij uit. ‘Is ze verdronken?’

Paula keek bijna betoverd naar Kassinen, die voor de grafsculptuur stond. Hij gebaarde als in slow motion en leek op een soort performancekunstenaarmodus te zijn overgegaan. Nu keek hij naar het spotje, alsof dat net was aangesprongen.

‘Iemand heeft haar in de container verdronken!’

Hij draaide zich om naar Paula om zijn conclusie bevestigd te krijgen. Hij oogde bijna jaloers.

'Nietwaar?'

Paula spreidde haar armen om aan te geven dat ze niet meer kon prijsgeven.

'Ik heb die container nodig. Specifiek dié container,' zei Kassinen hijgend.

'Dat is een plaats delict,' zei Paula.

'Wanneer het onderzoek is afgerond, dan hebben jullie hem niet meer nodig.'

'Waar heb jij hem voor nodig? De stichting kan vast een ander exemplaar regelen, eentje waarin niemand om het leven is gekomen.'

'Het moet die ene zijn. Precies om die reden. De container waarin een Afrikaanse vrouw is gestorven.'

'Zoals ik al zei is er geen enkele reden om aan te nemen dat ze Afrikaans is. Ze kan heel goed in Finland geboren zijn,' reageerde Paula.

Kassinen staarde haar opnieuw geïrriteerd aan. Paula beantwoordde de blik met een gezichtsuitdrukking die een mens alle lust ontnam verder te gaan met jammeren.

Eenmaal buiten gaf Paula Kassinens visitekaartje aan Renko. Ze ging niet rechtstreeks naar de auto, maar liep naar de straat, uit de schaduw, alsof ze na de ervaring van daarnet licht op haar huid nodig had. Vanaf zee blies een warme wind tussen de legostenen door.

'Godvergeten grafrover,' liet ze zich ontglippen. Ze bleef even staan kijken, over het havengebied en de zeebaai heen.

'Maar vreemd genoeg zat er wel logica in wat hij zei,' antwoordde Renko. 'Meer dan al het andere tot nu toe.'

17

Voormalig medewerker van het ministerie van Buitenlandse Zaken Pertti Karvonen zat op het dek van de tien meter lange Marino in de jachthaven van Mustikkamaa.

Toen hij Hartikainen zag stond hij op en wuifde hij enthousiast bij wijze van begroeting.

'De poort is open!'

Hartikainen stapte door een poort in het hekwerk de steiger op en voelde een steek van jaloezie. Toen hij nog getrouwd was had Arja geen boot willen hebben, en na de scheiding had Hartikainen zich geen boot meer kunnen veroorloven.

Karvonen was een jaar of tien ouder dan Hartikainen en al met pensioen. Hun gezinnen waren vijftien jaar geleden bevriend geweest, toen de kinderen nog klein waren en de schoot van hun echtgenotes nog warm.

Arja's schoot was later ronduit bevroren; hoe dat met Karvonens vrouw zat, wist Hartikainen niet. De vriendschap was verwaterd naarmate de kinderen ouder werden en uiteindelijk helemaal verwelkt toen Arja op een baan in de particuliere sector was overgestapt.

'Mooi weer vandaag,' riep Karvonen toen Hartikainen op de steiger bleef staan om de boot uitgebreid te bewonderen.

'Mooi weer voor een boottochtje, zeker. Wanneer heb je deze hier gescoord?'

'Vorige zomer gekocht. Een man heeft immers een speeltje nodig als-ie met pensioen gaat.'

'Wat vindt je vrouw ervan?'

'Die heeft d'r tuin, ik heb m'n boot. Werkt prima zo. Wil je een whisky?'

'Nee, dank je,' zei Hartikainen terwijl hij via het trapje op de boeg het dek op klauterde.

Karvonen daalde af in de kajuit en keerde terug met een blikje cola terwijl Hartikainen nog bezig was zich moeizaam over de rand van de boot naar het achterdek te wurmen.

'Leuk dat je contact opnam. Ook al heeft het met werk te maken,' zei Karvonen. 'Hoe gaat het met Arja?'

'We zijn gescheiden. Wist je dat niet?'

'Nee. Dat spijt me voor je.'

'Hoeft niet.'

Karvonen nam een slokje uit zijn glas en oogde ongemakkelijk. De zon brandde genadeloos op Hartikainens uitgedunde kruin. Er stond geen zuchtje wind op het dek, maar door het nieuws van de scheiding was de sfeer desondanks flink afgekoeld.

'Goed, over die Lehmusoja dus,' begon Hartikainen.

'Juist,' zei Karvonen snel, duidelijk opgelucht over het feit dat Hartikainen niet uitgebreid over Arja begon.

'In 1998 werd aangifte gedaan tegen het Lehmus-concern in verband met misbruik van ontwikkelingsgelden,' zei Hartikainen. 'Toen ik die zaak nader bekeek, bleek dat het onderzoek nauwelijks was begonnen of het was al beëindigd.'

'Ondergetekende heeft de aangifte in kwestie verzorgd,' zei Karvonen zelfingenomen. 'Maar Lehmusoja wist zichzelf eruit te kronkelen.'

'Te kronkelen?'

'Hij beriep zich op een fout in de boekhouding, en hogerop werd die uitleg gepikt. Maar als je het mij vraagt is dat landgoed met geld van de Finse staat gekocht. En dat is gegarandeerd niet het enige.'

'Welk landgoed?'

'Aargh, klopt. Jij kent uiteraard de achtergrond van de zaak niet. Ik moet denk ik iets verder terug beginnen. Je weet waarschijnlijk wel dat Hannes Lehmusoja in de jaren tachtig van de vorige eeuw nog een kleine ondernemer was. Grondverzet, containerverhuur, bouwwerkzaamheden.'

'En hier en daar wat fraude.'

'Precies, hier en daar wat fraude. Maar al na iets meer dan tien jaar was deze kleine jongen de directeur van een groot concern. De vraag is: wat heeft daar gespeeld?'

'En, wat heeft daar gespeeld?'

'Een oorlog.'

'Welke oorlog in godsnaam? Effe kijken, eind jaren tachtig... In Afghanistan?'

Karvonen glimlachte raadselachtig en keek opnieuw zo zelfgenoegzaam dat Hartikainen zin kreeg hem een lel te verkopen.

'Nee, in Namibië. In 1988 kwam er een eind aan de guerrillaoorlog, toen de Zuid-Afrikaanse troepen zich terugtrokken uit het land. En wat gebeurt er altijd wanneer er een oorlog eindigt?' vroeg Karvonen nogmaals voornamelijk aan zichzelf, zodat Hartikainen zelfs geen poging deed antwoord te geven.

'Na een oorlog vindt er wederopbouw plaats. Bovendien duurde het onafhankelijkheidsproces dat Namibië doormaakte nog een paar jaar. Een dergelijke situatie biedt ruimschoots kansen voor alle mogelijke sjacheraars.'

'Zoals Hannes Lehmusoja?'

'Bingo!' riep Karvonen uit.

Het Lehmus-concern was eerst betrokken geweest bij uiteenlopende projecten in de haven van Walvis Bay, vervolgens ook bij ontwikkelingsprojecten. Een van Karvonens collega's was naar Namibië afgereisd om te zien wat de verschillende Finse ondernemingen daar allemaal deden, en Lehmusoja had hem onthaald op het landgoed dat hij had gekocht. Eenmaal terug in Finland had de collega wat dieper in de zaak gegraven en het landgoed teruggevonden in een door de staat gefinancierd project.

'Daarin was het voor heel andere doeleinden bestemd dan om als landgoed van deze wedergeboren mecenas te dienen,' zei Karvonen.

'Maar Hannes wist met een goed verhaal te komen om dat te verklaren?'

'Inderdaad. Hij had een goede raadsheer.'

'Dat komt niet echt overeen met het beeld van Hannes Lehmusoja dat in de in memoriams wordt geschetst,' zei Hartikainen.

'Hij heeft zijn smeerlapperij gewoon naar een ander land verplaatst. Dat is dan ook het echte exportproduct.'

'Hij heeft dat wonderbaarlijk succesvol gedaan,' zei Hartikainen, en hij kneep zijn ogen tot spleetjes toen het zonlicht fel weerkaatste in het raam van de boot naast hen. Hij zocht in zijn borstzakje naar zijn zonnebril, maar constateerde dat dat leeg was. Uiteindelijk zag hij dat hij zijn Ray Ban-brillenkoker op de tafel had neergelegd.

'Een Fin laat zich gemakkelijk bedonderen zolang hij bedonderd wordt door een andere Fin,' zei Karvonen. 'Dat heb ik altijd al gezegd.'

18

De automotor sloeg af en vormde niet langer het achtergrondgeluid bij Renko's oneindige monoloog, die ditmaal over conceptuele kunst ging. Gedurende de korte autorit had hij al kans gezien de container van Paavali Kassinen in verband te brengen met het urinoir van Marcel Duchamp.

'Wat voor kunst heeft jouw voorkeur? Heb je een favoriet kunstwerk?' vroeg Renko terwijl hij uitstapte.

Paula herinnerde zich *De sterrennacht* van Van Gogh, dat ze tijdens een tripje naar New York in het MoMA had gezien. Het enige wat ze over de kunstenaar wist was zijn naam, maar bij het zien van het bekende schilderij was ze bijna in huilen uitgebarsten, en ze wist niet waarom. Het schilderij was uit de lijst gekomen, of liever gezegd: het had haar heel even in zich opgezogen.

Hetzelfde werk hing nu in de vorm van een poster bij haar aan de muur, maar het veroorzaakte geen enkele emotie meer. Hoogstens een melancholische herinnering aan een krachtige ervaring die ze niet langer opnieuw kon oproepen.

Ze keek met de ogen van Van Gogh naar het landschap dat zich voor haar ontvouwde. Ze zag de penseelstreken in het hoge gras, dat rond midzomer al verbrand was en zijn groene kleur had verloren. Boven het landschap tekende zich in de dikke verflaag van de genadeloos brandende zon een gele spiraal af waarin de paardenharen van de kwast dunne oranje lijnen trokken. Achter het hekwerk werd het blauw van de opgestapelde containers steeds dieper van kleur, waardoor ze een onwerkelijke nuance kregen.

'Niet iedereen hoeft van kunst te houden,' zei Renko op een toon die wat Paula betrof neerbuigend klonk.

De wilgenstruiken duwden hun takken door het hek van staaldraad heen. Aan het gaas was een blauw kunststof doek vastgemaakt, dat bij hardere wind misschien zou hebben opgebold. Er stond met grote witte letters BASSWOOD op. Dat woord kwam op de zijkant van de meeste containers terug.

Verderop, achter het depot, was een bouwterrein te zien met een hijskraan erop – al leek die in plaats van op een kraanvogel meer op een ooievaar die in een betonnen wieg een kind met zich meedroeg, op weg naar betere tijden.

'Daar is ook iemand aan het werk,' zei Renko, die zijn aandacht ook gericht had op het bouwterrein en de hijskraan, die betonelementen verplaatste.

De poort stond op een kier. In de schaduw van het bewakershok stond Lauri Aro een sigaret te roken. Achter het hokje kwam een kleine vrouw vandaan, die door de rookwolk heen een paar woorden met Aro wisselde. Al snel knikte de vrouw in hun richting. Aro mikte meteen zijn sigaret in het droge gras. Hij had al een paar stappen naar Paula en Renko gezet toen hij zich omdraaide en met grote passen op de peuk afbeende om die uit te trappen.

Paula en Renko stonden naast elkaar in dezelfde houding, hun ogen met hun handen afschermend tegen de zon.

'Wat doet Lauri Aro hier?' vroeg Renko zich hardop af.

'Hij wil weten welke vragen we stellen. En vooral wat voor antwoorden we krijgen.'

'Waarom?'

'Omdat hij jurist is.'

Aro marcheerde op hen af en wilde hun al een hand geven om zich voor te stellen, toen hij zich ineens leek te herinneren dat hij dat de vorige dag al had gedaan; hij keek naar zijn hand alsof die schuld had aan de verwarring.

'Ik hoop dat mijn aanwezigheid niet storend is. Gezien mijn positie is het goed om op de hoogte te zijn van alles wat met het concern verband houdt,' verklaarde hij. 'En zeg het meteen als u onder vier ogen met mejuffrouw Kaakko wilt spreken, zonder mij.'

'Dat zal waarschijnlijk niet nodig zijn,' zei Paula.

De vrouw die achter Aro aan was gelopen stak haar hand uit naar Paula en stelde zich voor.

Ritva Kaakko's stem klonk schor en laag, en haar kleine hand voelde ruw aan. Ze was een mengeling van een vrachtwagenchauffeur en een lady. De geur van haar parfum was weliswaar elegant, maar ze had er veel te veel van opgespoten. Uit de pijpen van de duur ogende beige shorts staken ongeschoren benen, en aan haar voeten had Kaakko sandalen van kunststof.

'Mejuffrouw Kaakko is hoofd logistiek van het concern,' legde Aro uit.

'Dat is alleen maar een formele titel. In werkelijkheid noemde Hanski mij heerseres over de containers,' zei Kaakko trots.

'Hanski?' vroeg Renko.

'Hannes dus.'

'Hannes Lehmusoja,' zei Aro met een gespannen stem.

Hij stelde het duidelijk niet op prijs dat Kaakko zo familiair over wijlen de oprichter van het concern sprak.

'Werd hij Hanski genoemd?' vroeg Renko.

Paula wist niet zeker of hij dat met opzet deed of dat hij de gesprekstoon gewoon niet had opgemerkt.

'Nee. Hannes vond dat niet prettig,' zei Aro.

'Voor mij was hij altijd Hanski. Hij vond het leuk dat ik hem zo noemde, ook al was algemeen bekend dat hij een hekel had aan die naam. Hij had gewoon gevoel voor humor,' zei Kaakko.

Ze liep weer terug in de richting van het containerdepot en gebaarde de anderen dat ze moesten volgen.

Een zwakke bries had over kilometers afstand een zilte zeegeur meegevoerd, die zich onderweg had vermengd met het aroma van rottende rietstengels. Iedere hint van vochtigheid was inmiddels verdwenen. De geur had zich door het doolhof van containers verspreid en zich vermengd met die van roest en hooi dat door de hittegolf was gedroogd. Hij drong zich je neusgaten binnen en maakte het moeilijk om te ademen.

Het grindbed tussen het containerdepot en het kantoorgebouw werd overwoekerd door taaie grote weegbree.

'Dit is in zekere zin heilig land, omdat het hier allemaal begon,' zei Kaakko.

'Allemaal?' vroeg Paula.

'Hanski's carrière... levenswerk. Natuurlijk niet concreet precies hier, maar met containers, bedoel ik,' lichtte Kaakko toe.

Lauri Aro leek haar te willen tegenspreken, maar slikte zijn voornemen in; hij volstond ermee voor te stellen om naar het kantoor te gaan, weg uit de brandende zon. Over zijn slapen liepen straaltjes zweet.

'Ik had eigenlijk gedacht dat we eerst een kleine rondleiding over het terrein zouden maken. Wellicht komen er daardoor vragen bij jullie op. Zo krijgen jullie een beter beeld van de containerwereld,' opperde Kaakko.

'Absoluut, dat is vast heel interessant,' zei Renko.

Kaakko keek tevreden en voerde hen het labyrint van blauwe containers binnen. Maar ineens slaakte ze een schelle kreet, en ze bleef staan.

'Ik zou het bijna vergeten... Hier staan de containers met schuiframen!'

Paula, Renko en Aro draaiden zich om naar de containers waar ze daarnet al een tijdje bij hadden gestaan. Er zaten inderdaad schuiframen in.

'Die worden niet gebruikt om vracht te vervoeren,' zei Renko beleefd geïnteresseerd.

'Uiteraard niet, deze worden bij uiteenlopende gelegenheden verhuurd, festivals en zo. Daarginds staan ook een paar sanitaircontainers. En verder hebben we hier nog een paar kantoorcontainers,' vertelde Kaakko met een vriendelijke stem, waarbij ze haar woorden voornamelijk tot Renko richtte.

Paula wierp een blik op Aro en vroeg zich af of die er spijt van had dat hij hun zijn gezelschap had opgedrongen. De rondleiding was vast tijdverspilling, ze kon die meteen aan het begin afbreken en rechtstreeks ter zake komen. Maar ze liet Kaakko toch verder praten, om zo een duidelijker beeld van haar te krijgen.

Renko tikte op zijn telefoon, en toen hij Kaakko's verwonderde blik zag, legde hij uit dat hij aantekeningen maakte. Kaakko wachtte geduldig en gebaarde toen dat de rondleiding verderging.

Na de speciale containers sloegen ze af en liepen ze een smalle kloof binnen, waarvan de wanden werden gevormd door blauwe zeecontainers die aan beide zijden twee hoog waren opgestapeld. Aan het eind van de kloof scheen de zon zo fel dat Paula naar haar voorhoofd greep om haar zonnebril te pakken. Die lag echter nog in de auto.

Kaakko legde uit wat je allemaal uit de letters en cijfers op de containers kon aflezen. Het leek alsof die voor haar een groots verhaal ontsloten, berichten van reizen die de hele wereld omvatten.

Renko typte op zijn telefoon nummerseries en lettercombinaties in waar hij over een uur waarschijnlijk al geen chocola meer van zou kunnen maken.

Paula merkte dat Kaakko niet alleen volstond met het noemen van nummers. Ze kende meerdere containers daadwerkelijk: waar ze waren geweest, wat erin was vervoerd en wanneer.

Aro drukte zijn stoffen zakdoek tegen zijn bezwete voorhoofd, waar de blonde haren op zaten vastgekleefd. Hij probeerde opnieuw te opperen om de rondleiding in het kantoor voort te zetten, maar dat voorstel ging ten onder in de nieuwsgierige vragen van Renko.

'HC is dus High Cube...'

'Oftewel een hoog model. En PW is dan weer Pallet Wide, oftewel een breed model,' zei Kaakko, en ze drukte haar handpalmen tegen de metalen flanken van een container alsof ze een heilige steen aanraakte die een mysterieuze wijsheid naar haar uitstraalde.

'En IU, wat betekent dat?' vroeg Renko beleefd.

'Insulated Unit. Een geïsoleerde container. Die hebben thermische isolatie, maar geen eigen warmtebron, zoals een thermocontainer. Die worden in het vrachtvervoer op zee gebruikt. Maar als je er zo eentje voor opslag wilt gebruiken, kan daar heel simpel bijvoorbeeld een kleine olieradiator in worden geplaatst,' vertelde Kaakko.

Eindelijk stelde Renko toen zijn eerste zinvolle vraag: hoe verlieten de containers het depot, en wie wist of wisten waar een container naartoe ging? Kaakko legde uit dat alles in een systeem stond dat zij beheerde. Degene die de bestelling verwerkt noteert de bestelgegevens, en de chauffeurs checken de container uit bij vertrek en weer in bij terugkeer.

'Ik ben overal van op de hoogte. Jullie mogen dat micromanaging noemen, als jullie dat willen. Maar ik wil op de hoogte zijn van alles wat er in mijn koninkrijk gebeurt,' zei Kaakko.

Achter haar rug spreidde Aro zijn armen. Paula glimlachte naar hem. Het was goed hem te laten denken dat ze zijn bondgenoot was.

'Oftewel, jij weet wie een containerbestelling heeft aangenomen en wanneer?' vroeg Renko.

'In principe wel, want iedere medewerker heeft zijn of haar eigen code.'

'En die container van Kassinen?'

'Die is verwerkt met de code voor stagiairs, die bijvoorbeeld ook door vakantiekrachten wordt gebruikt. Het probleem is dat we momenteel geen vakantiekrachten of stagiairs hebben die die code zouden kunnen gebruiken.'

'De code is dus al heel lang ongewijzigd,' zei Paula. 'Weet iedereen die hier ooit in de zomer gewerkt heeft die code?'

'In principe wel,' zei Kaakko.

Aan het eind van de kloof bleek achter de rij containers een grote hal van golfplaat te staan. Kaakko vertelde dat daar normaal gesproken drie monteurs aan het werk waren die onderhoud verrichtten aan de containers, maar momenteel natuurlijk niet, zo rond midzomer.

'Ook de container die kunstenaar Kassinen had gereserveerd is daar aangepast. Ik heb weliswaar voorgesteld een tankcontainer te gebruiken, maar hij wilde per se een zeecontainer, eentje met een verhaal,' zei Kaakko.

Ze had lange tijd samen met Kassinen door het depot gelopen om een geschikte container te vinden.

Aro meldde dat ze nu toch echt langzaam het kantoor moesten binnengaan, anders zou hij een zonnesteek oplopen. De zon scheen vanuit een zodanige hoek uit de wolkeloze hemel dat de containers geen enkele schaduw boden.

'De container van Kassinen heeft dus in die hal gestaan?' vroeg Renko zonder zich iets van Aro aan te trekken.

'Hij was al naar de laadzone overgebracht om daar te wachten. Ik had begrepen dat hij volgende week pas geleverd moest worden,' antwoordde Kaakko.

'En u weet dus niet wie de gegevens over het afhaaltijdstip of de bestemming zou hebben kunnen wijzigen?' vroeg Paula voor de zekerheid.

'Nee.'

Paula haalde de foto van het slachtoffer tevoorschijn en liet die aan Kaakko zien. Die zei meteen dat ze de persoon in kwestie niet kende en schudde haar hoofd al voordat ze de foto goed had kunnen bekijken. Op Paula's verzoek keek ze echter nog een keer, langer nu, en ze antwoordde opnieuw dat de vrouw haar niet bekend voorkwam.

'Ik kan me niet herinneren hier ooit iemand met dat uiterlijk te hebben gezien. En ik geloof ook niet dat ik haar elders ben tegengekomen. Dat zou ik me wel herinneren. Althans niet in Finland.'

'Hoe bedoelt u?'

'Ik heb immers ook in Namibië gewerkt met Hanski, maar dat is al meer dan tien jaar geleden.'

Aro, die zich op een smal strookje schaduw tussen twee containers had teruggetrokken, wilde weten of er al iets bekend was over de identiteit van het slachtoffer. Paula schudde haar hoofd.

'Als we haar identiteit niet op een andere manier kunnen achterhalen, zijn we gedwongen de foto van het slachtoffer publiek te maken,' antwoordde ze.

Dat deed ze expres, en tevreden stelde ze vast dat die informatie niet goed viel bij Aro. Paula wist zeker dat iemand binnen het bedrijf de vrouw herkende maar dat om wat voor reden dan ook niet aan de politie wilde vertellen. Ook zat die persoon – of personen – er waarschijnlijk niet op te wachten dat er ruchtbaarheid werd gegeven aan de kwestie.

Bij de poort klonk het geluid van een auto. De chauffeur toeterde. Vervolgens gleed een groene Volkswagen Kever langzaam naar het eind van de containerkloof, tot voor het kantoor. Aan passagierszijde stapte eerst Mai Rinne uit, daarna gleed aan de chauffeurskant de enorme gestalte van Paavali Kassinen naar buiten, elastisch als Barbapapa, hoewel je je nauwelijks kon voorstellen dat hij überhaupt in zo'n klein autootje paste.

Paula verbaasde zich over de gracieuze manier waarop de potige Kassinen zich bewoog. Rinne dribbelde om de auto heen naar Kassinen toe. Naast elkaar zagen ze eruit als karikaturen.

Kaakko zwaaide naar hen. Haar hoofd bewoog subtiel mee in het ritme van haar hand.

Kassinen zag er met zijn witte gerande hoed uit als een sheriff die in een westernfilm de straat van het coulissestadje in loopt, zoals hij langzaam in de brandende zon op hen afkwam.

Lauri Aro begroette Mai vriendelijk. Kassinen keurde hij zelfs geen blik waardig. De aanwezigheid van de kunstenaar stond hem duidelijk tegen. Die leek daarentegen te genieten van hun gezelschap: de juten, de jurist en de heilige Artiest, die niet alleen fysiek maar vooral ook geestelijk een kop groter was dan de rest.

Kaakko leek de anderen te zijn vergeten, ze wijdde zich geheel aan Kassinen. Dat had echter niet alleen met het charisma van de kunstenaar te maken.

Kassinen was oprecht geïnteresseerd in de containers, en met hem kon Kaakko geheel en al op dezelfde golflengte komen. Ze kon de containers niet slechts als logistieke eenheden met technische eigenschappen presenteren, maar als individuen. Als voorwerpen met een ziel en een verhaal. In de ogen van de anderen was de ene container identiek aan de andere, maar Kassinen wilde er eentje die de juiste vibes afgaf.

'We storen toch hopelijk niet?' was Mai Rinne zo vriendelijk om te vragen.

Paula verzekerde haar dat ze heel goed even konden pauzeren terwijl Kassinen zijn nieuwe container uitkoos. Dat bood haar de gelegenheid zowel Aro en Kaakko als Kassinen en Rinne te observeren.

Alle vier wisten ze waar de moordcontainer opgeslagen was geweest en hoe die was aangepast.

Kaakko presenteerde haar beschermelingen zoals de houdster van een bordeel haar meisjes; Kassinen luisterde fronsend toe, maar schudde toen afwijzend het hoofd.

'Deze hier dreigde een keer tijdens een storm in de Golf van Biskaje te vallen,' vertelde Kaakko. Ze lachte even en voegde eraan toe: 'Dat weet ik dus op grond van de schademelding.'

Kassinen legde een hand op het blauwgeverfde metaal, zette een stap dichterbij en drukte toen zijn voorhoofd tegen de container. Iedereen hield instinctief de adem in. Ook Aro, totdat hij een keer luidruchtig snoof. Dat leverde hem een boze blik van Mai Rinne op.

'Deze. En behandel hem net zoals de vorige,' zei Kassinen.

De kunstenaar draaide hun de rug toe en liep al weg, maar nam toen toch nog de moeite zich om te draaien en te zwaaien bij wijze van afscheid.

'Bedankt weer, Ritva,' zei Mai, en ze knikte ook Paula toe. Aro leek wat haar betrof lucht te zijn.

'Tjaaa,' zei die, en hij keek Mai na. Toen klaarde zijn gezicht op, alsof hij zich ineens iets belangrijks herinnerde.

'Hebben jullie overigens dat bouwterrein gezien?' vroeg hij aan Paula. 'Daar komt ons nieuwe hoofdkantoor.'

'Wat leuk,' zei Paula zonder haar blik in de richting te wenden die Aro aanwees. 'We hebben de namen van de monteurs nodig die de container hebben aangepast, en van alle stagiairs van de afgelopen vijf jaar. Nu meteen.'

Lauri Aro kreunde. Terwijl hij zich omdraaide naar het kantoorgebouw zocht zijn hand steun bij de container die Paavali Kassinen zojuist had geselecteerd voor zijn project. Op de zijkant bleef heel even een vochtige handafdruk achter.

19

De dubbele glazen deuren van de woonkamer stonden open naar het terras, maar vanuit de tuin waaide geen verkoelende bries naar binnen, integendeel bijna. Binnen was het koeler. Paula had een zucht van genot geslaakt toen ze de hal was binnengestapt.

De airco in het moderne stenen huis van Juhana en Elina Lehmusoja was van een heel andere orde dan die op het politiebureau.

Jerry Lehmusoja zat tussen zijn ouders in op de witte bank. In zijn pyjama-achtige outfit oogde hij een stuk beter dan eerder die dag. Paula stelde zich voor hoe Elina haar zoon in bad had gestopt en daarna zijn wonden teder had verzorgd. Het zag er bijna uit alsof ze ook had geprobeerd de blauwe plekken met foundation te maskeren.

'Hebben jullie al aangifte gedaan van de mishandeling?' vroeg Paula.

'Jerry is gevallen, hoor,' zei Elina, en ze glimlachte, met het oog op de situatie, net iets te lieftallig.

Paula keek naar Juhana, die zijn onbehagen niet wist te verbergen. Hij was duidelijk niet zo'n goede leugenaar als zijn vrouw. Of eigenlijk ging het niet zozeer om liegen als wel om volharden in de leugen, ook als iedereen allang beseft dat er sprake is van een leugen.

Paula voelde ongewild bewondering voor Elina's perfecte pokerface. Ze besloot de zaak echter voorlopig te laten rusten, hoewel ze niet begreep waarom een beschermende moeder degenen die haar zoon hadden mishandeld niet ter verantwoording wilde roepen.

Hoe dan ook, de sporen op Jerry's gezicht waren die ochtend duidelijk nog vers geweest, en dus konden ze geen verband houden met de vrouw in de container. Niet rechtstreeks althans.

Bovendien was Paula gekomen om het doen en laten van de familie Lehmusoja sinds donderdagochtend nog eens na te lopen, niet om over Jerry's verwondingen te praten. Althans, dat had ze tegen de Lehmusoja's beweerd. In werkelijkheid was het haar hoofdzakelijk om de identiteit van het slachtoffer te doen, die ze nog steeds niet hadden kunnen achterhalen.

Renko was op het politiebureau achtergebleven om de nieuwe namen te checken die naar voren waren gekomen. Het containerbedrijf had de afgelopen jaren slechts een handvol stagiairs gehad, en die wilden ze zo snel mogelijk uitsluiten van het onderzoek.

Paula wilde op haar beurt Juhana Lehmusoja eindelijk aan het praten krijgen – want die wist iets, daar was ze van overtuigd.

Desondanks liet ze Elina Lehmusoja uitvoerig en in alle rust vertellen hoe het gezin de dag voor midzomeravond had doorgebracht. Dat deed Elina bijzonder zorgvuldig; af en toe sprong ze even terug in de tijd, als ze iets was vergeten, alsof haar was gezegd dat ook het kleinste detail van belang zou kunnen zijn. Zoiets werd alleen in tv-series gezegd, maar het leidde ertoe dat Paula nu een nauwkeurig verslag kreeg over wat Elina in de supermarkt had gekocht en hoe ze de maaltijd had bereid. Paula onderbrak haar niet, spoorde haar niet aan de onbeduidende details over te slaan, maar luisterde zwijgend toe, en hoe langer ze dat deed, des te ongeduldiger keek Juhana naar haar.

Jerry leek daarentegen na een korte begroeting in zijn eigen wereldje te zijn gevlucht, zoals iedere tiener doet die ongewild het middelpunt van een eindeloos, oninteressant gesprek tussen volwassenen is geworden.

Eindelijk was Elina bij de vrijdagochtend aanbeland waarop ze samen met Juhana en Ella naar de villa van de stichting was vertrokken en Jerry in bed was blijven liggen.

'Ik sprak met Riitta, met mijn schoonmoeder dus, af dat zij Jerry later zou ophalen, dat hij mocht uitslapen. Zo was het toch, Juhana?'

'Klopt,' zei die zonder zijn blik van Paula af te wenden. 'Tieners slapen lang.'

Paula wachtte nog even, niet omdat ze nog meer details nodig had, maar omdat er zo'n vreemde sfeer hing. De Lehmusoja's lieten zich echter niet van hun stuk brengen, en niemand opende zijn of haar mond nog. Paula begon op haar telefoon te scrollen.

'Ik zou graag willen dat jullie nog eens naar de foto van het slachtoffer kijken, omdat we haar nog steeds niet hebben kunnen identificeren.'

'Natuurlijk,' zei Elina. 'Jerry, ga naar je kamer.'

Hij stond onmiddellijk op, alsof hij uit de startblokken kwam.

'Wacht,' zei Paula.

Jerry keek eerst verwonderd naar Paula, toen naar zijn moeder.

'Ik wil graag dat Jerry ook even naar de foto kijkt.'

'Geen sprake van,' zei Juhana snel en met lage stem. 'Dat kunt u niet verlangen. Hij is minderjarig.'

'Waarom?' vroeg Elina strijdlustig. 'Waarom moet Jerry een foto van iemands lijk zien? Hij heeft hier toch helemaal niets mee te maken!'

'Ook jullie zoon kan het slachtoffer mogelijk hebben gezien,' antwoordde Paula nadrukkelijk kalm.

'Hoe dan? Waar zou hij haar hebben kunnen zien?' drong Elina aan; haar stem klonk al iets schriller nu.

'We hebben nog steeds geen enkele informatie over de identiteit van het slachtoffer. We hebben alle hulp nodig die we kunnen krijgen.'

Jerry stond nog steeds ongemakkelijk ogend voor Paula, zijn blote bruine tenen weggezonken in het witte wollen tapijt. Paula voelde ineens een enorme sympathie voor hem. Ze had de Lehmusoja's al genoeg onder druk gezet in het bijzijn van de jongen. Natuurlijk had ze al vermoed dat de ouders niet wilden dat Jerry de foto zag, en feitelijk wilde ze dat zelf ook niet.

Ze wilde alleen maar dat Juhana Lehmusoja alles zou ophoesten wat hij over de overledene wist.

'Ik breng Jerry nu naar zijn kamer,' zei Elina vastberaden, en ze kwam overeind.

Jerry keek Paula weifelend aan en maakte geen aanstalten zijn moeder te volgen, hoewel die hem aan een elleboog trok.

'Was ze zwart?' vroeg hij ineens, met dezelfde kinderstem die Paula die ochtend had gehoord. 'Dat lijk?'

'Het slachtoffer van het misdrijf heeft een donkere huidskleur, inderdaad,' antwoordde Paula.

Elina stond als bevroren op haar plaats, haar hand nog steeds op Jerry's arm.

'Ella vertelde dat,' zei hij.

'Jerry gaat nu weg,' siste Juhana, evenzeer tegen Paula als tegen zijn vrouw. 'Je hebt het recht niet.'

Paula liet toe dat Elina Jerry de woonkamer uit leidde. Ze zweeg, ook toen de voetstappen al waren weggestorven in het trapgat. Juhana leunde achterover en schoof toen naar het midden van de bank, waar Jerry daarnet nog had gezeten, alsof hij de balans van het meubelstuk wilde bewaren.

Zonder een woord te zeggen legde Paula haar telefoon voor Juhana neer op de glazen salontafel. Ze had de foto op het scherm zodanig vergroot dat alleen de gesloten ogen, de neus en de mond van de vrouw te zien waren.

Juhana pakte de telefoon niet op en keek niet naar de foto.

'Ik heb al gezegd dat ik niet weet of ik haar ooit gezien heb.'

‘Gisteren zei je dat je haar niet gezien hebt.’

‘Volgens mij heb ik dat niet zo gezegd.’

‘Oftewel, het is mogelijk dat je haar gezien hebt?’

‘Dat is altijd mogelijk.’

‘Waar zou je haar mogelijk kunnen hebben gezien?’ vroeg Paula.

Juhana keek gemaakt nadenkend. Paula voelde hoe haar hoofdhuid begon te jeuken. Tijd voor een andere tactiek. Ze pakte haar telefoon, stond op en maakte aanstalten te vertrekken.

‘De foto van het slachtoffer gaat morgen naar de media, als de vrouw dan nog steeds niet is geïdentificeerd. De kans is groot dat dat veel aandacht zal trekken. Maar we kunnen niet anders. De identiteit van het slachtoffer moet achterhaald worden, anders verliezen we te veel tijd.’

Lehmusoja knikte en stond zelf ook op. Paula voelde hoe hij twijfelde terwijl hij achter haar aan door de koele vestibule liep.

‘Wacht,’ zei hij.

Paula bleef bij de voordeur staan. De airco koelde haar zwetende lichaam af, haar nek en decolleté voelden ineens koud aan.

‘Ik heb dit niet eerder gezegd, omdat ik het absoluut niet zeker wist,’ begon hij, op verontschuldigende toon nu. ‘Ik wilde geen misverstanden creëren.’

‘Ik begrijp het,’ zei Paula.

‘Het kan zijn dat ik haar ooit in Namibië heb gezien, jaren geleden. Ik heb een tijdlang half daarginds gewoond en half in Finland, toen Ella nog klein was. Misschien was het slachtoffer een werknemer van het Lehmus-concern.’

‘Misschien?’

‘Ja. Misschien.’

‘Je denkt dus dat het zinvol is als we ons onderzoek in die richting sturen?’ vroeg Paula. Ze sprak zachtjes, om vertrouwen te wekken.

‘Misschien wel,’ antwoordde Juhana bijna fluisterend.

Paula pakte zijn hand vast en keek hem met een ernstige blik in de ogen.

'Bedankt. Hier hebben we heel veel aan.'

Eenmaal in de auto grimaste en kreunde ze, alsof ze zojuist iets smerigs had geproefd.

Ze had voorheen al vermoed dat Juhana de dode vrouw meteen had herkend. Nu wist ze het zeker.

In feite was ze ervan overtuigd dat Lehmusoja haar ook meteen de naam had kunnen vertellen, en vermoedelijk nog wel meer dan dat. Maar de kans was klein dat hij in dit stadium nog meer zou prijsgeven.

Juhana Lehmusoja wilde de politie helpen voor zover hij daar niet aan ontkwam. Hij wilde dat het slachtoffer geïdentificeerd zou worden zodat de foto niet openbaar hoefde te worden gemaakt, maar hij wilde niet onthullen dat hij de vrouw kende.

Paula belde De Beer, die gelukkig nog niet naar huis was. Ze hadden nu voldoende aanleiding om ervan uit te gaan dat het slachtoffer uit Namibië kwam. De Beer mocht gaan uitzoeken met welke vlucht de vrouw op donderdag, of eerder al, in Finland was gearriveerd, en controleren of ze op bewakingscamerabeelden te zien was.

'Begin met de laatste vlucht op donderdagavond en ga vandaar verder terug. Ik was graag met je meegegaan, maar ik moet wat dingen voor mijn vader regelen. Hij is gevallen,' zei Paula, en ze grimaste opnieuw, ditmaal tegen zichzelf in de achteruitkijkspiegel. 'Ik ga kijken hoe het met hem gaat.'

De Beer sprak zijn medeleven uit en Paula schaamde zich. Eigenlijk moest ze de gezondheidstoestand van haar vader niet als excuus gebruiken – vooral omdat hij waarschijnlijk topfit was.

Maar ze had die avond plannen die ze niet wilde annuleren.

20

Aan de rand van de parkeerplaats was nog een gaatje waar de Saab in paste. Terwijl ze uitstapte viel het Paula op dat alle andere auto's in de rij langs de rand achterwaarts waren ingeparkeerd; haar auto was de enige die met de neus naar het weiland stond, dat begroeid was met timotheegras. Daarachter begon een stukje bos met veel uitspruitsels.

Paula trok haar zomerjurk recht. Die paste weliswaar goed en er zaten geen kreukels in, maar verder zat hij ongemakkelijk. Ze voelde zich niet thuis in dergelijke kleren. Maar hier kon ze niet in een spijkerbroek verschijnen, laat staan in een trainingspak.

Bij één auto stond de achterklep omhoog. Er stonden twee mannen van middelbare leeftijd bij. Een van hen had een snor en droeg een vergeeld poloshirt en een lichte broek, de ander had blond haar dat op de kruin dunner werd en droeg een colbertje dat in de mode was geweest voordat de recessie in de jaren negentig toesloeg. De mannen namen een slok uit een fles. Ze pasten perfect in deze omgeving.

Toen ze de geasfalteerde weg had verlaten en een grindweg was ingeslagen, was Paula terug in de tijd gereisd. Of liever gezegd, naar een plek waar de tijd niet voorwaarts ging. Het wagenpark was veranderd, maar verder dreef de dansvloer in zijn eigen onvergankelijkheid.

In deze bubbel kostte het geen moeite de verdronken vrouw in de container heel even te vergeten. Die maakte deel uit van een totaal andere wereld.

De mannen zwaaiden naar Paula en wensten haar een fijne midzomer, en begonnen toen als tienerjochies te fluisteren terwijl ze haar nakeken.

Het orkest speelde net een foxtrot. Het zou nog een paar uur duren voordat de hoofdact van de avond, een tangoprinses van jaren geleden, het podium zou betreden.

Paula zette koers naar de kaartverkoop; aan beide zijden van het hokje waren jonge berkjes in de grond gezet die vers uit het bos kwamen. Op weg naar het hokje zag ze de auto van het echtpaar. Aan de handgreep boven het achterportier aan de chauffeurszijde hing een gebloemd overhemd met korte mouwen aan een kleerhanger. De man had dus reservekleding bij zich, die hij tegen het eind van de avond zou aantrekken, wanneer hij zichzelf in het zweet had gedanst en het shirt dat hij nu droeg donkere plekken onder de oksels had gekregen.

Paula had het, nadat ze de identiteit van het echtpaar had weten te achterhalen, nauwkeurig vermeden nog een keer tegen haar beroepsethiek te zondigen. Alles wat ze te weten was gekomen, had ze gevonden door op internet te zoeken of het tweetal in haar vrije tijd te bespioneren, zoals iedere normale burger dat zou doen. Ze had zich niet schuldig gemaakt aan inlichtingenwerk met behulp van methoden waar alleen de politie toegang tot had. Via sociale media had ze vastgesteld dat de man en vrouw enthousiaste ballroomdansers waren.

Ze had nog niet geprobeerd een praatje met hen te maken. Maar ditmaal was ze daarop voorbereid. Ze zou slechts een paar woorden wisselen, had ze zich voorgenomen. De eerste keer kon ze beter niet al te familiair doen, om geen verdachte indruk te wekken.

Het terrein rond de dansvloer werd afgebakend door een hoge, roodgeverfde schutting. De dansvloer zelf was als een groot uitgevallen moer. Daarachter was een helling die naar de oever van een klein meer voerde. Op tien meter afstand van de oever dreef een vlot met een nog niet aangestoken vreugdevuur erop.

Paula vond een plekje bij een statafel naast de dansvloer en leunde daartegenaan. Ze keek naar de dansenden en deelde hen grofweg in twee groepen in. Midden op de vloer had je de sporadische dansers, degenen die op het podium waren geklommen om midzomer te vieren, bekenden te ontmoeten of gezelschap te zoeken. Zij bewogen zich paarsgewijs steeds een paar meter voor- en achteruit en letten er bij het neerzetten van hun voeten vooral op dat ze niet op de tenen van hun partner trapten. Langs de buitenrand van de dansvloer gleden de echte beoefenaars. Zij hadden ruimte nodig voor hun omwentelingen en buigingen. In die groep was er niemand die jeans droeg. Sommige mannen zagen er in hun zwarte broeken en satijnen hemden uit als een karikatuur van de latino dandy.

Het echtpaar behoorde tot deze tweede groep, al onderscheidde de man zich door zijn gematigde kleding positief van de ergste uitslovers.

Het echtpaar was duidelijk ouder dan zij, dat wist Paula. De vrouw was net de vijftig gepasseerd, de man bijna zestig, maar ze oogden jeugdig voor hun leeftijd.

Wie van de twee was er de oorzaak van dat de vrouw nooit zwanger was geworden?

Het echtpaar kwam op een paar meter afstand langs haar, een tango dansend; er werd een ander nummer gespeeld nu. Paula zag de grote zweetvlekken onder de oksels van de man. Nog even en het was tijd om een ander overhemd aan te trekken.

Het was windstil en drukkend warm. De zon hing groot en rond boven de horizon, als een eierdooier in een hete pan. Het liep tegen negen uur 's avonds en de mensen begonnen van de dansvloer te komen en langzaam koers te zetten naar het vreugdevuur bij de oever.

Paula zag dat de vrouw een beetje aan de kant was gaan staan. Ze was alleen, de man was even weggelopen. De vrouw stak een sigaret op. Paula liep naar haar toe om te vragen of ze er ook een mocht, hoewel ze bijna nooit rookte. De vrouw stak haar er vriendelijk eentje toe en bood ook meteen een vuurtje aan.

'Ben je hier in je eentje?' vroeg Paula.

'Nee hoor, mijn man is even een ander overhemd gaan aantrekken.'

'Een warme avond. Ook zonder te dansen ga je al zweten.'

'En jij? Alleen of in gezelschap?'

'Alleen. Ik had geen zin om thuis te blijven op een avond als deze.'

'Ik ben Maija,' zei de vrouw terwijl ze haar hand uitstak.

Paula pakte die vast en stelde zichzelf voor. Heel even overwoog ze een andere naam op te geven, maar toen zei ze toch haar echte naam. Je kon maar beter niet te veel liegen, alleen voor zover het nodig was.

In de verhoorkamer was dat bij uitstek de manier om een bedachtzame professional van een charlatan te onderscheiden. Charlatans verdraaiden de feiten puur en alleen om de lol van het liegen, totdat hun verhaal een zodanige warboel was dat alleen een bekentenis de knoop nog kon ontrafelen. De slimmerik minimaliseerde het risico dat hij zichzelf tegensprak.

Het terrein was al bijna verlaten toen de man terugkeerde met een schoon overhemd aan, oranje bloemen op een zwarte ondergrond. Hij begroette Paula met een hoofdknikje. Maija stelde hem voor als haar man Kari.

'Wat doe je voor werk?' vroeg Maija terwijl ze de helling af liepen naar de oever.

Paula schrok even van de onhandig geformuleerde vraag, hoewel die duidelijk alleen maar was bedoeld om interesse te tonen in de vreemdeling. Ze overwoog even wat ze zou zeggen en kwam toen wederom bij de waarheid uit.

'Ik ben politieagent.'

'Dan maak je vast allerlei vreselijke dingen mee. De donkere kant van de mens,' zei Maija zachtjes.

'Klopt, dingen waar je in je vrije tijd niet aan wilt denken,' antwoordde Paula, in de hoop dat het onderwerp daarmee was afgehandeld.

Aan het firmament dreven een paar late stapelwolken voorbij. De ondergaande zon leek ze van onderen te raken.

Hetzelfde licht als destijds, mijmerde Paula.

Ze herinnerde zich de zomerse avonden tijdens het basketbalkamp lang geleden. En de Zweedse jongen met wie ze tijdens de laatste avonden was weggeslopen uit hun onderkomen.

Twee domme en zorgeloze, verliefde tieners. De tijd vóór sociale media. De volgende ochtend wisselden ze stukjes ruitjespapier uit met hun adres erop, die ze allebei al kwijtraakten nog voordat ze überhaupt thuis waren aangekomen.

Het vreugdevuur barstte volop in vlammen uit. Kari sloeg een arm om Maija heen. Paula keek naar hen.

Maija en Kari Vatanen zagen er precies zo uit als ze volgens Paula's naspeuringen ook waren: als door en door fatsoenlijke mensen.

Ze hadden een huis van witte baksteen in een rustige wijk. Toen Paula er een keertje langs was gelopen had het er goed verzorgd uitgezien, evenals de bloemenperken en de heg. De rode brievenbus hing aan een sierlijke houten staander waarvan Paula zich voorstelde dat Kari die zelf in elkaar had geknutseld. Er hing een plantenhanger met viooltjes aan die Maija had gekocht.

De Vatanens hadden normaal werk dat een opleiding vereiste en dat redelijk goed werd betaald. Maija was kleuterleidster, Kari een ingenieur die als hoofd verkoop bij een metaalfabriek werkte.

Met name Maija's beroep had Paula van haar stuk gebracht.

Een kleuterleidster weet hoe kinderen moeten worden opgevoed, en ze had de steun van een deugdelijke man met een baan. Alle voorwaarden om succesvol te zijn waren in principe aanwezig geweest.

Wat is er van jullie deugdelijkheid geworden?

Paula's telefoon begon te klingelen in haar handtas. Het scherm zei dat het om De Beer ging.

'M'n werk, ik moet ervandoor. Leuk jullie ontmoet te hebben,' zei ze tegen de Vatanens, die haar nog een fijne midzomer toewensten.

Ze zorgde dat ze buiten gehoorsafstand was voordat ze op het groene knopje drukte.

'Je had gelijk,' zei De Beer. 'Het slachtoffer is donderdagmiddag vanuit Namibië in Finland gearriveerd.'

Paula keek naar haar jurk. Die moest nu maar dienstdoen als uniform.

DEEL II

1

Het landgoed ligt precies aan de rand van de woestijn.

Achter het hoofdgebouw ligt een groot, turkooois glanzend zwembad dat wordt omgeven door een patio in rode baksteen. Eromheen is een onnatuurlijk groen gazon aangelegd, dat drie keer per dag wordt besproeid.

De directeur van het bedrijf, Hannes Lehmusoja, heeft deze plek laten bouwen en ik vermoed dat hij vanuit zijn huis rechtstreeks uitzicht wilde hebben op de woestijn. Om vervolgens te besluiten een zwembad op de voorgrond te bouwen.

Smaak kun je niet kopen en verstand evenmin, maar wie heeft die dingen nodig als je geld hebt? Ik weet bijna zeker dat directeur Lehmusoja dat heeft gezegd; in elk geval is het typisch iets wat hij zou kunnen zeggen.

Afgezien van de patio bij het zwembad en de groenstrook bestaat de achtertuin alleen maar uit zand met hier en daar uitgedroogde plukken gras, en als je ver genoeg bij het huis wegloopt, verdwijnen ook die plukken. Vanaf dat moment is er niets anders dan zand te zien, zo ver het oog reikt.

Niet overal is de woestijn zo duidelijk afgegrensd. Op eerdere momenten ben ik bijna ongemerkt in de woestijn beland; al het groen werd langzaam maar zeker grijs, de vegetatie werd stap voor stap minder en kleiner, totdat er nog maar zo weinig begroeiing over was – hier en daar een bladerloze doornstruik – dat ik niet meer zeker wist of ik al in de woestijn stond of pas in het grijze gebied was aangekomen. Maar hier kan ik met één voet uit de schaduw van de laatste groene tamariskboom stappen en dan heb ik de grens van de woestijn overschreden.

De tamarisk is een heilige boom; Abraham heeft een keer in de schaduw van een tamarisk tot zijn heer Elohim gebeden. En de Israëlieten hebben hun eerste koning en diens zonen aan de voet van een tamarisk begraven. Dat zegt Samuel, de oude tuinman van het landgoed, die waarschijnlijk om die reden constant voorovergebogen rondloopt, hier op de rand van de woestijn.

Maar ben ik nog in de woestijn als ik me op ieder willekeurig moment kan omdraaien en kan zien hoe Juhana in het zwembad springt en onder water naar de overkant zwemt?

Begint de woestijn pas daar waar je kunt verdwalen, waar niemand je hoort of ziet? Daar waar je je niet meer kunt omdraaien en terugkeren in de schaduw van de bomen, als je dat wilt? Ver achter die zandduinen waar geen levend wezen meer te vinden is, alleen de brandende zon? Daar waar richtingen niets meer betekenen en er overal slechts oneindige leegte is?

Ik loop blootsvoets zo ver bij het hoofdgebouw, het zwembad en Juhana vandaan als ik durf. In het zand leven schorpioenen, en ik weifel lichtjes bij iedere voetstap.

Hiervandaan bekeken lijkt het landgoed met geweld de woestijn binnen te dringen, de rand ervan te doorbreken. De bomengrens loopt langs de voorkant van het huis, en daar staan de overige gebouwen van het landgoed. In dit licht bekeken is de grond verbrand rood van kleur en het gras bleekgroen, heeft het zijn kleur bijna verloren.

Toen de auto door de poort naar binnen reed – de poort staat er alleen voor de sier, zonder hek – had ik het gevoel dat ik was thuisgekomen. Geen enkele andere plek heeft ooit zo gevoeld.

Ik heb nog nooit iets helemaal voor mij alleen gehad. Ik weet dat ik ook hier alleen maar ben om te werken, maar ik ga mezelf zo onmisbaar maken als mogelijk.

De zon is zo fel en staat zo hoog. In de schaduw van mijn hoed kan ik ternauwernood zien dat Juhana uit het water van het zwembad komt. Hij steekt zijn hand op en zwaait daarmee in een grote boog, van de ene kant naar de andere.

Ik geloof dat de droogte binnenkort eindigt.

2

Rauha Kalondo.

Paula staarde in gedachten verzonken naar de pasfoto die al sinds de late avond op de muur van de vergaderkamer werd geprojecteerd. De foto was niet oud, het paspoort was nog maar een jaar geleden aangevraagd. De vrouw glimlachte sereen, als in een kerk, een paspoortglimlach.

Onwillekeurig glimlachte Paula terug. Toen gaapte ze en keek ze op de klok van haar telefoon. Het was acht uur. Ze had zes uur lang op de zitbank in de pauzeruimte liggen slapen. Ze had Renko naar huis gestuurd zodra ze op het politiebureau was aangekomen.

'De baby,' had ze gezegd bij ieder argument dat hij had aangedragen om te onderstrepen dat ook zijn aanwezigheid op het politiebureau onontbeerlijk was die nacht.

Niet iedereen hoefde dezelfde fouten te maken.

De Beer was om zeven uur grommend bij de deur van de vergaderkamer verschenen, had een kop koffie van de voorgaande avond opgewarmd in de magnetron en was toen verdergegaan met het afbellen van alle accommodatieaanbieders in de hoofdstedelijke regio, waarmee hij de avond ervoor was begonnen. Het was niet bekend waar Rauha Kalondo vanaf het vliegveld naartoe was gegaan, maar ze konden in elk geval de hotels checken.

De identiteit van het slachtoffer was nog niet officieel bevestigd. Maar ze konden er zeker van zijn dat die klopte, niet alleen op grond van de overeenkomsten tussen de pasfoto en de portretfoto die van de overledene was genomen, maar ook op grond van de beelden van de bewakingscamera van het vliegveld, waarop Rauha Kalondo dezelfde kleren droeg als de vrouw die in de container was gevonden.

De nabestaanden van het slachtoffer waren al geïnformeerd – of liever gezegd, nabestaande. Een Namibische agente had Paula rond middernacht teruggebeld nadat ze bij de moeder van Kalondo was geweest. Die had niet geweten dat haar dochter naar Finland was afgereisd, waar ze nog nooit eerder was geweest.

Haar dochter met de Finse voornaam, Rauha, wat 'vrede' betekende.

Ook de agente had zich aan de telefoon voorgesteld met een Finse naam: Martta.

Na het gesprek had Paula het gat in haar algemene ontwikkeling gedicht en op internet uitgezocht dat Finse namen veel voorkwamen in Namibië. Het gebied was Duits-Zuidwest-Afrika aan het eind van de negentiende eeuw, toen de eerste Finnen in het noorden, dat destijds Ovamboland werd genoemd, arriveerden om zendingswerk te doen. De Ambo, of Ovambo, vormen de grootste bevolkingsgroep in Namibië; ongeveer de helft van de twee miljoen inwoners behoren ertoe.

Toen de Finnen begonnen met het dopen van de Ovambo, deden die vaak afstand van hun naam en kozen ze een Finse naam. Zo was in de twintigste eeuw Selma de meest voorkomende vrouwennaam in Namibië, dankzij één enkele vrouwelijke Finse arts.

De namen werden doorgegeven aan nieuwe generaties, die in de loop der tijden de link verloren met degenen naar wie ze vernoemd waren, zodat ze niet meer weten dat hun naam van oorsprong Fins is.

Het feit dat Rauha Kalondo een Finse naam had, wilde op zich dus nog niets zeggen.

Paula sloot haar ogen en dacht aan Rauha's moeder, de haar onbekende vrouw die haar kind in een kist zou terugkrijgen. Ook in Namibië was het nu ochtend. Zat de vrouw daarginds, ver weg, aan haar keukentafel in de leegte te staren, denkend aan het kind dat ze had verloren? Of was ze eindelijk in slaap gevallen na een kwellende nacht?

Rauha Kalondo was drie jaar jonger dan Paula. Volgens internet was ze docent psychologie aan de universiteit van Namibië. Op de enige foto die Paula op internet had gevonden stond Rauha breed glimlachend tussen jonge studenten, en ze oogde geen dag ouder dan de twintigers die haar omringden.

Paula stond op en liep naar de pasfoto op de muur. Haar gezicht bevond zich op dezelfde hoogte als de pasfoto, ze keek de vrouw recht in de ogen.

Waarom was een Namibische docent psychologie verdronken aangetroffen in een zeecontainer bij de poort van een Finse stichting?

Waarom was Rauha Kalondo naar Finland gekomen?

Had ze met iemand afgesproken?

Naar het scheen had niemand op het politiebureau ooit samengewerkt met de Namibische politie, en officiële verzoeken om assistentie kostten vaak irritant veel tijd. Maar Paula was van plan over niet al te lange tijd opnieuw naar Windhoek te bellen. Martta zou opnieuw een bezoek aan de moeder van Rauha Kalondo mogen brengen om haar een paar foto's te laten zien. In elk geval die van Juhana Lehmusoja.

Kalondo was op donderdagmiddag in Finland gearriveerd. Ze had nog geen etmaal levend doorgebracht in het land dat haar haar naam had gegeven.

Wie haar ook had vermoord, de persoon in kwestie had alles nauwkeurig gepland en was vastberaden te werk gegaan.

Paula's ogen brandden. Ze verplaatste haar blik naar elders, weg van de voor eeuwig uitgedoofde ogen van Rauha Kalondo.

Bij de deur klonk een geluid. Het was De Beer.

'Kurki,' zei hij.

'Wat?'

'Het is Klaus Kurki.'

Het duurde even voordat Paula besefte dat hij het over een hotel had.

De Namibische universitair docent had een kamer in het centrum van Helsinki geboekt. Blijkbaar had Rauha Kalondo dus geen acuut geldgebrek gehad.

'Niet de goedkoopste keuze,' zei De Beer, alsof hij haar gedachten had geraden.

'Laten we gaan,' zei ze tegen hem.

'Wie, ik?' vroeg hij verbaasd.

'Zie jij nog iemand anders dan?'

Hij gromde nog een keer, en ditmaal klonk er iets van voldoening in door. Waarschijnlijk was hij blij dat hij het kantoor een keer mocht verlaten.

3

Paula liet De Beer rijden. Die leek te begrijpen dat het om iets uitzonderlijks ging, en zat daarom tamelijk plechtig achter het stuur.

Geen van tweeën sprak een woord gedurende de rit.

Normaal gesproken zou Paula blij zijn met de stilte, maar tot haar verrassing merkte ze dat ze naar Renko's oeverloze gebabbel verlangde. Wanneer ze uit alle macht probeerde Renko's gedachtestroom te negeren, was het makkelijker om zich op die van haarzelf te concentreren. Maar nu begon ze steeds af te dwalen naar de ontmoeting bij de dansvloer de voorgaande avond.

De Beer parkeerde vaardig achterwaarts in een kleine parkeerhaven op slechts een huizenblok afstand van het hotel, en keek Paula toen aan alsof ze een rijschoolinstructeur was.

'Goed zo,' zei ze. 'Dat je zo dichtbij een plekje hebt gevonden, bedoel ik.'

De Beer maakte zijn gordel los. Paula wachtte tot hij was uitgestapt voordat ze de handrem aantrok. Ze wilde niet pedant overkomen.

Op de Bulevardi was het rustig, en de straat was schoon. Vanuit een zijstraat kwam een bries uit zuidelijke richting, zwakjes en warm. Opgelucht herinnerde Paula zich dat er volgens het weerbericht een lagedrukgebied onderweg was; naar het scheen zou het die avond regenen.

In de koele, stijlvolle vestibule van het hotel werd Paula zich bewust van haar voorkomen: haar jurk was gekreukeld door het dutje op de bank in de pauzeruimte, haar haar had ze na het midzomerfeest lukraak samengebonden in een paardenstaart. Het overhemd van De Beer was daarentegen onberispelijk gladgestreken, en hij had zich duidelijk geschoren die ochtend. Een soortgelijk verzorgde verschijning stond aan de andere kant van de balie.

Paula knikte tegen De Beer dat hij in zijn eentje naar de balie moest lopen.

De receptionist was dezelfde man met wie De Beer al eerder telefonisch had gesproken. Hij wist meteen te vertellen dat er op donderdag een Namibische vrouw in het hotel was gearriveerd, omdat hij toen ook dienst had gehad. De kamer was voor vijf nachten geboekt.

De vrouw was hem met name bijgebleven vanwege haar nationaliteit, verder kon de receptionist zich niets bijzonders herinneren.

'Ze was vermoeid van de reis, maar vriendelijk,' zei hij terwijl hij De Beer de sleutelkaart gaf waarmee ze de kamer van Rauha Kalondo konden betreden. 'Ik kan helaas niet meekomen, ik sta hier momenteel in mijn eentje.'

Des te beter, dacht Paula, en ze bedankte de man voor zijn hulp.

De kamer bevond zich op de derde verdieping. In de gang haalde Paula handschoenen en schoenbeschermers voor hen beiden uit haar tas. Ze vroeg De Beer even in de gang te blijven wachten, opende de deur en stak de sleutelkaart in de houder aan de muur van de kamer. In de hal en verderop in de kamer ging het licht aan.

Meteen naast de deur stonden nog vrij nieuwe, rood-witte sportschoenen.

Misschien deed de vrouw aan hardlopen en had ze ook hier haar rondjes willen draaien, midden in de stille Finse stad, die met midzomer verlaten was.

Midzomer was een vreemd tijdstip om naar Helsinki te komen.

De kans was klein dat de reis iets met Rauha Kalondo's werk op de universiteit te maken had. Ook was het duidelijk dat Kalondo niet voor een midzomerfeestje was gekomen, althans niet het soort feest waar je bleef overnachten, aangezien ze de kamer tot na het weekend had geboekt. Maar ze was ergens naartoe gegaan, vrij snel nadat ze had ingecheckt, en ze was niet meer teruggekeerd.

Na de lange vliegreis met tussenlanding had ze waarschijnlijk honger gehad. Kalondo had moeten overstappen in Londen, maar had daarvoor maar twee uur de tijd gehad.

Paula liep verder de kamer binnen. Het mooi opgemaakte bed oogde onaangeroerd. Ze keerde terug bij de deur en verzocht De Beer de badkamer te checken. Waarschijnlijk was behalve Rauha Kalondo alleen de schoonmaakster in de kamer geweest, die vermoedelijk tevreden had vastgesteld dat ze meteen kon doorgaan naar de volgende kamer.

Op de grond stond een zwarte koffer geopend voor de kaptafel. Daar hadden waarschijnlijk de sportschoenen in gezeten die in de hal stonden, en het lichtbruine broekpak dat over de stoelleuning hing. Paula doorzocht snel de inhoud van de koffer; er zaten alleen kleren in, en een Engelstalige paperback.

Als dit alles was wat Kalondo bij zich had gehad, dan was ze een zeer ervaren reizigster. Of anders was ze net als Paula, die niet de behoefte had constant andere kleren aan te trekken, laat staan dat ze tijdens de reis nog over verschillende alternatieven wilde nadenken en daarom haar halve kledingkast moest meenemen.

Het boek zag er onaangeroerd uit. Misschien had ze het vlak voor vertrek op het vliegveld gekocht, ter afleiding. Op de cover stond *Honeymoon Hotel*; afgaande op die naam betrof het lichte romantiek.

Rauha Kalondo had zelfs geen kans gezien in het boek te beginnen dat ze had gekocht. Die gedachte ontroerde Paula.

Op de kaptafel lagen een paspoort en een stapeltje papieren. Paula sloeg het paspoort open en zag dezelfde foto die nog steeds op de muur van de vergaderkamer geprojecteerd werd toen ze bij het politiebureau was weggereden.

‘Paula,’ zei De Beer zachtjes bij de deur van de badkamer. ‘Kom je even kijken?’

De spanning in zijn stem sloeg op Paula over, hoewel ze nog niet wist waar het om ging. De Beer stapte bij de deur vandaan om plaats te maken. Paula bleef op de drempel staan en liet haar blik rondgaan in de felverlichte ruimte. De badkuip was niet gebruikt, die was vlekkeloos, evenals de vloer. Eén handdoekje was op de wastafel neergelegd. Daarnaast stonden een grote, geopende leren toilettas en een glas met een tandenborstel en tandpastatube erin. Op de bodem van het glas lag een druppel water.

Rauha Kalondo was net lang genoeg in haar hotelkamer geweest om haar koffer deels uit te pakken, haar tanden te poetsen en misschien haar make-up bij te werken. Niet langer, zelfs niet om uit te rusten, hoewel ze volgens de receptionist duidelijk vermoeid had geoogd.

‘Kijk eens in het zijvakje,’ zei De Beer. ‘Dat stond open.’

Het zijvakje van de toilettas was inderdaad open. Er zat maar één voorwerp in: een kleine, ingelijste foto.

Het was een zwart-witfoto en hij was zo klein dat hij waarschijnlijk in een pasfotoautomaat was gemaakt. Op het kiekje stond een jonge vrouw die met twee handen een baby vasthield en haar wang tegen de kale kruin van het kindje drukte.

Paula sloeg opnieuw het paspoort open, dat ze nog steeds vasthield, en vergeleek de foto van Rauha Kalondo met de vrouw op de ingelijste foto. Het was Kalondo zelf, voor zover ze geen zus had die er net zo uitzag als zij. Het kiekje was niet zo oud dat het om Rauha als baby met haar moeder kon gaan.

Paula gaf de foto met lijst en al aan De Beer, die hem in een kleine plastic zak deed. Ze deed het licht uit in de badkamer en bracht het paspoort terug naar de kaptafel. De technische recherche zou zo snel als mogelijk was hierheen mogen komen om de kamer te inspecteren.

Ze wierp nog een blik op het stapeltje papieren; helemaal bovenop lagen geprinte reisdocumenten. Op één blaadje was met balpen een adres genoteerd in een hoek. Het was dat van de villa van de Lehmus-stichting.

Rauha Kalondo had het adres opgeschreven waar haar leven zou eindigen.

Onder op het stapeltje bevond zich een doorzichtige insteekmap waar een document in zat dat duidelijk ouder was dan de andere papieren.

De tekst was in het Engels opgesteld en het was niet veel, een regel of tien slechts; het leek erop dat die met een ouderwetse typemachine waren geschreven. Paula las de tekst snel door. Ze begreep niet alle woorden, maar het doel van het document werd al in de eerste regels duidelijk.

Het interessantste was echter aan het eind van de tekst te vinden: een handtekening, het soort theatrale krabbel waaruit je kon afleiden dat degene die hem had gezet eraan gewend was documenten te ondertekenen die door anderen waren opgesteld. Als de naam er niet onder had gestaan, hadden ze alleen maar kunnen raden wie de ondertekenaar was.

Nu was dat niet nodig. Onder de krabbel stond met dikke typemachineletters: Hannes Lehmusoja.

4

Het lagedrukgebied komt uit het noorden. Het regenfront heeft water boven Angola uitgestort en zet nu zijn reis voort naar de Steenbokskeerkring. Ook in de zoutwoestijn in het noorden verschijnt een meer, en in het meer verschijnen roze flamingo's; Juhana neemt me mee om die te bekijken.

Op de terugreis stoppen we om naar een rivier te kijken. Nog maar kortgeleden was die niet meer dan een bedding met een bodem van gebarsten klei. Nu stroomt de rivier onstuimig, een dag of twee; dan droogt hij weer op.

Regenbuien zijn nooit zachtzinnig hier, ze arriveren in de vorm van een hevige storm die alles losrukt. Maar verwoesting wordt gevolgd door wedergeboorte. De gewelddadige regens maken het land vruchtbaar. En wanneer ze zijn overgetrokken omhelst de zon de fuchsiarode bloemenpracht die op de grassavanne is losgebarsten. Die komt tevoorschijn uit grond die daarnet nog volledig dood leek te zijn.

Na de regen is de lucht zuurstofrijk, ademhalen gaat makkelijk. Ik sta op het terras en luister naar het gepiep van de jonge vogeltjes. Een vogelstel heeft een nest gebouwd onder de dakrand, op een schaduwrijke plek waar een stukje baksteen uitsteekt. De jonkies zijn nu het nest uit geklommen. Nog even en ze zullen hun eerste onzekere fladderpogingen doen.

Dan valt er eentje op de grond.

Het flapt hulpeloos op de tegels van het terras en slaagt er niet in weg te vliegen. Dat kan het nog niet. Ik wil hem optillen en terugzetten op de uitstekende baksteen naast het nest, waar zijn broertjes en zusjes angstig zitten te piepen. Maar tegelijkertijd voel ik hoe iemand mijn arm vastgrijpt en er hard in knijpt.

Het is Hannes.

Op zijn arm houdt hij de haarloze kat waar ik een hekel aan heb. Hij drukt de spartelende kat tegen zijn borstkas, bijna onder zijn oksel. Zijn gebogen arm klemt het dier vast. Ik blijf verstijfd staan.

Hannes hurkt neer en laat de kat vrij. Die sluipt naar het vogeljong. De moedervogel doet wanhopige uitvallen naar de kat, geeft op en vliegt naar een tak in de struiken om te piepen. De kat verstijft, klaar om te springen, als een luipaard op de savanne. Hij kan niets beginnen tegen zijn natuur.

Hij valt aan. Even later is het jonkie dood. Misschien was hij al dood voordat de kat hem te pakken kreeg, misschien ontplofte zijn hart van de schrik. Dat hoop ik tenminste. Dat hij niet heeft hoeven lijden.

De kat begint met het vogellijkje te spelen. Hannes observeert het schouwspel met glazige ogen, bijna opgewonden. Hij haalt snel adem. Eindelijk zet hij een paar stappen om het spel te beëindigen; hij trapt de kat zachtjes tegen een flank. En nog een keer, voordat het dier begrijpt dat het zich moet terugtrekken en zijn buit moet prijsgeven.

Hannes pakt het levenloze vogeljonkie op van de grond. Hij laat het aan een pootje bungelen en reikt het mij aan.

Ga het begraven, zegt hij.

Het is geen verzoek.

Het is een bevel.

Ik pak het vogeltje aan. Ik kijk naar Hannes. Hij oogt vermoeid, melancholisch. Ik ben ontsteld als ik die blik herken. Het is die van Juhana.

Triste es omne animal post coitum. *Na de geslachtsgemeenschap is ieder dier bedroefd. Behalve de haan.*

Diezelfde terneergeslagen, lege blik; die lag op Juhana's gezicht toen hij van me was afgerold en hijgend naast me lag.

Ik had gedacht dat van alle mannen uitgerekend Juhana een haantje zou zijn.

Ik loop in de richting van de schuur. Ik klem de vogel vast onder mijn arm, precies zoals Hannes deed met zijn kat. Mijn houding is dezelfde. De oude tuinman staat bij de schuurdeur. Hij is kromgebogen, hoewel hij denkt dat hij rechtop staat. Ook zijn gezicht kijkt bedroefd wanneer hij zijn magere hand uitsteekt om het vogeltje van me over te nemen. Ik schud mijn hoofd, vraag hem alleen maar om een kleine spade.

Ik draag het dode jonkie naar de rand van de woestijn. Een grote hagedis observeert mijn gang vanaf zijn steen, respectvol. In de schaduw van de laatste tamarisk graaf ik een kleine kuil. Ik leg het vogeljonkie erin en zeg in gedachten het gebed voor de allerkleinsten terwijl ik het vogeltje met zand bedek. Ik zet geen kruis op het graf, ik herinner me de plek toch wel, herinner me de boom. Ik kijk naar de woestijn, en zie de fuchsiarode zee, als een luchtspiegeling.

5

Het document dat ze in de hotelkamer van Rauha Kalondo hadden gevonden werd naast haar pasfoto op de muur geprojecteerd. Hartikainen stond ervoor en keek er onderzoekend naar, zijn hoofd schuin houdend.

'*Later referred to as Ms Kalondo... I hereby pass Tamarix*,' stamelde hij, '*and all mov..., eh... moveable property in the farm*.'

'Zegt jou dat iets?' vroeg Paula.

Ze staarde naar de tekst, hoewel ze die al meer dan tien keer had doorgelezen op de terugweg naar het politiebureau.

'*In the farm*,' herhaalde Hartikainen terwijl hij weer bij de tafel ging zitten. 'Dat zegt mij heel wat. Als ik er niet compleet naast zit, staat daar dat Hannes Lehmusoja zijn landgoed in Namibië aan Rauha Kalondo nalaat. Dat betekent dan weer dat de Lehmusoja's nu al twee motieven hebben, indien Jerry Rauha's zoon is, iets waarvan ik vermoed dat dat binnenkort wordt bevestigd. Anderzijds ziet dat blaadje eruit alsof het voor de rechtbank geen ene moer te betekenen heeft. Bovendien is niet helemaal duidelijk wie de eigenaar is van het landgoed.'

'Dat weet jij vast wel te achterhalen,' zei Paula.

'Met groot genoegen,' zei Hartikainen.

Renko zat aan de overkant van de tafel en had al die tijd bijna jaloers ogend naar De Beer gekeken, nadat hij had gehoord dat die samen met Paula in Kalondo's hotelkamer was geweest, nog voordat hijzelf zelfs maar wakker was geworden.

Paula frommelde de zoom van haar jurk samen op haar schoot, ging weer aan het hoofd van de tafel zitten en trok een blikje cola open.

Het vliegtuig waarmee Rauha Kalondo in Helsinki was gearriveerd was donderdag om kwart voor twee 's middags geland. Blijkbaar was ze rechtstreeks met een taxi naar Klaus Kurki gereden, aangezien ze al een uur later had ingecheckt in het hotel. De receptionist meende dat hij haar al een halfuur na het inchecken naar buiten had zien gaan, wat werd bevestigd door beelden van de bewakingscamera. Dat was de laatste keer dat het slachtoffer met zekerheid was gezien.

Nu hadden ze in elk geval een voor het onderzoek bruikbaar tijdvenster van ongeveer twaalf uur, waarbinnen Kalondo het hotel had verlaten en in de container bij de poort van de villa van de Lehmus-stichting was beland.

Op grond van het testament konden ze er nu met zekerheid van uitgaan dat het slachtoffer was gekomen voor de Lehmusoja's, of voor iemand anders die gerelateerd was aan het concern of de stichting.

'De moordenaar wist dat Kalondo naar Finland zou komen,' zei Paula. 'Toen de opdracht binnenkwam om de container naar de villa te brengen, bevond Kalondo's vliegtuig zich nog in de lucht. Kalondo moet dus vóór vertrek al contact met iemand hebben gehad. Misschien zelfs met de dader,' zei Paula. 'Het kan even duren voordat we de telecommunicatiegegevens van het slachtoffer zelf uit Namibië krijgen. Maar we kunnen in elk geval uitzoeken of Kalondo contact heeft gehad met de Lehmusoja's of met iemand anders die op de hoogte was van Kassinens kunstcontainer en die de mogelijkheid had hem naar de villa te laten brengen. Verder moeten we in acht nemen dat ook het slachtoffer naar de villa vervoerd moest worden.'

'Dat adres,' bracht De Beer in herinnering.

‘Klopt. Het slachtoffer had het adres van de villa in een hoekje van het reisdocument genoteerd. Het is dus mogelijk dat ze daar op eigen gelegenheid naartoe is gegaan.’

‘Kan het zijn dat iemand haar heeft uitgenodigd en het adres heeft gegeven?’ vroeg Renko, eindelijk zijn stilte verbrekend. ‘De hele clan zou daar vrijdag immers samenkomen.’

‘Het kan niet anders of iemand heeft haar dat adres gegeven,’ zei Hartikainen. ‘De villa wordt op geen enkele openbare website vermeld. Ik heb de indruk dat die alleen zogenaamd in bezit is van de stichting en feitelijk voor privégebruik door de Lehmusoja’s bedoeld is. Dat lijkt een beetje de gewoonte te zijn bij hen.’

‘Goed,’ zei Paula. ‘Laten we er eens van uitgaan dat het slachtoffer, voordat ze naar Finland afreisde, contact heeft gehad met de dader, die haar gevraagd heeft naar de villa te komen om midzomer te vieren. Chronologisch klopt dat met het gegeven dat ze op donderdagmiddag is gearriveerd. Als haar gevraagd was om op donderdag naar de villa te gaan, zou ze waarschijnlijk niet zo’n late aankomst hebben gepland. Toch belandde ze diezelfde middag al bij de villa, om wat voor reden dan ook.’

‘Het kan natuurlijk zo zijn dat ze het adres pas in het hotel heeft gekregen, telefonisch,’ zei Renko.

‘Daar leek het niet op. De papieren lagen op een stapeltje op de tafel, het adres lag niet bovenop. Wat wel mogelijk is, is dat iemand anders dan de dader haar gevraagd heeft midzomer te komen vieren, maar dat die persoon dat om wat voor reden dan ook niet wil vertellen.’

‘Ik kan meteen al één reden bedenken,’ zei Hartikainen. ‘Laat die foto nog eens zien?’

Paula reikte hem het zakje met bewijsmateriaal aan waarin de foto zat van de jonge Rauha Kalondo met de baby.

‘Als dat niet Jerry Lehmusoja is, eet ik een veganistische ijsco,’ zei Hartikainen. ‘We moeten een DNA-test bij hem afnemen.’

‘Dat gaan we ook doen. Maar ik wil eerst met de Lehmusoja’s praten,’ zei Paula.

Ze wilde zien hoever Juhana Lehmusoja bereid was te gaan, hoelang zijn pokerface in de plooi bleef.

‘Met dat velletje papier daar heeft Hannes Lehmusoja een kind gekocht van Rauha Kalondo,’ zei Hartikainen terwijl hij op de muur wees. ‘Na de dood van Hannes is Kalondo hierheen gekomen om zowel het landgoed als het kind bij Juhana Lehmusoja op te eisen. Lehmusoja heeft haar geen van beide willen geven. De enige vraag die nog rest is of hij in zijn eentje handelde of dat zijn vrouw er ook bij betrokken is. Onthou wat ik gezegd heb.’

‘Dat zal ik zeker doen, zodra we bewezen hebben dat je het mis hebt,’ zei Paula. ‘Niemand zou Kalondo in verband brengen met de Lehmusoja’s als ze ergens anders was vermoord. Waarom in vredesnaam zou Juhana Lehmusoja het misdrijf zo plannen dat het slachtoffer bij zijn stichting op de stoep belandt?’

‘De Lehmusoja’s hebben een motief. Dat is doorslaggevend,’ zeurde Hartikainen.

‘Veganistisch ijs is trouwens best lekker,’ mengde Renko zich in het gesprek. ‘Ik koop dat weleens, hoewel ik geen…’

Hartikainen begon tegen te sputteren, maar Paula bleef over het motief zitten mijmeren.

Hartikainen had in zoverre gelijk dat Juhana Lehmusoja een overduidelijk motief had om Rauha Kalondo te vermoorden. Over de afkomst van Jerry Lehmusoja bestond nog geen zekerheid, maar ze hadden nu zwart op wit dat het landgoed aan Kalondo was nagelaten.

En toch, Juhana Lehmusoja was een rijk man. Waarom zou hij iemand om één enkel landgoed vermoorden, hoe schitterend of waardevol dat ook was? Al kon een locatie natuurlijk ook een waarde hebben die niet in geld of met het verstand te meten was.

Het was ook mogelijk dat de hele kwestie niets met Jerry te maken had. In feite schaamde Paula zich een beetje dat niet alleen Hartikainen maar ook zijzelf onmiddellijk een verband hadden gelegd tussen Rauha en Jerry op grond van hun huidskleur. Dat was niet eens zozeer een gedachte geweest als wel een onbewuste, automatische reactie.

'Die hele moord is wat mij betreft een soort performance,' zei Renko, waardoor Paula opschrikte uit haar overpeinzingen.

Hartikainen lachte spottend, wat nog steeds kon komen door Renko's waardering voor veganistisch ijs.

'Ik breng in herinnering dat de pomp en de slang om een of andere reden uit het zicht zijn neergelegd,' vervolgde Renko. 'Misschien hoopte de dader dat Juhana Lehmusoja de container zou openen en overspoeld zou worden door het lijk. Dat was natuurlijk wat er gebeurd zou zijn als de grendel niet vastgeklemd had gezeten.'

'Klopt,' gaf Paula toe. 'En we mogen Kassinen niet vergeten. Het was zijn idee om een container te laten maken die een verdrinkingsdood überhaupt mogelijk maakte. Kassinen is wellicht niet de dader, maar hij heeft de moordenaar wel een moordwapen op een dienblaadje gegeven. Anderzijds was waarschijnlijk iedereen die met Kassinen te maken had op de hoogte van de container.'

'Hij staat zelfs op Insta,' zei De Beer, en hij liet zijn telefoon zien.

Paula pakte de smartphone en vergrootte de foto. Op de Instagrampagina van het Compassie-project was half juni een foto gepubliceerd van Kassinen, staand naast een zeecontainer. De begeleidende tekst meldde dat de container vanaf juli op een tentoonstelling te zien zou zijn.

'Het nummer van de container is ook te zien, daarmee kon hij worden besteld,' zei Paula. 'En als de bewering van Ritva Kaakko klopt, dat het met de gegevensbescherming van het concern slecht gesteld is, kan in principe iedereen de bestelling hebben geplaatst. Morgen krijgen we hulp bij het IT-onderzoek.'

'En de auto's?' vroeg Hartikainen. 'Die van de Lehmusoja's, bedoel ik, en ook van de anderen. De dader kan het slachtoffer heel goed met zijn eigen auto naar de villa hebben vervoerd. Misschien vindt de technische recherche sporen.'

'Laten we eerst kijken wat de camerabeelden opleveren. Wellicht heeft Kalondo een taxi genomen,' zei Paula. 'We concentreren ons nu op twee dingen: waar Rauha Kalondo naartoe ging nadat ze het hotel verliet, en met wie ze contact heeft gehad voordat ze naar Finland afreisde.'

De Beer en Renko mochten de bewakingscamera's in het centrum afspeuren, om te beginnen die in de buurt van hotel Klaus Kurki. Die opnamen moesten zo snel mogelijk worden bekeken. Op midzomerzondag was het vooral lastig om de bezitters van particuliere camera's te pakken te krijgen, niet zozeer om de camera's te vinden, of een gebrek aan camera's.

'Daar is haast bij geboden, ik heb jullie daar allebei voor nodig,' zei Paula in de eerste plaats tegen Renko; De Beer liet op geen enkele manier blijken wat hij vond van het feit dat de mannen ineens moesten samenwerken.

'Uit de gps-gegevens blijkt dat iedereen op donderdagavond en de daaropvolgende nacht min of meer op de plek was waar ze beweerden te zijn, wat op zich natuurlijk niets te betekenen heeft. We moeten de gespreksgegevens over een langere periode doornemen. In principe gaat het over de hele periode sinds de dood van Hannes Lehmusoja,' zei Paula.

'Ik begin met Juhana,' zei Hartikainen.

Toen de mannen de kamer hadden verlaten opende Paula haar laptop. Er waren nog tien minuten te gaan tot het videogesprek. Ze haalde een haarborstel en een poederdoosje met een spiegel uit haar handtas; die had ze dankzij het midzomerdansfeest nog bij zich. Het had weliswaar geen zin om poeder op haar bezwete gezicht te doen, maar bij het zien van haar spiegelbeeld besefte Paula dat ze iets aan haar outfit moest doen.

Ze kon een moeder die haar kind had verloren niet in een bloemetjesjurk onder ogen komen.

6

Martta Amadhila had haar donkerblauwe politiepet afgezet en die voor zich op de tafel neergelegd, waar een wit gehaakt kleedje op lag.

Naast de pet waren de gevouwen handen van Hilma Kalondo te zien.

De moeder van Rauha Kalondo was een verzorgd ogende dame in de pensioenleeftijd. Het verdriet was alleen in haar ogen te zien, die ze af en toe even sloot, alsof ze vertraagd knipperden.

De colbert van De Beer was veel te groot voor Paula, maar op de beelden waren alleen de brede schouders en een stukje van de kraag te zien.

Paula knikte en glimlachte bemoedigend naar Martta. *'Can you express my deep condolences to Ms Kalondo?'* vroeg Paula.

Vervolgens probeerde ze Hilma Kalondo in de ogen te kijken, maar via het videobeeld leek dat onmogelijk.

Martta zei iets tegen Hilma met haar mooie, lage stem; Paula kon alleen haar eigen naam onderscheiden. Hilma antwoordde met een hoofdknikje en zocht nu zelf oogcontact via het scherm. Paula deed haar best zo meelevend te kijken als ze kon. Toen vroeg ze via Martta of Hilma iets over haar dochter kon vertellen, helemaal vanaf haar geboorte.

Hilma oogde dankbaar toen haar die vraag werd gesteld; het was alsof ze had zitten wachten op het moment dat ze over haar dochter mocht spreken, die ze nooit meer in levenden lijve zou zien.

Ze sprak eerst langzaam, woord voor woord, maar begon toen steeds sneller te praten, zo snel dat Martta haar moest verzoeken af te remmen of even te stoppen, zodat zij alles in het Engels kon vertalen voor Paula.

Hilma Kalondo was afkomstig uit Noord-Namibië, uit de buurt van Oniipa. Terwijl ze tolkte merkte Martta op dat daar de laatste Finse zendingspost was gelegen, waar ze zelf in haar jonge jaren ook had gewerkt. Zowel zijzelf als Hilma was Ovambo.

Hilma had de Finse school bezocht en was daarna naar een boerenbedrijf in Zuid-Namibië vertrokken om zendingswerk te gaan doen. Daar had ze de vader van Rauha ontmoet, een Swapo-guerrillastrijder.

Al voordat Martta dit getolkt had, wist Paula dat Hilma het over de liefde had – haar gelaatstrekken werden zachter, en ook het verdriet verdween heel even uit haar ogen.

De liefde was blijkbaar nooit uitgedoofd, maar de man was kort na de geboorte van Rauha gesneuveld. Hij wist dat ze was geboren, maar kreeg niet meer de kans haar te zien.

Op dit punt pauzeerde Hilma even, en Martta haalde water voor haar. Hilma nam er de tijd voor om het glas te legen. In de tussentijd vertelde Martta aan Paula dat ze wist dat Hilma na terugkeer thuis had beweerd dat ze getrouwd was met Rauha's vader, ook al klopte dat niet. Bij de Ovambo krijgt een kind de achternaam van de moeder, dus op grond daarvan twijfelde niemand aan het verhaal.

Terwijl Martta sprak keek Hilma haar achterdochtig aan, maar ze zei niets.

In het noorden vestigden moeder en dochter – officieel een oorlogsweduwe en een halve wees – zich in het dorp waar Hilma vandaan kwam. Hilma zou nooit meer een nieuwe relatie aangaan. Rauha ging naar school en werd van daaraf rechtstreeks bij de zendingspost aan het werk gezet. Vervolgens belandde ze op de loonlijst van een Fins bedrijf.

'*Which company?*' vroeg Paula, ineens alert.

Hilma kon zich de naam van het bedrijf niet herinneren. Maar wanneer, dat wist ze nog precies: in het voorjaar waarin Rauha negentien werd.

Een jaar voor de geboorte van Jerry Lehmusoja. Dat past precies, bedacht Paula.

De dochter was verhuisd naar ergens in Zuid-Namibië en had in drie jaar tijd slechts één keer een bezoek aan haar moeder gebracht. Daarna was ze gaan studeren.

Nu begon in de ogen van Hilma Kalondo het verdriet te wijken voor een trotse glans. Rauha had uiteindelijk haar doctorsgraad behaald en haar moeder gevraagd om bij haar in Windhoek te komen wonen. Een jaar geleden had Rauha zoveel geld opgespaard dat ze een woning had kunnen kopen voor haar moeder.

De trots ging over in een gepijnigde zucht toen Hilma besefte dat ze aan het einde van haar relaas was aangekomen – in een werkelijkheid waarin ze het tijdens haar laatste levensjaren zonder de zorg van haar dochter zou moeten stellen.

Er was geen enkele gedachte, hoe goedbedoeld ook, die Hilma Kalondo op dit moment kon troosten.

Martta haalde ergens een papieren handdoekje vandaan, dat Hilma een moment tegen haar ogen drukte. Paula leunde achterover en wachtte zwijgend af. Ze had het akelige gevoel dat het volgende wat ze moest gaan zeggen de last van de oude vrouw bepaald niet zou verlichten.

Toen Hilma het papieren handdoekje van haar gezicht had gehaald en tot een klein propje had verfrommeld in haar gerimpelde vingers, vroeg Paula of Martta aan Hilma kon vragen of die het zou aankunnen een paar foto's te bekijken. Nadat ze de vraag had gehoord was het Hilma's beurt buiten beeld iets te pakken, en toen ze terugkeerde had ze een bril met een stalen montuur op haar neus. Ze knikte Paula met een ernstig gezicht toe.

Paula hield een portretfoto van Juhana Lehmusoja voor de camera en vroeg of Hilma deze man ooit eerder had gezien. Hilma leunde voorover naar het beeldscherm, kneep haar ogen tot spleetjes en schudde haar hoofd. Paula legde het printje weer op tafel en pakte een tweede: een ongeveer tien jaar oude foto van Juhana's vader, Hannes Lehmusoja. Daar keek Hilma langer naar, alsof ze niet nog een keer voor teleurstelling wilde zorgen, maar uiteindelijk schudde ze haar hoofd. Paula glimlachte bemoedigend en bedankte haar. Toen keek ze naar de kleine, ingelijste foto van de vrouw met de baby, die in een plastic zakje naast haar computer lag.

'Did Rauha have any children?' vroeg Paula aan Martta.

Martta antwoordde ontkennend, maar zei toen iets tegen Hilma, die ontroostbaar haar ogen neersloeg. Paula's hart brak, ze had het mes nog dieper in de wonde gestoken. En mogelijk was er nog meer ellende op komst.

Dit zat tussen Rauha's spullen, legde Paula aan Martta uit terwijl ze het fotootje zo dicht mogelijk bij de camera hield zonder dat het wazig werd.

Hilma Kalondo richtte haar blik omhoog van het tafelkleed. Paula zag hoe haar mond ineens openging, hoe haar ogen groot werden van verbazing. Ze zei iets rechtstreeks tegen Paula, hardop, alsof Paula haar taal kon verstaan als ze maar luid genoeg sprak.

'Is it Rauha?' vroeg Paula.

Martta legde haar hand op Hilma's arm. Die sloot haar ogen en herhaalde nu zachtjes dezelfde zin die ze daarnet bijna schreeuwend had geuit. Martta vertaalde de zin al net zo zachtjes.

Ja, het was Rauha die op de foto stond. En de baby kon wat Hilma

Kalondo betrof van niemand anders dan van Rauha zijn, omdat het kind precies op Rauha leek toen die nog een baby was.

Toen Hilma haar ogen opendeed, waren die gevuld met ontluikende hoop. Ze wilde weten wie dit kind was, en waar het was.

Rauha's kind, het kind van haar dochter.

Paula zei dat ze dat niet wist, en ze dacht aan de mishandelde Jerry Lehmusoja in het gigantische huis van witte steen. Ze knikte de beide vrouwen toe en stond al op het punt het videogesprek te beëindigen toen haar ineens iets te binnen schoot.

Er was nog een foto van iemand die ze Hilma Kalondo kon laten zien.

7

Voor het pakhuis stuit het beschaafde noorden op het wilde zuiden. Hannes lijkt echter niet gebukt te gaan onder de last van de witte man. Die ligt zwaar op de schouders van de zwarte tuinman.

Tuinman Samuel is een halve kop groter dan Hannes, maar omdat hij nooit rechtop staat lijkt hij kleiner. Wellicht is hij ook jonger dan Hannes, maar is hij vroegtijdig verouderd. Hij kijkt naar de neuzen van zijn versleten schoenen, vermeed het zorgvuldig Hannes in de ogen te kijken.

Ze beginnen samen een rondje door de tuin te maken. Ik hoor niet waar hun gesprek over gaat, waarschijnlijk kun je het niet eens een gesprek noemen. Hannes wijst op de aanplant en beschrijft af en toe een grote boog met zijn arm, alsof hij zijn landerijen aan een vreemdeling toont.

De tuinman knikt instemmend. Hij is als een duiveltje-uit-een-doosje waarvan het hoofd loszit.

Ook ik was ooit naïef en dacht dat beschaving betekent dat je over je woorden nadenkt. Dat je niet de eerste de beste gedachte die in je opkomt eruit flapt als was het de laatste waarheid, maar dat je ook een ander de ruimte geeft. Maar Hannes zegt ronduit wat hij denkt. Hij hoeft geen rekening te houden met anderen. Natuurlijk kan hij ook zwijgen, zijn instemming betuigen, als dat gunstig is voor hem. Maar hier heeft hij gewoonweg de plicht onverbloemd te spreken.

Onverbloemd spreken is een deugd voor Finnen. Zo brengt Hannes het tenminste altijd. Elders zou het als ongemanierdheid worden gezien.

Maar dat is de reden dat hij hier is. Om te vertellen hoe de dingen gedaan moeten worden. Om van bovenaf neer te kijken. Als hij, de Finse ingenieur, de boel niet in de gaten houdt, maken de domme inboorlingen er maar een zootje van, steken ze geld in hun eigen zak. Dit heeft Hannes hardop tegen mij gezegd. Het interesseert hem niet wat ik ervan denk.

Soms vraag ik me af wat voor weg de lokale bevolking zelf zou hebben gebouwd op de effen savanne. Misschien zou die om iedere apenbroodboom heen kronkelen als Hannes niet met vaste hand een kaarsrechte lijn naar de horizon had beschreven.

O, hij praat ook over solidariteit en compassie, over de historische schuld die we moeten betalen. Aan die woorden denkt hij ook nu vast terwijl hij aan een gin-tonic nipt.

En de tuinman scheert een klein stukje gras. Hij ziet er aan het stuur van de zitgrasmaaier uit als een groot kind.

8

Op de stoep voor de galerie stond een politiebusje. Aan de overkant van de straat, in de schaduw van een boom, was een vrouw blijven staan met een klein jongetje. Het jochie wees op de politieauto en dronk een pakje sap met een rietje.

De glazen deur van de tentoonstellingsruimte stond open, het venster ernaast was aan gruzelementen geslagen. Lauri Aro zat gehurkt op het trottoir en nam met zijn telefoon foto's van het kapotte raam.

Paula zette haar Saab zo dicht achter het politiebusje neer dat de achterdeuren daarvan niet meer open konden. Renko maakte daar een opmerking over, maar Paula deed of ze niets hoorde en zette de motor uit.

'Jaha, is de jeugd weer bezig geweest,' zei Renko tegen Aro nadat hij was uitgestapt, alsof hij een of andere veldwachter was.

Aro wierp hem een boze blik toe en deelde mee dat het al minstens de vijfde keer was dat het Compassie-project werd gesaboteerd. De eerste keer was dat de voorgaande winter gebeurd; toen was de Twitteraccount van het project gehackt op het moment dat het kunstproject was gelanceerd.

'Het gaat hier om systematische vervolging, niet om een onschuldig geintje.'

'Zijn de daders steeds dezelfde?' vroeg Renko.

'Dat kunnen we onmogelijk weten, aangezien we die nog niet te pakken hebben. De politie niet, bedoel ik,' zei Aro met een sneer in de richting van Paula.

'Wanneer is dit gebeurd?' vroeg ze.

'Geen idee. Mai arriveerde hier ongeveer een uur geleden om de opening voor te bereiden en belde mij toen. Ik heb de politie geïnformeerd,' zei Aro als een eersteklasser die net het alarmnummer heeft geleerd.

Aro had hier met geen woord over gesproken toen Paula hem had gebeld om te zeggen dat ze een paar dingen wilde checken. Hij had alleen maar voorgesteld bij de galerie af te spreken en het adres doorgegeven. Het ergerde haar dat hij die informatie had achtergehouden. Bovendien moesten ze er rekening mee houden dat ook het vandalisme op een of andere manier verband hield met de moord op Rauha Kalondo.

De container waarin Kalondo was verdronken zou nu immers hier staan als hij geen plaats delict was geweest.

Verder was er een hakenkruis op het raam geverfd, wat deed vermoeden dat de daad door rechts-radicalen was gepleegd. Paula had lui die hakenkruizen krabbelden voorheen nooit erg serieus genomen, maar de afgelopen jaren was duidelijk geworden dat dat een enorme inschattingsfout was geweest.

Het was nog niet in Paula opgekomen dat de moord een racistisch motief kon hebben. Ze kreeg het koud bij de gedachte.

De poster aan het andere eind van de etalage was eveneens met rode spuitbusverf bewerkt, maar tussen de vlekken door kon Paula zien dat de opening van de tentoonstelling over twee dagen, op dinsdag, moest plaatsvinden.

De organisatoren zouden haast moeten maken, dacht ze terwijl ze de schade bekeek. Als op bestelling verscheen het bezorgde gezicht van Mai Rinne aan de andere kant van het raam. Ze werd vergezeld door twee agenten.

'Er hangt daarginds in het pand wel een camera, maar ik vrees dat de daders op basis van die beelden niet geïdentificeerd kunnen worden. Daarvoor hangt de camera te ver van het raam,' zei Aro. 'Na de vorige keer zei ik tegen Mai dat de camera eigenlijk verplaatst moet worden, maar dat is ze waarschijnlijk vergeten te doen.'

'Wat is er de vorige keer gebeurd?' vroeg Renko.

'Iemand had een plastic tas vol menselijke uitwerpselen aan de deurkruk gehangen,' zei Aro met een ernstig gezicht. Toch kon hij een glimlach niet onderdrukken. 'Kassinen stak zijn hand erin.'

Ook Renko barstte in lachen uit, maar hij keek weer serieus toen hij zag dat Paula haar wenkbrauwen optrok.

Het vandalisme moest worden meegenomen in het moordonderzoek. Paula gebaarde tegen de geüniformeerde agenten in de galerie dat ze naar buiten moesten komen, en vertelde dat zij het onderzoek zou overnemen. De agenten keken eerst een tikje verbaasd, maar stapten toen tevreden in hun auto.

'Er komen zo meteen nog meer rechercheurs hierheen. Blijf vanaf nu echt overal van af,' gromde Paula tegen Aro, die nog steeds aan het fotograferen was en zijn telefoon af en toe bijna tegen het glas hield.

Op het rugpand van Aro's lichtblauwe overhemd zat een grote donkere vlek. Ook Paula had een klam gevoel, hoewel ze kans had gezien thuis even te douchen en andere kleren aan te trekken. De weersomstandigheden verlangden eigenlijk een strandoutfit, maar daarin was het lastig rechercheren.

Voor een vrouw althans. Op geloofwaardige wijze althans.

Na de wat moeizame start bleek dat Renko het uitstekend had kunnen vinden met De Beer. Gedurende de rit had hij Paula over hun recherches eerder die dag verteld als een kind dat zojuist een nieuw vriendje had gevonden.

Ze waren erachter gekomen dat Rauha Kalondo vanuit het hotel eerst over de Bulevardi in de richting van Hietalahti was gelopen, maar dat ze al snel was omgedraaid en weifelend langs de Mannerheimintie was gewandeld, dat ze iets had gegeten in een hamburgerrestaurant en toen door het Esplanadi-park naar Kauppatori was gelopen, het marktplein aan de Finse Golf. Daar was ze voor het laatst – voorlopig althans – op camerabeelden te zien, en op die beelden had Kalondo als een heel gewone toerist geoogd. Er was niemand in haar gezelschap gezien, en het leek ook niet alsof ze ergens naar zocht of op wat voor manier dan ook rusteloos was of zich zorgen maakte.

De Beer was nog steeds aan het zoeken naar nieuwe camerabeelden, en ook de opnamen uit de galerie zou hij binnen afzienbare tijd ontvangen om te bekijken.

Paula verzocht Renko en Aro buiten te wachten en nieuwsgierige mensen bij de ramen weg te houden. Binnen, in het voorste deel van de galerie, was het koel en schemerig. Aan de muren van de eerste ruimte hingen vergrote foto's, steeds twee met dezelfde afmetingen boven elkaar.

Paula liep naar het eerste stel foto's. De locatie die op de bovenste werd afgebeeld herkende ze dankzij het gebouw op de achtergrond; die foto was in de wijk Kallio gemaakt. Hij was met tegenlicht genomen en toonde mensen die achter elkaar stonden in een rij, zodanig dat alleen hun silhouetten te zien waren. Op de onderste foto waren twee voetballende kinderen te zien, een meisje en een jongen, naar hun uiterlijk te oordelen afkomstig uit het Midden-Oosten. Zij waren op een modderig veld gefotografeerd, vanachter een hekwerk van draadgaas, met op de achtergrond een soort barak – misschien een asielzoekerscentrum ergens in Finland. De foto zoomde in op het hekwerk, de kinderen tekenden zich onscherp af door het gaas.

'Zijn ze niet schitterend?'

Mai Rinne was teruggekeerd in de ruimte. Ze droeg een donkerblauwe jumpsuit met korte mouwen en broekspijpen; de jumpsuit zag er tegelijkertijd praktisch, modieus en luchtig uit. Paula voelde zich een klamme, onhandige reus.

'Zijn deze door Paavali Kassinen gemaakt?' vroeg ze terwijl ze op de foto met de rij mensen wees.

'Dit zijn foto's genomen door gewone mensen, geselecteerd uit duizenden foto's die zijn ingezonden voor het project.'

'Duizenden?' vroeg Paula verwonderd.

'Het project is een groot succes,' zei Rinne op een toon waaruit viel af te leiden dat ze gewend was aan succes. 'Mensen willen hun compassie tonen, en de maatschappij heeft daar op dit moment bij uitstek behoefte aan. Er is meer compassie dan haat.'

'Echt waar?' vroeg Paula terwijl ze in de richting van de kapotte etalageruit knikte.

'Haat is alleen maar duidelijker zichtbaar, meestal. Dat is precies waar het om gaat hier, om compassie duidelijker zichtbaar te maken,' zei Rinne, waarna ze zich zonder op een reactie te wachten omdraaide.

Paula liep achter haar aan een ruimte binnen die leeg was, op een projector aan het plafond na. Die projecteerde videobeelden op de muur waarop een grijzende vrouw rechtstreeks tegen de camera sprak. Er was echter geen geluid te horen.

'Zij heeft de foto van die mensen in de rij voor de bakker genomen waar je naar stond te kijken. Pavaali heeft van de geselecteerde foto's vergrotingen gemaakt en video's opgenomen waarin de fotografen over hun leven praten en vertellen voor wie ze compassie voelen en waarom. De audio ontbreekt nog,' zei Rinne verontschuldigend.

Paula keek naar de vrouw die in de video haar mond opendeed. Het kostte haar moeite zich Paavali Kassinen achter de camera voor te stellen.

'Mai!'

De stem van Kassinen klonk bij de toegangsdeur, alsof Paula hem had opgeroepen door alleen maar aan hem te denken. Even later verscheen de kunstenaar om de hoek; hij leunde tegen de muur om weer op adem te komen.

'Maak je geen zorgen, Paavali,' zei Rinne met een zachte stem. 'We krijgen alles op tijd weer opgeruimd en in orde. Ik heb al een nieuw venster besteld –'

'Nee,' onderbrak Kassinen haar. 'Annuleer dat.'

'Hoe bedoel je?'

'We laten het zoals het is. Het is een noodkreet. We moeten er compassie voor tonen.'

'Compassie voor een hakenkruis? Is dat niet illegaal?' zei Rinne, waarbij ze de tweede vraag tot Paula richtte.

'Illegaal is het feitelijk niet,' antwoordde die.

'Maar we kunnen hem toch niet daar laten,' drong Rinne aan.

'Ik ben niet bang voor een hakenkruis,' verkondigde Kassinen, en zijn ademhaling begon weer te versnellen, ditmaal waarschijnlijk door de geestelijke in plaats van de fysieke inspanning. 'Het hakenkruis blijft. Het is een kunstvoorwerp.'

Paula haalde haar schouders op toen Rinne haar een hulpeloze blik toewierp. Ze liet het tweetal kibbelen en vervolgde haar weg naar de volgende ruimte in de galerie. Die was van alle tentoonstellingsruimtes nog het minst voltooid. In een hoek stonden opgestapelde stoelen en een ladder, op de grond lag gereedschap en tegen de muur stonden foto's die erop wachtten opgehangen te worden. Maar op de achterwand had men al wel een doek bevestigd dat de hele muur bedekte, met een afbeelding die eruitzag als een mozaïek. Eenmaal dichterbij zag Paula dat het om kleine fotootjes ging. Een aantal daarvan was meermaals op het doek afgedrukt, ook dat kon je van dichterbij zien, als je oog een kleur oppikte die steeds in dezelfde vorm terugkwam.

Paula's blik dwaalde over het doek en kwam her en der tot stilstand, lukraak, bij uiteenlopende gezichten die van dichtbij waren gefotografeerd. Dat leek voor de fotografen verreweg het populairste onderwerp te zijn geweest.

Wat Paula betrof was dit het indrukwekkendste wat ze tot nog toe in de galerie gezien had. De muur leek te zeggen dat de mens an sich compassie verdiende; iedereen, elk individu in een mensenmassa, waar je ogen normaal gesproken overheen gleden zonder een afzonderlijke persoon te herkennen.

Toch kwam haar blik ineens tot stilstand, en hij ging terug naar daarnet. Had ze het nou goed gezien?

'Zit er iets interessants tussen?' vroeg een vrouwenstem achter haar.

Paula draaide zich om en zag Ella Lehmusoja in de deuropening staan, in een kort T-shirt en korte spijkerbroek.

'Sorry, ik wilde je niet aan het schrikken maken,' zei Ella vrolijk.

Ze leek volledig hersteld te zijn van de schok die de moord op Rauha Kalondo had teweeggebracht. Er was zelfs geen spoor van de schok meer te herkennen, hoewel Ella in het prieel van de Lehmus-stichting trillend en met behuilde ogen als een klein kind tegen haar moeder was aangekropen.

Ditmaal oogde Ella ondanks haar tienerkleren als een volwassen vrouw, als een vernieuwde en energieke versie van haar moeder. Had Elina Lehmusoja zich in haar jonge jaren ook zo gekleed, voordat ze zich in het koele en stijlvolle stenen huis had ingegraven?

'Ben je gekomen vanwege dat kapotte raam?' vroeg Ella terwijl ze naar de voorkant van de galerie knikte. 'Eindelijk neemt de politie dit serieus.'

'Waarom ben je hier?' vroeg Paula kortaf.

'Mai belde vanochtend en vroeg of ik kon komen helpen, nu ook de etalageruit nog op het laatste moment vervangen moet worden.

Ik ben de assistente van kunstenaar Paavali Kassinen tijdens dit project. Dat ziet er goed uit op mijn cv, al kost het soms veel tijd, ten nadele van mijn studie.'

Paula vermoedde dat de erfgename van het Lehmus-concern nergens een cv voor nodig zou hebben in de toekomst. Ze wilde dat al bijna hardop zeggen terwijl ze naar de ongekunsteld zelfverzekerde en glimlachende Ella Lehmusoja keek.

'Wat studeer je?' vroeg ze in plaats daarvan, hoewel ze het antwoord al wist.

'Rechten,' zei Ella. 'Maar ik wil geen jurist worden. Of in elk geval niet bij een of ander bedrijf.'

'Waarom niet?' vroeg Paula, en ze dacht aan Lauri Aro.

'Ik wil iets nuttigs doen. Mensen helpen,' zei Ella ongeveinsd.

'En dit hier helpt mensen niet, vind je?'

'Wat, deze tentoonstelling? Nou ja, het benadeelt natuurlijk ook niemand. Maar dit is geen activiteit van de onderneming maar van de stichting, en als je het mij vraagt helpt het in de eerste plaats alleen Paavali Kassinen,' zei Ella zachtjes, en ze wierp een blik op de deuropening, waar nog steeds het gesprek tussen Mai en Paavali gedempt hoorbaar was.

Paula draaide zich weer om naar de gigantische fotocollage op de achterwand.

'Waar komen deze foto's allemaal vandaan?'

'Overal,' zei Ella kortaf. 'Ik heb ze stuk voor stuk behandeld volgens Paavali's instructies. Wat daar hangt is ongeveer de helft van alle ingestuurde foto's. In totaal zijn het er meer dan duizend.'

'Hoe zijn de foto's bij jullie beland?'

'Via e-mail, op een adres dat speciaal daarvoor is aangemaakt. Toen Paavali zag hoeveel mensen een foto van een gezicht hadden ingestuurd, wilde hij er een collage van maken.'

'Kun jij gebruikmaken van dat mailadres?'

'Ik heb toegang tot die account, ja.'

'Goed zo. Ik heb een taak voor je. Kun je het bericht opzoeken waarbij deze foto als bijlage is meegestuurd, en dat naar mij doorsturen?' zei Paula terwijl ze op de foto wees waar haar blik even daarvoor op was blijven hangen.

'Uiteraard,' zei Ella, en ze keek gespannen. 'Moet ik die informatie geheimhouden?'

Paula was geamuseerd, maar hield haar gezicht in de plooi. Ella Lehmusoja was iemand aan wie ze geen enkel geheim zou toevertrouwen.

'Ja, het is van het grootste belang.'

Ella maakte met haar smartphone een foto van het onderdeel van de collage waar Paula op had gewezen. Vervolgens keek ze lange tijd naar het kiekje, eerst op de muur en daarna op haar telefoon, alsof ze de foto voor het eerst zag.

'Waarom heb je Jerry verteld dat het slachtoffer een donkere huidskleur had?' vroeg Paula.

Ella leek zich niet te verbazen over de vraag. Ze vertrok geen spier maar bleef gewoon naar de foto op haar mobieltje staren. Toen richtte ze haar ogen op, maar haar timing faalde: Paula kon zien hoe ze haar blik omvormde van hard naar kinderlijk paniekerig.

'Het spijt me,' zei Ella. 'Ik stond er niet bij stil dat ik dat niet mocht vertellen.'

Paula besefte dat ze Ella had verrast met haar vraag, want die had ter plekke een passende reactie moeten bedenken.

'Kwam het niet in je op dat je geadopteerde, uit Afrika afkomstige broertje geschokt zou zijn als hij hoorde welke huidskleur het slachtoffer had?'

'Kleur is onbelangrijk,' zei Ella, en ze giechelde even, wat waarschijnlijk onschuldig en meisjesachtig moest overkomen, maar feitelijk alleen maar vreemd en gemeen klonk.

‘Hoe vond je het dat je ouders Jerry adopteerden?’ vervolgde Paula.

‘Gewoon. Ik was blij dat ik een broertje kreeg.’

‘Maar je was nog maar zeven jaar toen. Was je helemaal niet jaloers?’

‘Echt niet,’ zei Ella ontkennend, met de opstandigheid van een zevenjarige.

‘Jerry heeft jou vast altijd aanbeden,’ zei Paula. Ze dacht aan haar eigen broer, die zich aan haar had vastgeklampt zodra hij kon lopen, totdat hij naar school ging.

‘Dat kan best,’ zei Ella lauwtjes.

Paula bedankte haar en verzocht haar contact op te nemen zodra ze de mail met de zwart-witfoto als bijlage had gevonden. Toen keerde ze terug naar het voorste gedeelte van de galerie; daar stond Mai midden in de ruimte, geïrriteerd zo te zien.

Kassinen had zich in de lotushouding bij het kapotte venster geposteerd. Het verbaasde Paula wederom hoe hij ondanks zijn omvang en zijn – zoals daarnet was gebleken – slechte conditie zijn lichaam in alle mogelijke bochten kon wringen.

‘Bedankt voor de rondleiding,’ zei Paula tegen Mai. ‘Er komen zo meteen rechercheurs hierheen, en tot die tijd mogen jullie daarbuiten niets aanraken. Er komt ook iemand om de beelden van de bewakingscamera te bekijken, als die niet elektronisch verstuurd kunnen worden.’

Mai beloofde zolang als nodig was de wacht te houden in de galerie. Kassinen verroerde geen vin en hield zijn ogen gesloten.

Buiten de galerie waren Aro en Renko aan de overkant in de schaduw gaan staan. Bij de gebroken etalageruit viel niets te bewaken; op een paar wandelaars een eindje verderop na was de straat verlaten. In de verte klonk het geknars van een tram. Paula keek naar de lucht; die was zuiver blauw. Van de verkoelende bries van die ochtend was niets meer te merken. De lucht stond stil, alsof hij aan het rijpen was. De wolken waren al onderweg, hopelijk.

‘Maar ook hoge temperaturen als deze doen een paard nog geen kwaad,’ legde Aro aan Renko uit; Paula hoorde hem praten terwijl ze de rijbaan overstak.

‘Ik kom nu wat minder vaak op de drafbaan, nu we gezinsuitbreiding hebben gehad,’ zei Renko.

‘O ja? Gefeliciteerd. Een hengst of een merrie?’ vroeg Aro, waarna hij bulderend lachte.

‘Een jongetje,’ zei Paula nog voordat Renko kans zag te antwoorden. ‘Ik wilde nog iets vragen. Dat was oorspronkelijk de reden dat ik belde.’

Aro was even van zijn stuk gebracht maar trok toen weer een officieel juristengezicht.

‘Ben je ooit in Namibië geweest, in Oniipa?’ vroeg Paula.

Aro was opnieuw van zijn stuk gebracht. Zijn kaak viel bijna letterlijk open. De reactie oogde authentiek.

‘Ik ben vele malen in Namibië geweest, uiteraard. Maar die plaats zegt me niets; hoe zei je dat die heette?’

‘Oniipa,’ herhaalde Paula.

Aro schudde zijn hoofd en herhaalde dat die naam hem niet bekend voorkwam. Hij begon steeds bezorgder te kijken.

‘Waar gaat het om?’

‘Ik kan nu helaas nog niet uitweiden. Maar we zoeken iemand die aan het begin van het nieuwe millennium lokale werknemers heeft gerekruteerd voor een Fins bedrijf in Oniipa.’

‘Hoe kom je erbij dat ik dat zou zijn?’

‘Iemand heeft je herkend op een foto.’

Aro kreunde ongelovig en herhaalde dat hij, voor zover hij wist, nooit in Oniipa was geweest en dat hij geen enkele werknemer voor het Lehmus-concern had gerekruteerd.

‘Ook in Finland niet,’ voegde hij er kordaat aan toe. ‘Dus iemand heeft mij op een foto herkend. Wat voor foto?’

'Op de website van het Lehmus-concern.'

'Aha,' zei Aro, en hij oogde nog ongemakkelijker dan daarnet. Maar toen klaarde zijn gezicht op. 'Hebben we het over de periode rond 2001, 2002?' Paula knikte en Aro was nu duidelijk opgelucht.

'Kan het in dat geval zijn dat het om mijn vader Veikko gaat? Die was toen nog bij Hannes aan het werk.'

De woordkeuze 'bij Hannes aan het werk' klonk vreemd, alsof het internationale concern niet meer dan een soort werkplaats was.

'Lijken jullie op elkaar?'

'Naar het schijnt ben ik als veertiger nu zoals Veikko als dertiger was,' zei Aro. Hij had zijn zelfvertrouwen herwonnen.

'Veikko Aro dus. Kan ik hem ergens bereiken?'

'Geen idee. We hebben niet zoveel contact met elkaar,' zei Aro.

'Waarom niet?' vroeg Paula, offensiever dan de bedoeling was.

Aro's blik verhardde en hij haalde zijn schouders op. Paula knikte tegen Renko om aan te geven dat ze ervandoor gingen.

'Hebben jullie het lijk al geïdentificeerd?' vroeg Aro, en hij deed een poging verzoenend te klinken.

'Ja. Binnenkort volgt er nadere informatie.'

Aro oogde ontevreden met dat antwoord en leek zijn verlangen om meer vragen te stellen maar met moeite te kunnen onderdrukken.

Paula stapte in de auto en startte die snel, om de airco op gang te brengen.

'Ik wist niet dat je op de drafbaan te vinden was,' zei ze nadat ze de Saab op de smalle straat had gedraaid.

'Daar ben ik van mijn leven nog niet geweest,' zei Renko. 'Waarom heb je Aro niet naar dat landgoed en de erfenispapieren gevraagd? Als jurist van het concern weet hij waarschijnlijk op wiens naam dat landgoed staat.'

'Alles op z'n tijd. Ik wil onze informatie nog niet prijsgeven.'

‘Wat had die galerie eigenlijk te bieden?’

‘Mooie foto’s. En helemaal op de achterwand één foto die met name interessant is.’

‘Waarvan?’

‘Een zwart-witkiekje van Rauha Kalondo met een onbekende baby.’

9

Sami haalde een diepvriesbakje uit de koelkast van de pauzeruimte. Toen hij het deksel eraf had getild, glimlachte hij. Joonas had ketchup op de macaronischotel gespoten, in de vorm van een hart. Het zag eruit als een knutselwerkje van een kind.

Hij stelde de magnetron in op anderhalve minuut en opende het flesje mineraalwater dat hij uit de automaat had gehaald.

Meteen de eerste dag in het team van Moordzaken had Hartikainen hem de bijnaam De Beer gegeven. De anderen hadden die ook meteen in gebruik genomen. Dat was waarschijnlijk logisch, aangezien hij voorheen bij een speciale eenheid had gewerkt die 'het Berenteam' werd genoemd.

Sami kon zijn nieuwe collega's toch niet meteen bij de eerste ontmoeting vertellen dat hij niet de naam wilde hebben waarmee grote, harige homomannen worden aangeduid.

Vooral omdat hij er zelf bij uitstek eentje was.

De koosnaam bleef, en al snel was Sami er zelf ook aan gewend. Joonas had er alleen maar om moeten lachen, maar goed, die vond alles grappig. Het was zo makkelijk om van Joonas te houden.

De magnetron zei *pling*. De Beer pakte het hete bakje voorzichtig uit het apparaat, zette het op tafel en liep naar het afdruiprek om een vork te halen. De ketchup borrelde op het eten. Natuurlijk was het geen goed idee om die in het bakje te doen als het eten later moest worden opgewarmd, maar De Beer was niet van plan dat tegen Joonas te zeggen. De hartvormige ketchup verwarmde zijn hart meer dan de bittere smaak ervan hem dwarszat.

Het was zo'n kleine portie dat De Beer over een uur alweer honger zou hebben. Gelukkig lag er chocola in zijn bureaula.

En gelukkig was Renko niet meer op kantoor. Die had zo ontzettend veel gepraat dat het luisteren gigantisch veel energie van De Beer had gevergd. Renko leek totaal niet te beseffen dat hij bijna constant in zijn eentje aan het woord was, en dat hij voornamelijk tegen zichzelf sprak. Dat vond De Beer overigens niet erg, integendeel. Hij was eraan gewend te zwijgen wanneer de anderen over hun gezinnen praatten.

De Beer geloofde niet dat iemand van zijn naaste collega's hem zou discrimineren om zijn seksuele geaardheid, maar hij wilde niet het risico nemen zijn hele carrière in een soort homokleed te moeten rondlopen. Gelukkig stelde Paula haar eigen privacy zeer op prijs en leek ze begrip te hebben voor zijn zwijgzaamheid, al wist ze waarschijnlijk niet wat de werkelijke reden daarvan was.

De Beer dronk zijn flesje mineraalwater voor de helft leeg en zette het in de koelkast. Vervolgens waste hij zijn diepvriesbakje, het deksel en de vork af, alsmede een koffiekopje dat in de gootsteen stond. Het was Hartikainens oeroude humoristische mok, waarop stond: 'Toen God de man schiep'. De rest van de zin was afgesleten.

'Dat had niet gehoeven,' zei Hartikainen, die ongemerkt naar De Beer toe was geslopen.

De Beer gromde en deed de kraan dicht. Hartikainen wrong zich langs hem heen en pakte het net gewassen kopje uit het droogrek.

'Wacht,' zei Hartikainen toen De Beer aanstalten maakte de kamer te verlaten. 'Is al bekend waar het slachtoffer naartoe is gelopen vanaf het marktplein?'

De Beer schudde zijn hoofd. Op het plein verdween Rauha Kalondo in de menigte en het pixeloerwoud van de cameraopnamen, en daarna was het niet mogelijk geweest haar opnieuw te lokaliseren.

'Het landgoed dat aan Kalondo was beloofd behoort de Lehmus-stichting toe,' zei Hartikainen terwijl hij oploskoffie in zijn kopje lepelde. 'Wil je ook?'

'Nee dank je,' zei De Beer; hij slaakte een zucht en ging weer bij de tafel zitten. Hartikainen wilde duidelijk hardop nadenken.

'Ik heb niet met zekerheid kunnen achterhalen of het landgoed vijftien jaar geleden al aan de stichting toebehoorde. Maar ik wed dat dat zo was, en dat Hannes Lehmusoja Kalondo bewust heeft misleid. Hij kon immers niemand een landgoed nalaten waarvan hij niet persoonlijk de eigenaar was,' zei Hartikainen theatraal. 'En er zijn ook geen getuigen voor de overeenkomst die hij met Kalondo heeft gesloten. En dat betekent weer dat hij het testament alleen heeft opgesteld om van Kalondo af te komen.'

'Is Kalondo opgedoken in de belgeschiedenis van Juhana Lehmusoja?'

'Nog niet. Het uitzoeken is een immens karwei, ik ben pas bij begin juni. Meneer de directeur brengt zijn werkdagen zo te zien aan de telefoon door, en uiteraard heeft hij twee abonnementen.'

Het water kookte. Hartikainen schonk zijn kopje zo vol dat er geen melk meer bij kon; toen hij dat zelf ook zag, vloekte hij, en liet een scheut koffie in de gootsteen lopen.

'Er is geen melk,' zei De Beer toen Hartikainen de koelkast opende. 'Vanochtend is het laatste restje opgegaan.'

Hartikainen schonk wat koud water uit de kraan in zijn kopje en ging bij de tafel zitten. Hij proefde zijn koffie en trok zijn neus op als een verwend jochie.

'Juist, ik dacht dat als jij tijd hebt, we de boel misschien een beetje kunnen verdelen. Nu we voorlopig toch niet verder komen met die camerabeelden. Morgen komen er waarschijnlijk meer beschikbaar, op een doordeweekse dag.'

De Beer ergerde zich aan de manier waarop Hartikainen de kwestie bracht. Hij wist dat Hartikainen een hekel had aan routinekarweitjes en computerwerk. Waarschijnlijk was hij nog maar net begonnen met zijn taak en had hij er meteen genoeg van gehad.

Aan de andere kant had hij wel gelijk wat de cameraopnamen betrof, en ook Paula had gezegd dat De Beer zou kunnen helpen bij het doorspitten van de gespreksgegevens, als hij tijd had.

'Oké. Ik neem die jurist.'

'Lauri Aro,' zei Hartikainen. 'Ik bedacht ook net dat ik misschien beter met hem had kunnen beginnen. Contractuele kwesties komen uiteraard bij een jurist terecht, dus misschien heeft het slachtoffer rechtstreeks contact gehad met Aro.'

'Daarom ga ik ook met hem aan de slag.'

Hartikainen keek ontevreden, hoewel hij zelf De Beer om hulp had gevraagd, en schonk zijn koffie in de gootsteen.

'Het landnummer van Namibië is plus twee zes vier,' riep Hartikainen De Beer achterna toen die al halverwege de gang was.

'Weet ik,' antwoordde die, hoewel dat niet waar was. Hij wist niet precies waarom hij beweerde dat hij het wist. Hartikainen had gewoon zo'n effect op hem.

De Beer had nog maar net kans gezien het bestand met Lauri Aro's gespreksgegevens te openen of Hartikainen kwam al bij zijn bureau staan.

'Je bent bij vrijdagochtend begonnen, mooi zo. Rond halfnegen heeft hij Rinne blijkbaar gebeld. Vervolgens Juhana Lehmusoja, om bijna precies tien uur, precies zoals hij zei,' vertelde Hartikainen, en hij ging met zijn hoofd boven De Beers schouder hangen.

De Beer vroeg zich af hoe met zijn tweeën naar de lijst kijken het onderzoek zou versnellen, maar hij zei niets; hij volstond ermee een tikje naar opzij te leunen, bij Hartikainen vandaan.

Op doordeweekse dagen belde Aro tijdens kantooruren niet alleen met Finse nummers maar ook naar het buitenland, maar 's avonds en in het weekend kwamen bijna uitsluitend twee nummers steeds weer terug: die van Mai Rinne en Juhana Lehmusoja. Naar Rinne had hij zelfs 's nachts een keer gebeld.

'Vlotte tante, die Rinne,' zei Hartikainen. 'Op de foto althans.'

'Daar,' onderbrak De Beer hem, en hij priemde met zijn vinger tegen het beeldscherm.

In de tweede week van juni was er vanuit Namibië een sms'je naar Lauri Aro gestuurd.

Hartikainen gromde en rende op zijn bureau af, maar nog voor hij kans had gezien zijn telefoon te pakken, had De Beer het nummer al gebeld.

'Er wordt niet opgenomen.'

'Ik zal het uitzoeken,' zei Hartikainen.

De Beer luisterde kalm toe terwijl Hartikainen Paula belde en vol trots melding maakte van de vondst. Toen checkte hij met wie Lauri Aro meteen daarna contact had opgenomen.

Vijf minuten nadat hij het berichtje uit Namibië had ontvangen, had Aro zelf een sms'je verstuurd. De Beer zocht het nummer van de ontvanger op.

Het behoorde toe aan ene Veikko Aro.

10

Lauri Aro hoefde niet mee te doen aan een *extreme makeover*-programma om erachter te komen hoe hij er op latere leeftijd uit zou zien. Veikko Aro was een vergrijsde versie van zijn zoon.

'Je hoeft je schoenen niet uit te trekken,' zei hij bij wijze van begroeting nadat hij had opengedaan.

Aro senior leek meteen te weten wie de bezoekers waren. Misschien had zijn zoon een uitzondering gemaakt en contact opgenomen met zijn vader in de tijd dat de rechercheurs diens adres hadden opgezocht. Aro gebaarde dat Paula en Renko konden binnenkomen en voerde hen door de gang mee naar de woonkamer.

De voormalige jurist van het Lehmus-concern was, in tegenstelling tot Hannes Lehmusoja, geen liefhebber van moderne kunst. De schilderijen aan de muur waren allemaal nationaal-romantische landschappen. Een groot zebravel op de grond en de koppen van een spiesbok en drie impala's aan de muur verhaalden over zijn jaren in Afrika; de koppen staken tussen de schilderijen uit en leken de hele ruimte te beheersen.

Met een schuin hoofd bewonderde Renko de jachttrofeeën. Vooral de spiesbok leek grote indruk op hem te maken.

'Indrukwekkend hoor, die hoorns.'

Veikko Aro mompelde tevreden.

'Zelf geschoten. In de haardkamer hangen er nog meer,' zei hij, en hij wilde weten of Renko ook een jager was.

'De tijd ontbreekt me,' zei Renko ontwijkend.

Aro richtte zich tot Paula.

'Trofeejacht is niet zo erg als het klinkt. Een leek denkt al snel dat het om bevoorrechte westerlingen gaat die voor de lol bedreigde diersoorten afschieten in Afrika. In werkelijkheid zitten er veel positieve kanten aan,' preekte hij.

'Goh,' zei Paula zo kurkdroog als ze kon.

Aro was duidelijk trots op zijn achterlijke hobby, maar Paula was minstens zo geïrriteerd over zijn neerbuigende uitleg, die hij waarschijnlijk noodzakelijk achtte omdat ze een vrouw was.

'De legale jacht motiveert de lokale bevolking ertoe diersoorten te beschermen tegen stroperij. En motiveert de landeigenaren de leefgebieden in stand te houden. Of we nou willen of niet, uiteindelijk draait het altijd om geld.'

'Naar het schijnt zouden er zonder de trofeejacht geen leeuwen meer zijn in Afrika,' zei Renko.

'Dat zou heel goed kunnen,' zei Aro verheugd.

Paula keek Renko minachtend aan alsof hij het sulletje van de klas was, totdat ze de telefoon in zijn hand opmerkte. Had hij tussendoor al kans gezien te googelen?

'Is dit een goed moment om koffie te serveren?' vroeg een tengere vrouw die in de deuropening was verschenen.

'Ja graag, en zouden we ook water kunnen krijgen?' vroeg Aro.

Paula had net een blik op het impalahoofd geworpen dat uit de muur naar voren stak. Toen ze naar de vrouw keek, zag ze nog steeds de sierlijke trekken van het dier. Toen herinnerde ze zich dat Veikko Aro eigenlijk weduwnaar was. Natuurlijk kon het zijn dat hij een nieuwe vriendin had. Maar Aro haastte zich de vrouw voor te stellen.

Het was Riitta Lehmusoja, de weduwe van Hannes.

'Wij twee alleenstaanden hebben elkaar de afgelopen tijd bijgestaan,' zei Aro. 'Natuurlijk niet in romantische zin. Maar als je een gemeenschappelijke geschiedenis hebt, is het makkelijker om over dingen te praten.'

Riitta Lehmusoja veegde haar handen af aan haar schort voordat ze naar hen toe kwam voor de begroeting.

'Vreselijke kwestie, die moord. Al weigerde Juhana mij er meer over te vertellen dan dat het niet om een bekende van ons ging,' zei ze terwijl ze Paula delicaat de hand schudde.

Paula keek haar geboeid aan. Deze alledaags ogende vrouw was dus decennialang gehuwd geweest met iemand die volgens iedereen een groot zakenman en weldoener was.

'Neemt u plaats. Ik neem tenminste aan dat u niet bent gekomen vanwege die jachttrofeeën,' zei Veikko Aro.

Toen Riitta de kamer had verlaten gingen Paula en Renko naast elkaar op de leren bank zitten.

'Ik heb Riitta in grote lijnen verteld waar het om gaat, voor zover ik op de hoogte ben. De container heb ik onvermeld gelaten, maar wel dat u reden heeft om aan te nemen dat het om moord gaat,' zei Aro.

Kennelijk had hij dus wel over de container gehoord. Misschien had Aro junior wel degelijk contact gehouden met zijn vader, bedacht Paula. Ze legde een uitvergrote print van Rauha Kalondo's paspoortfoto voor hem op de salontafel, zodanig dat hij goed lag voor Aro. Hij keek er geïnteresseerd naar, maar zei niets.

'Gaat u nog steeds naar Afrika om te jagen?' zei Renko, alsof hij niet had gemerkt dat de anderen al op het volgende onderwerp waren overgestapt.

'Hm, de laatste keer was denk ik bijna tien jaar geleden. Het was niet iets waar ik een passie voor had. Ik voel me beter thuis bij de elandenjacht.'

'Wat is het grootste dier dat u ooit heeft geschoten?'

‘Een gnoe,’ antwoordde Aro een tikje ongeduldig inmiddels, en hij pakte de foto op.

‘Een gnoe,’ herhaalde Renko, en hij tikte op zijn smartphone.

Paula wilde Renko al een duw geven met haar elleboog, maar zag toen dat hij helemaal niet googelde maar het gezicht van Veikko Aro filmde terwijl die naar de foto keek en zijn ogen tot spleetjes kneep. Vervolgens pakte Aro een leesbril uit het borstzakje van zijn overhemd met korte mouwen; hij zette die op en bekeek het printje toen van heel dichtbij.

‘Is het goed als ik dit gesprek opneem?’ vroeg Renko terwijl hij zijn telefoon op de tafel legde.

Aro wuifde met zijn hand bij wijze van instemming.

‘Herkent u de vrouw op de foto?’ vroeg Paula.

‘Zou ik dat moeten?’

‘We hebben reden om aan te nemen dat ze ongeveer vijftien jaar geleden voor het Lehmus-concern heeft gewerkt. Haar naam is Rauha Kalondo, en ze was afkomstig uit de buurt van Oniipa. Ons is verteld dat u in die tijd in Namibië was.’

‘Oftewel, Lauri heeft dat verteld,’ zei Aro veelbetekenend. ‘Ja, ik heb haar waarschijnlijk aangenomen. En dat betekent dat ik haar waarschijnlijk ook heb ontmoet. Maar het gezicht noch die naam zegt me iets. Het is wel zo dat ik in Oniipa ben geweest om onder de lokale bevolking personeel te rekruteren.’

‘Waarom uitgerekend daar?’ vroeg Renko.

‘In Oniipa bevond zich een Finse zendingspost. Maar dat is niet de enige plek waar we mensen hebben aangeworven, dat deden we ook elders in het land. Oniipa was gewoon een van die dorpen.’

Aro legde de foto weer op tafel, waar Riitta Lehmusoja net een dienblad met koffiekopjes, glazen en een waterkan op neerzette. Renko greep een glas en begon daar water in te schenken. Hij bewoog te snel en morste water op de tafel en het witte kleed. Veikko Aro kon een minachtend gesnuif niet onderdrukken.

'De zomer droogt dat wat ze nat maakt,' zei Riitta Lehmusoja opgewekt.

'Waren er veel Finnen werkzaam bij het Lehmus-concern in Namibië?' vroeg Paula terwijl Renko het glazen tafelblad droogveegde met een servetje dat nauwelijks water absorbeerde.

'Nou ja, in eerste instantie ging het alleen om Hannes en mijzelf. Eind jaren negentig kwamen Lauri en Juhana erbij, en ook Elina van tijd tot tijd, maar zij had later een klein kind om voor te zorgen. Voor de rest ging het om lokale arbeidskrachten. Natuurlijk hadden onze toeleveranciers Europeanen in dienst, ook Finnen. Meestal op managementniveau.'

'Vergeet de meiden niet, Ritu en Mai. Die bestuurden zelfs ook hijskranen,' mengde Riitta zich in het gesprek terwijl ze de anderen koffiekopjes aanreikte. Aro glimlachte even.

'Klopt. Ritva Kaakko en Mai Rinne zijn nog steeds werkzaam bij het concern, hebben een managementfunctie nu. Of nou ja, Mai bij de stichting natuurlijk. We hadden ook nog andere stagiairs, jonge studenten. Sommigen deden het goed, anderen niet zo. Ritva en Mai sprongen er in positieve zin uit. Hannes zette ze meteen in het begin als kraanbestuurders op het bouwterrein in. Dat was een soort van test, denk ik.'

'Welke positie had u zelf in het concern?' vroeg Paula.

'Qua ontwikkelingssamenwerking begonnen Hannes en ik als gelijkwaardige zakenpartners. In het begin was dat nog kleinschalig, verbeter de wereld en zo. We wilden het door oorlog verwoeste land weer opbouwen. Toen kocht Hannes mij uit, en ik kwam bij hem in dienst. We ontwikkelden infrastructuur, logistiek... Wegenbouwprojecten en zo. Hannes had niet echt vertrouwen in de lokale bevolking en wilde overal zelf toezicht op houden. En hij had het naar zijn zin daar, terwijl ik meer op en neer pendelde tussen Finland en Namibië. Dat werd steeds zwaarder, en toen Hannes meer verantwoordelijkheid aan Juhana begon te delegeren, liet ik mijn werkzaamheden meer aan Lauri over.'

'En u, Riitta, was u veel in Namibië?' vroeg Paula.

'Hemel nee, ik had daar niet echt iets te zoeken. Soms was ik een paar weken lang op het landgoed, op vakantie. Eén keer per jaar hoogstens,' antwoordde Riitta, en ze wierp over Aro's schouder heen een blik op de foto op tafel. 'Is zij de, eh… dode? Vermoeden jullie daarom dat het met het concern te maken heeft?'

'Daarom? Hoe bedoelt u?'

'Ik bedoel dat ze op grond van haar huidskleur afkomstig zou kunnen zijn uit Namibië. Anders zouden jullie toch geen vragen stellen over die periode?'

Toen Paula geen antwoord gaf, trok Riitta zich terug; ze ging bij een kleine, aan de muur hangende impalakop staan.

'U zei dat Hannes de lokale bevolking niet vertrouwde. Gebeurde er iets waardoor het vertrouwen werd geschonden?' vroeg Paula.

'Als er ergens geld rondgaat, zijn er ook altijd mensen die de boel beduvelen,' zei Aro vrolijk. 'We waren als onderneming slechts een relatief kleine speler, maar wel eentje die groeide. We moesten alles in de gaten houden. Ik beweer trouwens niet dat die oplichters altijd alleen lokale werknemers waren.'

'Want?'

Veikko Aro wees op Renko's telefoon op de tafel en gaf met een vingerbeweging te kennen dat de opname even moest worden stopgezet. Renko deed wat hem werd opgedragen.

'Wat ik nu zeg, zeg ik absoluut off the record,' zei Aro, en hij benadrukte ieder woord. 'Hannes wist heel goed voor zichzelf op te komen. Als er geld verdween tijdens een project, betekende dat niet per se dat dat buiten de onderneming belandde.'

‘Tja, hij kan nu niet meer ter verantwoording worden geroepen, voor wat dan ook,’ zei Paula, en ze leunde voorover om de dictafoon weer aan te zetten. Veikko Aro keek nu voor het eerst verbaasd. Misschien kwam dat door haar onverholen uitdagende reactie, iets waar Aro waarschijnlijk niet aan gewend was. Was het hoogdravende verzoek om de opname te stoppen alleen maar een afleidingsmanoeuvre of durfde hij daadwerkelijk geen bezwarende uitspraken te doen over zijn voormalige baas, zelfs nu die dood was?

Aro stond op van zijn stoel en liep naar een als bureau vermomde bar. Hij schonk een glas cognac in voor zichzelf. Riitta Lehmusoja zette een paar passen naar voren, als een gazelle die zich buiten de kudde begeeft.

‘Ik geloof dat Juhana en Hannes onenigheid hadden over die kwestie,’ zei ze, en ze keek naar Aro alsof ze hem verzocht dit te bevestigen.

‘Inderdaad,’ zei Veikko onwillig. ‘Ik geloof dat Juhana de boel transparanter wilde maken. Maar Hannes is er gegarandeerd in geslaagd de sporen uit te wissen, als er überhaupt ergens sporen zijn achtergebleven.’

‘En Juhana zelf? Kunt u iets zeggen over zijn banden met de lokale bevolking?’

‘Uiteraard was Juhana ook op plaatselijk niveau heel actief. Hij is immers echt zo’n charmante man van de wereld,’ zei Veikko.

Riitta reageerde op geen enkele manier op het feit dat haar zoon werd geprezen. Integendeel, haar mond vertrok zich tot een streep.

‘Maar meer weet ik daar niet over te zeggen, dat moeten jullie aan hemzelf vragen,’ vervolgde Veikko. ‘Ik bemoeide me bijna niet met het doen en laten van de jongens, van Lauri niet en al helemaal niet van Juhana. In tegenstelling tot Hannes, die overal van op de hoogte wilde zijn. Ook van dingen waar hij niets mee te maken had.’

‘U bent dus van mening dat u zelf niet betrokken was bij die obscure praktijken?’ vroeg Renko verbazingwekkend naturel.

‘Ik heb het volgens mij niet over obscure praktijken gehad,’ antwoordde Aro met een kort lachje. ‘Ik zei alleen dat Hannes wel wist welk beekje geschikt was om een molen in te plaatsen.’

‘En wie hij moest aanstellen als molenaar,’ opperde Renko.

‘Inderdaad. En ik kende Hannes goed genoeg om te weten wanneer ik beter geen nadere vragen kon stellen.’

‘Had u als jurist van de onderneming zulke dingen niet beter wel kunnen weten?’ vroeg Renko, ditmaal overduidelijk gespeeld naïef maar tegelijkertijd zo luchthartig dat Aro er geen punt van maakte.

‘Jullie hebben te veel naar Amerikaanse tv-series gekeken,’ zei hij met een lachje. ‘Wij stellen niet de regels van het spel op, maar laveren zo goed we kunnen binnen de geboden marges.’

Aro had na het vullen van zijn glas niet opnieuw plaatsgenomen op zijn stoel, als om aan te geven dat het bezoek van de rechercheurs zo langzamerhand wel mocht worden afgerond. Paula verroerde echter geen vin op de klamme leren bank.

‘U heeft op 11 juni een sms’je van Lauri Aro ontvangen. Zou ik dat mogen zien?’ vroeg ze.

Hoewel ze op dezelfde vriendelijke toon sprak als voorheen, leek Veikko Ari meteen te beseffen dat het bezoek nog maar net was begonnen, dat alleen het beleefde gedeelte nog maar was afgerond. Hij keek naar zijn nog half gevulde glas en leegde dat in één teug.

‘Aha,’ zei hij terwijl hij met het glas op de bovenkant van de bar tikte. ‘Kan zijn, ik krijg natuurlijk vaak berichtjes van mijn zoon.’

‘Echt? Ik had juist het tegendeel begrepen,’ zei Paula.

‘Meestal bewaar ik sms’jes niet zo lang, ik verwijder ze,’ zei Aro zonder ook maar aanstalten te maken zijn telefoon tevoorschijn te halen.

‘Bedoelt u nu de berichtjes van uw zoon, of alle berichten die u ontvangt?’

Aro hield zijn ogen in bedwang maar zijn mond ging open, alsof hij Paula zijn tanden wilde laten zien.

'Kunt u desondanks controleren of u het sms'je in kwestie nog heeft?' vroeg Paula.

Aro leek te overwegen of er alternatieven waren, maar slaakte toen een zucht, haalde zijn telefoon uit zijn zak en zette zijn leesbril weer op.

'11 juni, zei u?'

'Inderdaad. Ik kan het precieze tijdstip laten opzoeken, als er meerdere berichten zijn die dag.'

'Niet nodig. U bedoelt waarschijnlijk dit bericht. Ik zie nu dat het daarin om dezelfde persoon gaat als op die foto daar. Daarnet wist ik de naam niet meer,' zei Aro terwijl hij Paula zijn telefoon aanreikte.

Als Aro ooit andere berichtjes van zijn zoon had ontvangen, had hij die allemaal verwijderd – op dit ene na. De hele communicatie tussen vader en zoon bestond uit twee sms'jes.

Lauri Aro had op 11 juni een foto van Rauha Kalondo en het testament van Hannes Lehmusoja aan zijn vader gestuurd. Onderaan de foto had hij alleen maar geschreven: Bekend gezicht?

De volgende dag pas had Veikko het bericht beantwoord. Hij wendde zijn hoofd af, zodat Paula hem niet in de ogen kon kijken nadat ze het bericht had gelezen.

'U had dit contract dus nog nooit eerder gezien?'

'Nog nooit,' zei Aro, haar blik nog steeds ontwijkend.

'Wat vond u ervan?'

'Niets. Het is waarschijnlijk sowieso niet rechtsgeldig, en de vraag is of dat wel echt de handtekening van Hannes is.'

'Laat mij eens zien?' zei Riitta, en voordat Aro kon ingrijpen had Paula haar de telefoon al gegeven. Ze vergrootte de foto wel zodanig dat die het hele beeldscherm vulde, zodat Riitta de berichtjes van vader en zoon Aro niet kon zien.

'Volgens mij is dat inderdaad Hannes' krabbel,' zei Riitta met een lachje. Zo te zien had ze geen enkele aandacht besteed aan de inhoud van het contract. Veikko pakte de telefoon uit haar hand en keek Paula nu ronduit vijandig aan. Die schonk hem een kalme blik voordat ze naar Renko knikte. Die mocht Hartikainen nu op de hoogte brengen, zoals afgesproken.

Lauri Aro zou bij de eerstvolgende gelegenheid in hechtenis worden genomen.

Op datzelfde moment vlogen er twee windhonden de kamer binnen, op de voet gevolgd door een Deense dog ter grootte van een IJslandse pony. De kleinere honden maakten kwispelend een rondje langs de gasten en gingen toen naast Veikko staan.

'Tijd voor de uitlaatronde, geloof ik,' zei hij.

Paula pakte de foto van Rauha Kalondo van de tafel en stopte die weer in haar tas.

'U heeft deze vrouw dus waarschijnlijk aangenomen, destijds in Namibië.'

'Als ze op de loonlijst van het concern heeft gestaan, dan ja.'

De woorden kwamen met enige moeite uit Aro's mond, alsof praten alleen al een concessie was na datgene wat Paula had gedaan.

'Maar meer kunt zich niet over haar herinneren?'

'Nee.'

'Helemaal niets? Kan het zijn dat ze op de hoogte was van die... molens van Hannes?'

'Ik betwijfel of ze daar iets van zou hebben begrepen.'

'Hoe kunt u dat weten? Als u haar op geen enkele manier gekend hebt?'

'Nou ja, ze is toch een...'

Aro kon zijn uitval nog net onderbreken en ademde diep in voordat hij koeltjes verderging: 'Uiteraard kan ik dat niet weten.'

De honden volgden Aro naar de achterdeur, waar hij ze naar buiten liet; ze renden dartelend de trap af en de tuin in. Renko liep het terras op en uitte hardop zijn bewondering voor de tot bollen getrimde bomen, duidelijk om het weer goed te maken met de heer des huizes. De tuinsproeier verspreidde tuffend water over het grote gazon. Aro kreunde en haalde een zakdoek tevoorschijn, waarmee hij zich het zweet van het voorhoofd wiste.

'Wat mij betreft mag het gaan regenen,' zei hij.

'Dat hadden ze voorspeld, maar de regen laat blijkbaar nog op zich wachten,' zei Renko onbekommerd.

Riitta Lehmusoja was hen gevolgd naar het terras. Paula ving Renko's blik op en knikte toen steels in de richting van Veikko Aro.

'Die gnoe!' riep Renko uit, en Paula zag aan zijn ogen dat hij het eerste bruikbare woord dat hem te binnen was geschoten eruit had gegooid. 'Die kop heeft u nergens hangen.'

'Jawel, aan de muur van de haardkamer,' zei Aro. 'Wilt u hem zien?'

'Zeker weten. Daar hebben we toch nog wel tijd voor?'

'Ja hoor, toe maar,' zei Paula als tegen een klein kind.

Ze had inmiddels hoofdpijn en er flitsten sterretjes voor haar ogen. Afgunstig keek ze naar de Deense dog, die in de schaduw van een grote boom was gaan liggen.

Riitta was op de rand van het terras gaan zitten en zwaaide als een klein meisje met haar benen. Haar voeten raakten ternauwernood het gras. Op haar teennagels zat perzikkleurige lak.

'U had op midzomeravond ook bij de villa van de Lehmus-stichting moeten zijn,' zei Paula.

'Klopt. Ik had net Jerry zover gekregen dat hij naar beneden kwam om te ontbijten toen Juhana belde om te zeggen dat we geen toegang hadden tot de villa. Dat maakte ons verder niet uit, we hebben lekker rondgehangen en tv-gekeken,' zei Riitta glimlachend, totdat ze zich herinnerde waarom het feest bij de villa was geannuleerd. 'O vreselijk, ik bedoelde dus niet…'

'Uiteraard niet,' zei Paula geruststellend. 'U heeft dus een goede band met Jerry?'

'Jazeker, Jerry is mijn schatje. We hebben het altijd al goed met elkaar kunnen vinden, vanaf het moment dat... Ik heb altijd gezegd dat Jerry het beste is wat Hannes ooit uit Afrika heeft meegebracht.'

'Hannes?'

'Ja, Hannes was immers bij de adoptie betrokken, of eigenlijk heeft hij die geregeld. Hij maakte zich zo'n zorgen om het feit dat Elina er niet in slaagde opnieuw zwanger te worden.'

Paula hield zichzelf in om te voorkomen dat ze zich hardop zou afvragen waarom zwanger worden alleen Elina's verantwoordelijkheid was. In plaats daarvan vroeg ze wat Riitta wist over de adoptie.

'De details weet ik niet meer. Maar Hannes regelde de hele procedure vanuit Namibië, Juhana en Elina hoefden alleen maar toestemming te regelen voor een onafhankelijke adoptie, waarbij dus geen bemiddeling door een adoptiebureau vereist is.'

'Voor zover ik weet is die toestemming niet zo makkelijk te krijgen.'

'Aha. Meer weet ik daar ook niet over. Maar Jerry is een heerlijk joch, daar gaat het om,' zei Riitta, en er klonk zoveel grootmoederlijke liefde door in haar stem dat het pijn deed. Paula slikte een keer en luisterde of Renko al terugkwam met Veikko Aro. Het was echter muisstil in huis, ze waren in de catacomben van het pand verdwenen.

'U bent afgelopen winter weduwe geworden, mijn condoleances,' zei Paula.

Riitta Lehmusoja reageerde niet maar sloot haar ogen en draaide haar gezicht naar de zon.

'Ik heb begrepen dat Hannes korte tijd vermist was voordat hij overleed. Wanneer heeft u hem voor het laatst gezien?'

Riitta hield haar gezicht nog even naar de zon gericht, alsof ze kracht wilde scheppen uit het licht, voordat ze achteroverleunde naar de schaduw en haar ogen opende.

'Dat was tijdens de lancering van het kunstproject van de stichting.'

'Het Compassie-project,' vulde Paula aan.

'Inderdaad. Hannes hield een mooie speech, die volgens mij direct uit zijn hart kwam. Deels althans.'

'Waarom zou die dat niet komen?'

Riitta zweeg even en trok de zoom van haar schort dat ze nog steeds over haar jurk droeg recht.

'Ken je toevallig het verhaal van dokter Jekyll en Mr Hyde?' vroeg ze toen, en ze keek Paula beschroomd aan.

Paula hield zich in om niet te glimlachen om het feit dat Riitta haar blijkbaar zo jong vond ogen dat ze niet op de hoogte was van dat klassieke werk. Ze knikte met een ernstig gezicht.

'De Hannes die die speech hield, was Jekyll. Maar daarna kreeg Hyde weer de overmacht,' zei Riitta, en ze klonk oprecht verdrietig.

'Zijn dood kwam voor u dus niet echt als een verrassing?' vroeg Paula.

'Natuurlijk was ik verrast, ook al duurden de duistere episodes steeds langer. Die waren er al in onze studententijd, toen we elkaar leerden kennen. Maar Afrika... Op een of andere manier veranderde Hannes daardoor. Het was niet langer een kwestie van steeds uitgebreidere zuipsessies.'

'Aha, en die duisternis in Hannes werd dus door Afrika veroorzaakt?' zei Paula, en tot haar afschuw klonk ze veel spottender dan de bedoeling was.

'Dat heeft u verkeerd begrepen,' antwoordde Riitta. 'Ik bedoelde dat het Hannes geen goed deed om een almachtige witte meester te zijn.'

De windhonden hadden hun meeste energie inmiddels verbruikt

en keerden in elkaars kielzog terug op het terras. Een van de twee snuffelde aan Paula's blote benen.

'Foei, weg daar,' zei Riitta. Ze pakte een rode bal die bij de muur lag en gooide die dwars over het gazon, en de windhonden, die net uit de puppyfase waren gekomen, schoten erachteraan.

'Mooie worp,' zei Paula.

'Ik heb in mijn jeugd Fins honkbal gespeeld.'

De snellere van de honden bracht de bal terug. Riitta gooide hem opnieuw weg, maar nu dichterbij, en de honden dansten als geitenbokjes in het rond terwijl ze om de bal streden.

Paula dacht aan Veikko Aro, die waarschijnlijk nog steeds zijn jachttrofeeën stond te tonen in de haardkamer. Ze geloofde dat hij het testament betreffende het landgoed pas voor het eerst had gezien toen Lauri hem de foto had gestuurd.

Paula geloofde ook dat de oude jurist zich Kalondo daadwerkelijk niet kon herinneren, haar naam noch haar gezicht. Een man als Aro plaatste mensen snel in hokjes, en degenen die onderaan zijn hiërarchie belandden, veranderden in een onbeduidende massa aan wie hij bij een ontmoeting geen enkele herinnering overhield, ook later niet.

In zijn antwoord op Lauri's berichtje was Veikko bijna net zo kort van stof geweest als zijn zoon. Toch was hij erin geslaagd in één zin zijn minachting te uiten over zowel vrouwen als mensen met een donkere huidskleur.

Paula keek naar de Deense dog die roerloos in de schaduw van de boom lag. De hond leek wel een totaal ander dier.

11

Jurist Lauri Aro was niet langer bij de galerie om het onderzoek naar de vandalistische daad in de gaten te houden, maar was volgzaam met Hartikainen en De Beer meegegaan naar het politiebureau.

Nu hij tegenover Hartikainen in de kleine, raamloze verhoorkamer zat, oogde hij nerveus. Waarschijnlijk had hij zich alleen maar ontspannen voorgedaan om Mai Rinne en Ella Lehmusoja, die in de galerie waren achtergebleven om te werken, niet ongerust te maken.

Aro had bij alle vragen die Hartikainen had gesteld dezelfde antwoorden herhaald, ongeacht de inhoud van de vraag.

Hij had Rauha Kalondo nooit ontmoet. De eerste keer dat hij haar gezicht zag was op het scherm van de telefoon van inspecteur Paula Pihlaja afgelopen vrijdag.

Hij had geen verband gelegd tussen het gezicht van het slachtoffer en de naam van Rauha Kalondo, die hij, zo gaf hij toe, in het aan hem toegestuurde document had gelezen.

Hij had dat document pas op 11 juni voor het eerst gezien. Hij had naar aanleiding van dat document geen enkele actie ondernomen, omdat hij meende, en dat deed hij nog steeds, dat het ofwel nep was ofwel anderszins onbeduidend. Hij had alleen een foto van het document naar zijn vader gestuurd omdat het gedateerd was in een periode waarin Veikko Aro nog de jurist van het concern was geweest.

Hij had niet gecheckt van wie het nummer was waarmee het document was verstuurd, en hij had geen andere berichten over dezelfde kwestie ontvangen, voor die tijd noch daarna. Het oorspronkelijke bericht had hij gewist, en hij had zijn telefoon ronduit opgedrongen aan Hartikainen zodat die hem kon controleren.

'Wij moeten dus geloven dat jij een foto ontving van dit document, maar dat je niet wist wie dat gestuurd had en waarom, en dat je niets hebt gedaan om uit te zoeken hoe of wat,' zei Hartikainen.

'Inderdaad.'

'En toch stuurde je de foto door naar je vader.'

'Inderdaad.'

'En je vader stuurde je een berichtje terug dat waarschijnlijk als een misdrijf, namelijk aanzetten tot haat jegens een bevolkingsgroep, gezien zou worden als je het in het openbaar zou voorlezen.'

'Mijn vader is een man van de oude stempel,' zei Aro defensief, al leek hij zich zelf ook te schamen voor zijn vader.

'Zo oud is die stempel nu ook weer niet. Ik ben maar tien jaar jonger dan hij. Maar als jurist weet je ongetwijfeld dat we alle communicatie wel boven water krijgen, mocht dat nodig zijn, en dat zijn we ook van plan. En dus vraag ik nogmaals: is het sms'je van 11 juni de enige keer dat Rauha Kalondo contact met jou heeft opgenomen?'

'Ja.'

Hartikainen slaakte een zucht. Waarschijnlijk probeerde Aro alleen maar tijd te winnen en het concern en de Lehmusoja's te beschermen, of althans een van hen.

'Heb je Juhana Lehmusoja over het berichtje verteld?'

'Zoals ik al zei, nee.'

'Waarom niet? Dat is toch vreemd. Moet de directeur van het concern en de zoon van Hannes niet op de hoogte worden gebracht van zoiets?'

'Ik zag daar geen enkele reden toe. Zoals ik al meerdere keren gezegd heb: ik beschouwde het als een onbeduidend document.'

'Juhana Lehmusoja weet dus niet van het bestaan van dat document, en weet evenmin dat Rauha Kalondo jou tien dagen voor haar dood heeft benaderd?'

'Klopt.'

Een grote vlieg landde tussen hen in op de tafel. Zijn zwarte kleur had een metaalgroene glans.

'Wat bevatte het sms'je van Kalondo nog meer, behalve de foto?'

'Niets.'

'Helemaal niets. Geen enkele boodschap?'

'Nee.'

Hartikainen ramde met een snelle beweging een leeg drinkglas omgekeerd neer op de tafel. De vlieg zat opgesloten in het glas. Aro keek naar het insect alsof hij het benijdde.

'Waarom zou iemand zoiets doen?' vroeg Hartikainen.

'Wat doen?'

'Een foto van een oud document versturen zonder erbij te zeggen waarom. Dat is toch totaal onlogisch.'

Lauri Aro gaf geen antwoord. Hij maakte een uitgeputte indruk. Hij is uitgedroogd, besefte Hartikainen, en hij merkte dat hij zelf ook dorst had.

'Wie kan de foto verder nog hebben gezien, behalve jij en je vader?'

Aro staarde naar de vlieg, die een rondje liep langs de wand van zijn glazen gevangenis.

'Niemand. Ik laat mijn telefoon echt nooit ergens liggen, en de time-outperiode van het scherm is maar een paar seconden,' zei Aro, en hij verplaatste zijn blik van de vlieg naar zijn telefoon, die aan Hartikainens kant van de tafel lag.

'Hoe dan ook, we houden je even hier,' zei Hartikainen. 'Is er iemand aan wie je dat wilt laten weten?'

Aro schudde zijn hoofd.

‘Weet je het zeker?’ drong Hartikainen aan, maar hij stopte Aro’s smartphone in zijn zak toen de man aan de overkant van de tafel geen vin verroerde.

‘Je moet nu een tijdje wachten. Wil je koffie of water?’ vroeg Hartikainen.

Lauri Aro schudde opnieuw zijn hoofd, maar Hartikainen besloot hem toch een kan water te brengen. Hij wurmde een blaadje papier onder het omgekeerde glas en nam zo de vlieg mee de verhoorkamer uit, naar de vrijheid buiten.

12

Juhana en Elina Lehmusoja hadden meer dan een halfuur op Paula moeten wachten. Overigens waren ze wel ruim op tijd op het politiebureau gearriveerd. Paula had hun gevraagd om zes uur te komen, en het was pas kwart over.

De Beer had hun aangeboden koffie te zetten.

'Drinken ze niet,' zei hij als een beledigde oma.

Paula schonk een grote mok vol en nam meteen een slok.

'Echt ontzettend lekkere koffie.'

'Zit niet zo te jennen,' zei De Beer.

Zijn tegenslag beperkte zich niet tot de afgeslagen gastvrijheid; hij was samen met Hartikainen Lauri Aro wezen ophalen, maar Hartikainen had hem de verhoorkamer niet binnengelaten.

'De opnamen van de bewakingscamera in de galerie zijn nog niet bekeken,' zei hij met een schuldig gezicht.

'Dat kan Renko wel doen. Dan kun je naar huis,' zei Paula.

Het was een bevel vermomd als opmerking. Renko keek ontevreden, maar zijn blik veranderde toen hij op zijn telefoon had gekeken. Waarschijnlijk zaten ze thuis al ongeduldig op papa te wachten.

Toen hij de koffiekamer uit liep botste Renko bijna tegen Hartikainen op, die vanuit de gang kwam aangezeild.

'Oei, sorry. Ik heb de schildknaap weer even alleen gelaten om over de dingen na te denken. Was er koffie?'

'Ja, en ontzettend lekkere ook nog, ik kan hem aanraden,' zei Paula. 'Heeft Aro iets willen zeggen?'

'Hij herhaalt steeds alles als een papegaai.'

'Beweert hij dus nog steeds dat hij alleen dat ene berichtje van Kalondo heeft ontvangen?'

'Ja. En directeur Lehmusoja weet naar het schijnt van niets. Ik ben nog geen berichtje of iets dergelijks rechtstreeks van Kalondo aan Lehmusoja tegengekomen.'

'Blijf zoeken en blijf Aro ondertussen op de huid zitten. De Beer komt met mij mee.'

De deur van de laatste kamer aan het andere eind van de gang stond open. De Beer had de Lehmusoja's zo ver weg mogelijk laten plaatsnemen.

'Zijn ze op de hoogte van de identiteit van het slachtoffer, of van dat testament?' vroeg De Beer zachtjes toen Paula in de gang bleef staan om de inhoud van haar map te controleren.

'Nee, tenzij Veikko Aro of Riitta Lehmusoja hen hebben gebeld. Maar ze weten in elk geval niet van de foto die we in Kalondo's spullen hebben gevonden. Die gebruiken we nu.'

Paula had behalve Juhana ook Elina gevraagd te komen. Ze wilde hun reacties tegelijkertijd zien. Als een van de twee, Juhana waarschijnlijk, iets te verbergen had, zou dat duidelijker te zien zijn als de partner aanwezig was. Elina Lehmusoja leek haar weliswaar iemand die zich te allen tijde kon beheersen, wat voor nieuws ze ook te horen kreeg, maar onder Juhana's uiterlijk gingen andere krachten schuil. Dat had Paula de voorgaande avond al gezien.

Die indruk werd alleen maar bevestigd toen Paula de kamer binnenging, waar de Lehmusoja's achter een smalle tafel op haar zaten te wachten alsof het een sollicitatiegesprek betrof. Feitelijk was dat precies hoe ze eruitzagen: alsof Paula een sollicitante was die zogenaamd neutraal maar tegelijkertijd vreemd strak werd aangekeken, opdat zelfs het kleinste detail of gebaar dat een verborgen zwakte zou kunnen onthullen niet onopgemerkt zou blijven. Maar daar waar Elina als een welvarende directeur oogde, leek Juhana wel een financieel manager die te vaak wakker lag omdat hij meer wist over de toestand van het bedrijf dan hij durfde prijs te geven.

Dat was waarschijnlijk de situatie in dit huwelijk.

Paula nam tegenover het echtpaar plaats. De Beer sloot de deur en trok zijn eigen stoel een stukje bij de tafel vandaan, als om zijn rol van waarnemer te benadrukken. Paula was content met het feit dat ze Renko voor De Beer had ingewisseld. Stilte zou met de Lehmusoja's beter werken dan een elevatorpitch.

De Lehmusoja's bleven na een lauwe begroeting zwijgend zitten wachten wat Paula te zeggen had, haar nog steeds openlijk aanstarend.

'Ik heb jullie in de eerste plaats gevraagd hierheen te komen omdat we nu de identiteit van de overledene hebben achterhaald,' begon ze, en ze legde haar map gesloten op tafel met de vergroting van Rauha Kalondo's pasfoto ernaast. De Lehmusoja's wierpen er zelfs geen steelse blik op.

'Haar naam is Rauha Kalondo. Zegt die naam jullie iets?'

De Lehmusoja's schudden hun hoofd zonder elkaar aan te kijken.

'Rauha Kalondo is docent aan de universiteit van Namibië.'

Dat gegeven veroorzaakte geen enkele reactie, als je tenminste het totale, in het oog springende ontbreken van een reactie niet als zodanig meerekende.

'Docent waarin?' vroeg Elina Lehmusoja in plaats daarvan, alsof de etiquette dat vereiste.

'Psychologie.'

'Aha.'

Paula wachtte af of er nog meer vragen kwamen, maar dat was niet zo. Juhana Lehmusoja zat als versteend op zijn stoel. Hij had zijn blik nu strak op de blauwe map gericht die Paula naast de foto van Rauha Kalondo had neergelegd.

Alsof hij vermoedde dat daaruit nog iets tevoorschijn zou komen wat bezwarend voor hem zou zijn.

'Afgaande op de door ons verkregen informatie is Rauha Kalondo ongeveer vijftien jaar geleden werkzaam geweest voor het Lehmus-concern,' zei Paula. 'Waren jullie destijds in Namibië?'

'Ik niet,' antwoordde Elina meteen. 'Ella was toen zes. Ik ben gestopt met werken toen ik in verwachting raakte van haar, en ik ben nooit teruggekeerd op het werk, en in Namibië evenmin. Ik had het daar niet naar mijn zin.'

'En Juhana, had jij het naar je zin?' vroeg ze.

'Daar werd niet naar gevraagd,' zei hij met een gespannen stem.

'Hoe bedoel je?'

'Hannes... Pa had mij nodig daar.'

'Je was dus in Namibië destijds, vijftien jaar geleden?'

'Waarschijnlijk.'

'Je weet het niet zeker?'

'Dat is vast wel te achterhalen in een van onze archieven, maar ik was destijds veel op reis,' zei Juhana, en Elina beaamde dat nadrukkelijk.

Waarschijnlijk had ze in Finland lange periodes in haar eentje met het kind moeten doorbrengen.

'De vorige keer zei je dat je de overledene mogelijk ooit had gezien,' zei Paula tegen Juhana, waarna ze naar Elina keek, die duidelijk overvallen werd door die informatie, hoewel ze haar micro-expressies binnen een tel weer onder controle had.

'Jawel, maar ik bedoelde alleen maar dat dat mogelijk was omdat ze...'

'Omdat ze wat? Een donkere huidskleur heeft?'

'Ja. Of in het algemeen… uit dat deel van de wereld afkomstig is. Misschien.'

'Zoals Jerry,' zei Paula om een hengeltje uit te werpen.

Elina ademde ineens zo scherp in dat het leek of ze de hele voorgaande minuut haar adem had ingehouden. Paula verwachtte dat ze tekeer zou gaan tegen haar vanwege die laag-bij-de-grondse insinuatie, maar in plaats daarvan begon ze met een vreemde, broze stem te vertellen hoe moeilijk Jerry het de afgelopen twee jaar had gehad.

Het pesten was in de brugklas begonnen, en was zo erg geworden dat Elina en Juhana hadden besloten Jerry op een andere school te doen. Daar was de situatie wel door verbeterd, maar toch hadden ze al snel veranderingen in het gedrag van hun zoon opgemerkt. Hij was dingen gaan verbergen en zich vijandig jegens hen gaan gedragen.

Paula luisterde geduldig, want de sfeer in de kamer was ineens veranderd. Ook De Beer zat nu doodstil; even daarvoor nog had Paula gemerkt dat hij met zijn schoenen over de vloer had zitten wrijven.

'Het spijt me,' zei ze oprecht toen Elina zweeg en haar ogen had gesloten.

Paula luisterde naar de stilte die opnieuw in de kamer was neergedaald. Elina had haar ogen nog steeds gesloten. Ze wachtte ergens op, besefte Paula. Ook zij wilde dat Juhana praatte.

En toen hij eindelijk het hoofd ophief en Paula recht in de ogen keek, lag daar een ronduit smekende blik in.

'Ik zou jullie willen vragen nog een andere foto te bekijken,' zei Paula langzaam, zonder zich iets aan te trekken van Juhana's wanhopige blik. 'Die hebben we tussen de spullen van Rauha Kalondo aangetroffen.'

Elina haalde diep adem en opende haar ogen. Paula sloeg de map die op tafel lag open.

De uitvergrote foto van moeder en kind leek beiden de adem te benemen – ook Juhana, die oprecht verrast oogde. Lang kon Paula zich daar echter niet over verwonderen, want Elina stond ineens zo onstuimig op dat haar stoel omviel. Ze liep naar de deur, en Paula knikte over haar schouder heen naar De Beer, om aan te geven dat hij achter Elina aan moest gaan.

Paula vertrouwde erop dat De Beer, rustig als hij was, er wel achter zou komen wat Elina wist als die eerst de kans zou krijgen wat te kalmeren.

Juhana Lehmusoja wekte de indruk niet naar de foto van Rauha Kalondo en de baby te willen kijken, maar anderzijds kon hij die ook niet negeren.

'Dat is Jerry,' zei hij uiteindelijk zachtjes, en hij bedekte zijn gezicht met zijn handen.

'Weet je het zeker?'

'Ja.'

Paula had niet echt medelijden met hem, maar toch was ze heel even geroerd door de trillende smalle vingers van de man. Ze keek geboeid naar zijn handen.

Waren het de vingers van een moordenaar? Of van een man die alleen maar de werkelijke identiteit van zijn geadopteerde kind geheim had gehouden? Hoe was het kind van Rauha Kalondo in het gezin Lehmusoja terechtgekomen?

De Lehmusoja's hadden beweerd dat Jerry's Namibische ouders dood waren. Ze hadden een thuis willen bieden aan een weeskind uit het land waar ze hun hoge levensstandaard aan te danken hadden.

Maar Jerry Lehmusoja was geen wees – of was dat hoogstens een paar dagen geleden pas geworden.

Een halve wees althans.

Als Juhana Lehmusoja op de hoogte was van Jerry's afkomst, of daarvan onlangs op de hoogte was gebracht door Rauha Kalondo, dan had hij een sterk motief: Jerry's afkomst geheimhouden voor zijn echtgenote en voor Jerry zelf. Kalondo had mogelijk ook bepaalde eisen gehad met betrekking tot de jongen, indien de adoptie niet rechtsgeldig was. En stel dat Jerry haar met geweld was afgenomen?

Anderzijds had ook Elina een motief, bracht Paula zichzelf in herinnering, en in zekere zin een sterker motief zelfs dan Juhana. Paula had gezien hoe beschermend Elina zich opstelde naar haar zoon. Als er iets was in de wereld wat Elina Lehmusoja zou kunnen breken, dan was dat waarschijnlijk het idee Jerry te verliezen.

Juhana Lehmusoja moest nu echt eens gaan praten. Dat leek hij zelf ook te beseffen. Hij schraapte zijn keel en rechtte zijn rug.

'Ik zweer,' begon hij, maar hij lachte even toen hij besefte hoe achterlijk dat klonk. 'Ik verzeker je dat ik het niet wist.'

'Wat niet wist?'

'Dat Jerry's moeder nog leefde.'

'We weten niet met zekerheid of Rauha Kalondo Jerry's moeder was.'

'Maar dat is wat jullie denken!'

Paula zei niets maar wachtte rustig af.

'Ik herkende Rauha afgelopen vrijdag al, in het prieel, toen je de foto liet zien,' zei Juhana.

'Je hebt toen dus gelogen?'

'Ja. Het spijt me. Maar ik begreep totaal niet waar het over ging. Ik heb vanaf dat moment geprobeerd dit alles te bevatten.'

Hij leunde achterover op zijn stoel en sloeg zijn armen over elkaar.

'Laten we bij het begin beginnen. Waar en wanneer heb je Rauha Kalondo voor het eerst ontmoet?'

'In Namibië, op het landgoed van de Lehmus-stichting. Het jaartal weet ik niet meer precies, begin van het millennium in elk geval. Rauha ging daar aan het werk.'

‘Wat voor werk?’

‘Ze studeerde voor verpleegkundige.’

‘Waar had het landgoed een verpleegkundige voor nodig?’

‘Waarschijnlijk had het dat niet echt. Ze was meer een huishoudster.’

‘Had je die niet ook dichterbij kunnen vinden? Volgens mijn informatie werd Rauha in Oniipa gerekruteerd, wat meer dan vijfhonderd kilometer bij het landgoed vandaan is.’

‘Dat weet ik niet. Ik heb haar niet gerekruteerd.’

‘Veikko Aro heeft dat gedaan, nietwaar?’

‘Dat kan best. Veikko hield van mooie vrouwen.’

‘En Rauha Kalondo was een mooie vrouw. In haar jonge jaren waarschijnlijk nog mooier.’

‘Dat weet ik niet meer,’ zei Juhana ongemakkelijk.

‘Toch kon je je Kalondo nog zo goed herinneren, van alle mensen die je in Namibië hebt ontmoet, dat je haar ook in verdronken toestand nog herkende, een jaar of twintig later.’

Juhana haalde op een ongelofelijk irritante manier zijn schouders op.

‘Je echtgenote was daarnet zo geschokt dat ze de kamer verliet. Waar komt dat door, denk je?’

‘Ze zag haar kind op een foto met een vermoorde vrouw. Zou je zelf ook niet geschokt zijn?’

‘Wanneer heb je Rauha Kalondo voor het laatst in levenden lijve gezien?’ ging Paula verder zonder zich iets van Juhana’s opmerking aan te trekken. Hij antwoordde snel, hij had inmiddels tijd gehad om over de dingen na te denken.

‘Rauha en ik waren tegelijkertijd op het landgoed aanwezig, een paar maanden of zo. Vervolgens bracht ik een bezoek aan Finland, en de keer daarop kwam ik Jerry ophalen. Pa had alles geregeld.’

‘Je vader, Hannes Lehmusoja, had de adoptie dus georganiseerd?’

'Klopt, inclusief het papierwerk.'

'Hoe kan dat? Adopteren vanuit het buitenland is toch een tamelijk langdurig proces?'

'Dat weet ik niet. We hebben daarvoor in Finland om toestemming gevraagd. Ik dacht dat pa de dingen op een of andere manier met geld had geregeld.'

'Had je daar geen problemen mee?'

'Nee.'

'Wat mij betreft klinkt het alsof het om een illegale adoptie gaat.'

'Alle papieren zijn in orde.'

'Daar twijfel ik geen moment aan.'

'Ik kan ze laten zien, wanneer je maar wilt.'

'Dat moment kon weleens heel binnenkort aanbreken.'

'Zoals ik al zei, wanneer je maar wilt.'

Paula en Juhana staarden elkaar heel even aan alsof ze zojuist hadden afgesproken bij het ochtendgloren te duelleren. Toen leunde Paula opzettelijk kalm achterover, en ze ademde diep in. Ze wilde communiceren dat ze het gesprek desnoods de hele avond zou laten duren, als dat nodig was.

'Je kende Rauha Kalondo dus gedurende een aantal maanden op het landgoed in Namibië, een jaar of twintig geleden, en hebt haar daarna nooit meer ontmoet. Ook niet toen je naar Namibië ging om Jerry op te halen. Was Kalondo toen niet meer op het landgoed?'

'Geen idee. Dat weet ik niet meer.'

'Hoeveel tijd lag daartussen? Dus dat je samen met Kalondo op het landgoed was en dat je Jerry ging halen?'

'Dat weet ik niet meer,' zei Juhana opnieuw.

'Je kunt je vast wel iets herinneren. Ging het bijvoorbeeld om weken, maanden of jaren?'

'Dat weet ik niet meer.'

‘Oké, dan maken we de vraag wat makkelijker, als die te moeilijk is. Ging het eerder om weken dan om jaren?’

‘Dat weet ik niet meer. Het is al zo lang geleden.’

‘Je moet wel een uitzonderlijk slecht tijdsbesef hebben als je je de afstanden tussen je bezoekjes aan Afrika zelfs op die schaal niet kunt herinneren.’

‘Ik kwam daar destijds meermaals.’

‘Aha. We hebben een DNA-monster van Jerry nodig,’ zei Paula.

Juhana zei niets, maar staarde Paula nu even uitdrukkingsloos aan als toen hij drie dagen eerder naar de foto van Rauha Kalondo had gekeken.

‘Dan nog iets anders. Heb je dit al eens gezien?’ vroeg Paula terwijl ze de foto van Rauha en Jerry van de map pakte en op tafel legde. Daaronder kwam het document tevoorschijn, nog steeds in een insteekmap, waarin Hannes Lehmusoja het landgoed in Namibië aan Rauha Kalondo naliet. Paula draaide het om zodat Juhana het kon lezen.

Als Juhana voorheen oprecht geschokt was geweest bij het zien van de foto van Rauha met Jerry, dan was hij nu alleen maar verbaasd.

‘Nee. Echt niet. Hoe kom je hieraan?’

‘Besef je waar dit over gaat?’

‘Ja, Tamarix is de naam van ons landgoed in Namibië. Of nou ja, het is in bezit van de stichting.’

‘Je vader heeft het landgoed jaren geleden al overgedaan aan de stichting. Waarschijnlijk was hij zelfs op het moment dat dit document werd opgetekend niet persoonlijk de eigenaar.’

‘Inderdaad. Dit document is waarschijnlijk niet rechtsgeldig.’

‘Dat heb ik vandaag al vaker gehoord. Meerdere keren.’

‘Maar dit zou kunnen betekenen dat…’

Lehmusoja maakte de zin niet af en keek ronduit opgelucht.

‘Wat betekenen?’

‘Dat Rauha alleen vanwege dat papiertje naar Finland is gekomen.’

‘En niet vanwege Jerry?’

Juhana keek opnieuw naar de vergroting van de zwart-witfoto, en zijn opluchting verdween.

‘Jullie jurist, Lauri Aro, zit op dit moment in een andere verhoorkamer, en wel omdat Rauha Kalondo hem slechts tien dagen voor haar dood een berichtje heeft gestuurd.’

‘Wat krijgen we nou? Is hij gearresteerd?’

‘Nog niet.’

‘Maar Lauri heeft toch niet… Hij kan helemaal niets met deze dingen te maken hebben.’

Dat heeft hij waarschijnlijk ook niet, dacht Paula. Maar tegen Juhana herhaalde ze dat Aro momenteel de enige persoon was met wie Kalondo aantoonbaar contact had gehad.

‘Waarom heeft hij dat niet verteld? Kan ik met hem praten?’

‘Nee. Dit is wat er nu gebeurt,’ zei Paula. ‘De Beer gaat met jou en je vrouw mee om een DNA-monster af te nemen bij Jerry. Morgenochtend kom ik bij jullie langs en dan nemen we dit alles nogmaals door, voordat de persconferentie plaatsvindt. We ontkomen er niet aan morgen meer openbaarheid te verschaffen over de moord op Rauha Kalondo.’

‘Word ik verdacht van een misdrijf?’

‘Nee. Maar één vraag nog. Heb jij de oorbellen die je vrouw momenteel draagt voor haar gekocht?’

‘Ik heb heel veel sieraden voor Elina gekocht.’

‘Ongetwijfeld. Maar ik ben alleen geïnteresseerd in de sieraden die ze nu draagt.’

‘Ik let niet op vrouwensieraden,’ zei Juhana, en gedurende een heel vluchtig moment straalde hij pure minachting uit. Paula wist niet waarop die gericht was, op vrouwensieraden, op Paula of op vrouwen in het algemeen.

‘De oorbellen van je vrouw hebben hetzelfde ontwerp als de hanger die we in de container hebben gevonden. Heb jij die oorbellen gekocht?’

‘Ik zou het niet weten. Zoals ik al zei, ik heb heel wat sieraden voor Elina gekocht, dus kan het best zijn dat dat ook geldt voor die oorbellen. Ik heb het niet bijgehouden.’

‘Je hebt het niet bijgehouden. Hebben we het nog steeds over sieraden?’ vroeg Paula sarcastisch, maar Juhana bleef uitdrukkingsloos kijken.

Als Juhana Lehmusoja zowel voor Elina als voor Rauha sieraden had gekocht met de Bowen-knoop erop, was dat dan toeval of een bewuste actie?

Als de Bowen-knoop zijn drager tegen onheil beschermde, was er dan iets bijzonders waartegen Juhana de vrouwen wilde beschermen?

Wie of wat was dat? Iets waar Juhana zelf ook bang voor was?

Of keek Paula dat onheil op dit moment in de ogen?

13

De spiesbokken onderbreken hun maaltijd en richten hun blik op de man die in het hoge gras zit neergehurkt. Een exemplaar van flinke omvang verwijdert zich een stukje van de kudde en zet een paar stappen in de richting van de man.

Juhana zit geknield en schiet. Wanneer het schot weergalmt lijkt de hele savanne op te schrikken. Dan gaat de kudde ervandoor, allemaal in dezelfde richting. Alleen het grootste dier, dat bij de kudde was weggelopen, blijft staan. Het buigt zijn linkervoorpoot en zakt neer, alsof hij wil gaan bidden. Uiteindelijk valt het dier op zijn zij.

Juhana gaat overeind staan. Tegelijkertijd zakken zijn schouders naar beneden. Hij ziet eruit als een jongetje dat stiekem een wapen heeft gepakt, een vogel op een boomtak heeft gezien en in een opwelling heeft besloten te proberen of hij die kan raken. Pas wanneer de vogel van de tak valt, beseft de jongen wat hij heeft gedaan. Te laat.

Wij staan een eindje verderop in de schaduw van de struiken en volgen het schouwspel. Veikko slaat Hannes lichtjes op de schouders. De minister gooit lachend zijn hoofd achterover en spreekt lovend over het schot. De gids heeft zijn armen over elkaar geslagen en knikt goedkeurend. Ik kijk naar Lauri, hij heeft zijn ogen gesloten. En alsof dat nog niet genoeg is, kijkt hij ook de andere kant op. Ook ik ontkom er soms niet aan me af te vragen wat die jongens dwarszit.

Ik weet dat Juhana liever niet had geschoten. Dat gaf hij de voor-

gaande avond al aan, maar Veikko zei dat hij moest. Dat het geen goede indruk maakte als Juhana zwakte toonde; de minister is een belangrijke gast. Lauri sprak zijn vader tegen, kwam op voor Juhana's recht om zelf te bepalen wat hij deed. Veikko werd kwaad op Lauri en zei dat zijn zoon geen kloten had. Niemand was geïnteresseerd in wat een slapjanus deed. Maar Juhana moest in de ogen van het gezelschap een leider lijken.

Hannes had het geruzie zwijgend vanaf de zijlijn gevolgd, met een glimlach om zijn mond. Toen Juhana zich naar zijn vader omdraaide in de hoop bijval te vinden, haalde Hannes zijn schouders op, en hij zei: 'A man's gotta do what a man's gotta do.'

Juhana wist dat hij vandaag gedwongen zou zijn te doden.

Wanneer we bij de antilope staan kijkt Juhana verdrietig naar het dode dier. Lauri is op een afstandje blijven staan, met de rug naar ons toe.

Veikko meent dat Juhana een prachtige trofee overhoudt aan zijn buit. Het is goed om er in de toekomst nog een paar bij te krijgen.

Juhana zweert dat die kop niet bij hem aan de muur komt te hangen. Het is voor het eerst vandaag dat er vastbeslotenheid doorklinkt in zijn stem.

De jachtopziener hurkt neer bij de antilope. Hij tilt de kop van het dier op en gebaart naar Juhana dat die naar hem toe moet komen. Juhana gehoorzaamt. Ik haal mijn camera tevoorschijn. Juhana glimlacht uitdrukkingsloos. Hannes spoort de minister aan zich eveneens te laten fotograferen. De minister legt zijn hand op Juhana's schouders en glimlacht breed tegen de camera. Tussen hen in ligt de zwart-witte kop van de antilope.

Hannes wenkt naar me, we gaan terzijde staan. Hij laat me zweren dat ik regel dat de gids een trofee laat maken van de kop van het dier. Die wordt naar Finland gestuurd, naar Juhana's echtgenote. En dat hoeft het joch niet te weten.

Hij fluistert het in mijn oor, maar ik besef dat het een bevel is. Ik knik.

Een grote gier scheert door de lucht. De schaduw van de roofvogel glijdt over Juhana heen.

14

Paula bleef bij de trap van het politiebureau staan terwijl De Beer zijn auto ging halen, die een paar huizenblokken verderop geparkeerd stond. Elina Lehmusoja had aangegeven dat ze liever door De Beer naar huis werd gebracht. Ze had zelfs de kamer waar hij haar mee naartoe had genomen niet willen verlaten voordat ze hoorde dat Juhana het politiebureau had verlaten.

Elina had De Beer hoofdzakelijk als schouder gebruikt – letterlijk, want er zat aan een kant een mascaravlek op het voorpand van zijn overhemd. Tussen de huilbuien door had ze steeds weer gezegd dat ze er helemaal niets van begreep, en dat Jerry háár zoon was en van niemand anders.

Paula voelde nog steeds geen vermoeidheid, hoewel ze de voorgaande nacht weinig had geslapen en het een lange dag was geweest. Hartikainen had zoveel energie gekregen van het onderzoek dat Paula hem speciaal had moeten laten zweren dat hij naar huis zou gaan zodra hij ook de rest van de beschikbare informatie over Lauri Aro's communicatie had doorgespit. De jurist was in alle opzichten behulpzaam, hij had zelfs zijn laptop naar het politiebureau laten komen om te kunnen bewijzen dat hij op geen enkele andere manier contact had gehad met Rauha Kalondo dan telefonisch. Dat nam niet weg dat hij tot de volgende ochtend in bewaring zou blijven.

Aro kon nog steeds geen beter alibi bieden voor de nacht waarin de moord gepleegd was dan zijn eigen verklaring dat hij thuis was geweest. De gps-gegevens van de telefoon bevestigden dat.

'Hij is ook geen dadertype,' had Hartikainen gezegd, op een wat Paula betrof irritante manier, alsof een dadertype zijn een positieve eigenschap was.

De avond was stil, de straat verlaten. Ergens weerklonk het geluid van een naderende auto. Het ging echter niet om De Beer; in plaats daarvan kwam er een rode sportwagen de hoek van het politiebureau om. Het dak van de cabrio was naar beneden gedraaid.

Een Alfa Romeo Spider uit 1970, herinnerde Paula zich. Aan het stuur zat Mai Rinne, die er met het sjaaltje dat om haar hoofd was gewikkeld uitzag als een filmster uit vroeger tijden.

Rinne reed de wagen half het trottoir op, kwam precies voor de deur tot stilstand en zette de motor uit. Fout parkeren voor de neus van een politieagent leek haar geen zorgen te baren.

'Hebben jullie Lauri gearresteerd?' vroeg ze zonder uit te stappen.

'Nee.'

'Ik heb zijn auto meegebracht. Kan ik hem zien?'

'Dat gaat nu niet. En je kunt de auto niet daar laten staan.'

'Is hij in orde?'

'Hij maakt het prima. Kun je de auto nu weghalen hier, er is vast wel een parkeerplaats te vinden hier in de buurt. Wij kunnen de sleutels wel aan Aro geven,' zei Paula.

Mai had nog geen kans gezien de auto weer te starten toen de deur van het politiebureau achter Paula openging. Mai keek onthutst.

'Wat krijgen we nou, Elina!' riep ze terwijl ze haastig uitstapte.

Elina Lehmusoja snikte eventjes toen Mai de trap op liep en naar haar toe kwam. Toen ze Elina's gezicht zag, verbaasde Paula zich niet meer over Mais ontzetting. Elina's ogen waren helemaal rood en gezwollen.

‘Och, lieverd toch,’ zei Mai terwijl ze Elina omhelsde. ‘Waar is Juhana?’

‘Juhana is… Juhana is…’ jammerde Elina.

‘Jullie hebben hem toch niet ook gearresteerd?’ zei Mai streng over Elina’s schouder.

‘Er is niemand gearresteerd,’ zei Paula.

‘Ik kan je wel naar huis brengen,’ zei Mai tegen Elina.

‘Dat is niet nodig. Wij brengen haar naar huis,’ zei Paula.

‘Waarom? Ik kan dat net zo goed doen.’

Paula gaf geen antwoord. Mai Rinne hoefde niet te weten dat ze een DNA-monster wilden afnemen bij Jerry. En ook Elina zou dat waarschijnlijk liever niet vertellen.

‘Wil je dat ik Ella vraag naar huis te komen? Ze is bij Paavali gebleven om verder te werken.’

‘Nee, nee, niets tegen Ella zeggen,’ zei Elina; ze liet Mai los en opende haar vuist, waar een verfrommeld zakdoekje in zat. Terwijl ze haar neus snoot keek Mai Paula laaiend aan.

‘Wat hebben jullie tegen haar gezegd?’

‘Kun je die auto weghalen?’ zei Paula.

Op dat moment kwam De Beer eindelijk de hoek om gereden.

‘Mijn taxi is er,’ zei Elina tegen Mai, en ze probeerde te glimlachen. Een totaal mislukte poging.

‘Wacht,’ zei Mai. Ze liep de trap af om haar tas van de passagiersstoel van de cabrio te pakken. Toen klom ze de trap weer op en liet ze de autosleutels voor Paula’s neus bengelen.

‘Alsjeblieft,’ zei ze bot.

Paula nam de sleutels kalm aan en keek geboeid naar Mai. Die nam Elina in bescherming; vergeleken met midzomeravond waren de rollen van de vrouwen nu omgekeerd.

Mai sloeg een arm om Elina’s middel en ondersteunde haar op weg naar de auto van De Beer.

‘Weet je zeker dat je niet wilt dat ik meekom?’

‘Niet nodig, Mai, echt niet. Dank je,’ zei Elina voordat ze plaatsnam op de passagiersstoel.

Mai keek de auto na toen die wegreed. Vervolgens keek ze even demonstratief naar Paula voordat ze zich omdraaide en wegliep in de richting van de bushalte. Of van een taxipaal wellicht.

Een taxipaal, zeker weten, dacht Paula, en ze keek naar de sleutels van de sportwagen die ze vasthield.

15

Het lagedrukgebied was ergens in het zuidoosten van Finland blijven steken. Het verzamelde zijn krachten daar en ontwikkelde zich tot een stormfront. De meteoroloog op de radio beloofde dat de tropische nachten nog zouden aanhouden. Na hem kwam een natuurprogramma waarin men zich afvroeg welke gevolgen de voortdurende hitte zou hebben voor de bessenoogst dat najaar.

Paula pakte een blikje uit de koelkast, veegde met de metalen zijkant het zweet van haar voorhoofd en genoot even van de koelte die uit de geopende koelkast kwam. Toen klikte ze het alcoholvrije biertje open en goot ze een derde deel ervan in één teug naar binnen.

De uit de diepvries afkomstige cheesecake stond op kamertemperatuur te ontdooien en wachtte op de komst van Paula's gast. Paula draaide aan de zenderknop van de radio die ernaast stond. De oude transistorradio was afkomstig uit de boedel van haar oudtante. Tussen het zoemen van de ethergolven door klonk een bekende stem. Ze stemde af op het kanaal. The Doors.

Ze moest aan haar vorige vriend denken, Kimmo; in zijn woning hing een grote poster van Jim Morrison bij de voordeur, die de gasten meteen bij het binnenkomen begroette. Het vrijgezellenhok van de winkelmanager, die de veertig al ruim gepasseerd was, had doen denken aan de woning van een literatuurstudent van in de twintig.

'Cars hiss by my window, like waves down on the beach,' zong Morrison. Paula luisterde het nummer helemaal uit en zette de radio

toen zachter, om te horen of het poëtische beeld dat werd opgeroepen overeenkwam met de realiteit in haar woning. Het verkeerslawaai deed echter totaal niet denken aan golven die ruisend op een nachtelijk zandstrand aanspoelden.

Paula pakte de cheesecake uit het doosje en drukte lichtjes met haar wijsvinger op de bovenkant. Hij voelde ontdooid. Ze lachte, vermoedde dat ze op haar oudtante leek die nooit was getrouwd. Had die de gebakjes ook bevoeld voordat zij bij haar op bezoek kwamen?

Haar oudtante was overigens dwangmatig precies geweest. Bij Paula thuis was het wel gewoon netjes, maar nu ze om zich heen keek, zag ze toch spullen die op de verkeerde plek waren beland. Anderzijds paste een lichte wanorde wel bij haar. Evenals het feit dat de bank en de salontafel niet echt bij elkaar pasten. Ze wilde niet dat haar inrichting kon worden aangeduid met woorden als 'Scandinavisch' of 'ascetisch'. Maar bovenal gruwelde ze van de gedachte dat een onverwachte gast op basis van haar interieurkeuzes haar zielenroerselen zou gaan interpreteren.

Die angst was in zoverre ongegrond dat ze zo goed als nooit onverwachte gasten kreeg.

Hoewel Paula veel terugkerende routines had, behoorde een schoonmaakdag daar niet toe. Als ze ergens iets zag wat moest worden opgeruimd, ruimde ze het op. Als het erop leek dat er stof onder de bank lag opgehoopt, pakte ze de stofzuiger en loodste ze de stofwolken de stofzuigerzak in. Maar het gebeurde zelden, voor zover het überhaupt voorkwam, dat ze haar woning systematisch van de uiterste uithoek van de woonkamer tot aan de drempel van de voordeur poetste.

Haar manier van schoonmaken had wel iets weg van politiewerk. Als er ergens een probleem was, werd er een politiebusje gestuurd, en het probleem werd onzichtbaar gemaakt. Maar de samenleving werd niet alomvattend uitgekamd en schoongemaakt, en de oorzaak van de problemen niet weggenomen.

Paula zette de radio harder toen het nieuws melding maakte van het aantal mensen dat tijdens midzomer was verdronken. Ze waren niet op de vingers van twee handen te tellen.

Haar vader had de gewoonte gehad met zijn broers bij het zomerhuisje om een fles dropwodka te wedden hoeveel verdrinkingsdoden er met midzomer zouden zijn. Paula had dat altijd als een vorm van uiterst zwarte humor beschouwd, tot die keer dat ze voor het eerst dienst had tijdens midzomer, als aspirant bij de geüniformeerde politie.

Op de avond ervoor had ze het politiebusje langs de straat geparkeerd en in de schaduw van een iep bij het hek van een vrijstaand huis staan wachten op de komst van het crisisinterventieteam. De ouders moest verteld worden dat hun eerstgeboren zoon, die in het voorjaar eindexamen had gedaan, onder invloed van een paar biertjes in het water was gesprongen om naar een eiland te zwemmen, maar daar niet was aangekomen.

Paula zette de radio uit en bleef staan om de foto's op het ladekastje dat ze van haar oudtante had geërfd te rangschikken. Het waren er vijf, en ze stonden nooit zodanig opgesteld dat het ook de eerstvolgende keer dat haar blik erop viel nog naar haar zin was.

Op twee van de foto's stond een gezin van drie – op beide foto's ging het om hetzelfde gezin, maar toch anders. Op de eerste stonden Paula, haar vader en moeder op een bergtop in nationaal park Koli, met het water van het Pielisjärvi op de achtergrond. Op de tweede foto stond haar broertje in plaats van haar moeder. Er was ook een foto van moeder op de dag dat haar broertje gedoopt werd, waarop ze de baby in haar armen had.

Maar niemand had ooit een foto genomen van het vierkoppige gezin als geheel. In de laatste twee lijstjes zaten foto's van de confirmatie en het afstuderen van haar broertje.

Haar arme broertje. Drie weken voor zijn eerste verjaardag was hun moeder verongelukt. Ze kregen niet te weten of het een ongeluk was, of moeder alleen maar in slaap was gevallen achter het stuur of de wagen met opzet naar de verkeerde weghelft had gestuurd en tegen een vrachtwagen was gebotst. Ze had Paula's broertje net naar oma gebracht om te logeren. Het was de bedoeling dat papa, mama en Paula de volgende dag gedrieën naar pretpark Linnanmäki zouden gaan.

In plaats van een uitstapje naar het pretpark werd het een bezoek aan het mortuarium.

Paula mocht niet mee naar binnen om haar moeder te zien. Ze had op een houten stoel in de wachtkamer gezeten, starend naar de betegelde muur.

Toen waren de beelden voor het eerst gekomen, alsof ze naar de geluidloze smalfilms van haar oom zat te kijken.

Ze zat op de passagiersstoel in de auto en zag de weg die naar het huis van oma liep, de groepjes berken die de weg omzoomden. De oude verlaten dorpswinkel, waarachter zich een akkerlandschap ontvouwde. Ze stond op het pleintje voor de winkel en keek naar een voorbijrijdende auto; ze kende de auto niet, maar mama zat achter het stuur. De weg maakte een ruime bocht terwijl hij afdaalde naar de akkers, Paula reed mee met de onbekende auto en merkte tot haar afschuw dat mama's oogleden aan elkaar vast waren gegroeid. En zittend in de auto dacht ze aan de woorden die haar vader aan de telefoon had herhaald: in een ruime bocht. Haar schreeuw bleef als een brij in haar keel steken, en mama hoorde de waarschuwing niet, want ineens stond Paula midden in een veld met zonnebloemen en zag ze een melkwagen uit de tegenovergestelde richting komen.

Toen was de smalfilm geëindigd, en Paula had weer naar de betegelde wand zitten staren. Ze merkte dat ze een kinderliedje neuriede dat ze tijdens de godsdienstles hadden gezongen.

De woorden kwamen nu weer naar boven, hoewel ze dacht dat ze die al vergeten was. De deurbel ging.

Paula liep naar de gang om open te doen voor haar broertje, die zijn sandalen uittrok en blootsvoets de keuken in liep. Paula bleef even naar zijn schoeisel kijken en vroeg zich af hoeveel hij voor zijn teenslippers had neergeteld. Zijn kleding was altijd relaxed, maar je hoefde geen licht te zijn om te zien dat de spullen een kwaliteit hadden waarvoor flink was betaald.

Haar broer stond midden in de kamer, op de grenslijn waarvan je je kon voorstellen dat daar de keuken overging in de woonkamer.

'Het is hier op een of andere manier altijd gezellig,' zei hij beleefd. 'Wel zinloos trouwens om het raam open te hebben, dat koelt totaal niet af met dit weer. Er komt alleen maar stof van de straat binnen.'

'Ik wil de stadsgeluiden horen,' reageerde Paula, maar ze liep wel naar het raam om dat te sluiten.

Ze spoorde haar broer aan plaats te nemen bij de tafel en zette het koffiezetapparaat aan. Terwijl ze koffie in het filter deed herinnerde ze zich de espressomachine die haar broer haar met de kerst had gegeven. Ze schaamde zich voor het feit dat die zelfs niet in het zicht stond. Ze had de voorbije maanden geen zin gehad om zich in de gebruiksaanwijzing te verdiepen, aangezien ze ook op de oude manier haar koffie wel gezet kreeg.

'Je wilt toch wel een stuk cheesecake?' vroeg ze, en ze moest weer aan haar oudtante denken. Was ze werkelijk op weg net zo te worden? Ze voelde zich zo mogelijk nog ongemakkelijker door het feit dat haar broer in eerste instantie wilde afslaan. Maar toen hij besefte dat Paula de cake speciaal voor hem had gekocht, slikte hij zijn weigering in.

'Heel graag!' riep hij, precies op de manier waarop een beleefd neefje tegen zijn oude tante praat.

Zonder dat Paula het gemerkt had was hij opgestaan van tafel, en nu stond hij naar de oude foto's op het ladekastje te kijken, met één hand in een broekzak. Paula kneep haar ogen dicht. Ze had veel zin met haar hoofd tegen de deur van een keukenkastje te bonken.

'Jullie zijn met die moord bezig?'

'Ja,' zei Paula op een toon die aangaf dat het gesprek daarmee beeindigd was. Ze wilde niet met buitenstaanders over onafgeronde zaken praten, zelfs niet met haar broer. Die begreep dat hij geen verdere vragen moest stellen.

Ze dronken koffie en spraken over hun vader en het reilen en zeilen van haar broer. Paula was bang dat ze geforceerd klonk, hoewel ze oprecht geïnteresseerd was in het leven van haar broertje. Maar tijdens hun ontmoetingen hing er altijd een wat gereserveerde sfeer, en Paula weet dat aan zichzelf.

Vader en zij hadden altijd van haar broertje gehouden als de laatste herinnering aan moeder.

En tegelijkertijd hadden ze hem stiekem gehaat omdat ze hem schuldig achtten aan moeders dood.

Er had zich een zodanige hoeveelheid liefde en haat op de schalen van de balans verzameld dat de weegschaal geheel toevallig een evenwichtstoestand had bereikt en haar broertje een weldenkende jongeman was geworden. Tegenwoordig was hij een jurist met een veelbelovende carrière.

'Lekkere koffie,' zei hij.

'Je moet me laten zien hoe die koffiemachine werkt. Ik heb de puf niet gehad om dat op eigen houtje te leren,' zei Paula onhandig.

Haar broer glimlachte en wuifde met zijn hand. Waarschijnlijk was hij die machine allang vergeten.

'Ik heb een zaak waar je misschien naar zou kunnen kijken als je wilt. Een beetje als hersenbreker, om te voorkomen dat je je verveelt tijdens je vakantie,' zei Paula.

Dat hadden ze al eens eerder gedaan, papieren uitgewisseld en zaken besproken – meestal achteraf, als alle documenten al openbaar waren geworden. In hun werk hadden ze een veilig, onpartijdig terrein gevonden waarop ze elkaar ook konden ontmoeten wanneer er verder gewoon weinig te kletsen viel en herinneringen te pijnlijk waren om over te praten.

Paula pakte een envelop van een bijzettafeltje die ze daar alvast had klaargelegd en die de processen-verbaal van verhoor en rechtbankverslagen van Pauli bevatte, en reikte die haar broer aan.

Hij haalde de papieren uit de envelop en begon het materiaal door te bladeren. Paula hield in de gaten op welke punten hij de tekst aandachtiger las.

'Traditioneel geval van doodslag onder invloed,' zei hij uiteindelijk. 'Gebruikers van verschillende drugs, een Mora-dolk als moordwapen. Dit is een echte klassieker. Helaas zijn die vaak heel eentonig, in films althans.'

Toen fronste hij, en hij keek op van de papieren.

'Maar dit heeft in Turku plaatsgevonden. En jouw naam staat nergens vermeld. Is dit niet een van de zaken die je onderzoekt?'

'Nee. Van een kennis van me.'

'Is dit niet heel simpel allemaal? Het vonnis is ook al uitgesproken.'

'Klopt. Maar toch zou ik graag willen dat je de papieren nog eens goed doorleest wanneer je er tijd voor hebt.'

'Is er dus iets wat je nog dwarszit?' vroeg haar broer, en hij oogde verbaasd, wat Paula niet verwonderde. De papieren bevatten namelijk niets merkwaardigs, maar ze hoopte dat hij er met zijn scherpe blik toch iets in kon vinden.

Een verklaring voor hoe het zover had kunnen komen.

Iets wat was misgegaan.

Wat dan ook.

'Denk er niet over na,' zei ze snel. 'Ik wil weten of je iets afwijkends opvalt. Iets wat niet in het plaatje past.'

Haar broer knikte. Hij stopte de papieren weer in de envelop en de envelop in zijn schoudertas.

In de gang beloofden ze elkaar een tikje ongemakkelijk dat ze gauw weer eens zouden afspreken. Dat beloofden ze altijd, al konden de bezoekjes soms een jaar uit elkaar liggen.

Toen ze terugliep naar de keuken zag Paula dat haar broer zijn gebakspunt niet had aangeraakt. Ze gooide die bij het bioafval en keek even uit het raam naar de stilte op straat. Vervolgens pakte ze uit een vrijstaand keukenkastje een gestreepte kartonnen doos, die ze op tafel zette. Ze tilde het deksel op en pakte er een schrijfblok en een potlood uit.

In de doos zat verder een grote stapel gesloten enveloppen en een klein plastic armbandje. Ze streelde het armbandje even tussen duim en wijsvinger. Toen deed ze het terug in de doos; ze sloot het deksel en zette de doos op de grond. Ze schonk nog een kop koffie in, ging bij de tafel zitten en begon een opzetje te maken voor de brief. Ze zou de tekst later in het net schrijven, met een balpen.

Het aantal niet-verzonden brieven in de doos bedroeg inmiddels tweeënzestig. Ze waren zo persoonlijk dat je ze niet gewoon even op een computer kon typen.

De brieven moesten met de hand worden geschreven.

16

Ma loste meningsverschillen meestal op door middel van passief-agressief gedrag. Haar stemvolume daalde, ze sprak alleen nog in korte hoofdzinnen.

Zo begon het ditmaal ook. In het begin probeerde pa de situatie het hoofd te bieden zoals hij dat altijd deed: door in zichzelf te keren. Dat werd echter steeds lastiger.

Jerry duwde met een vork wat etensresten rond op zijn bord en overwoog of hij zich zou terugtrekken of zou proberen de bom te laten barsten. Hij miste Ella, die hem in dit soort situaties altijd had bijgestaan toen hij nog een kind was. Vooral nu, omdat hij aanvoelde dat de spanning tussen zijn ouders op een of andere manier met hem te maken had.

Of liever gezegd met dat DNA-monster dat ze bij hem hadden afgenomen. Waarom hadden ze dat gedaan?

Ma had uitgelegd dat er bij hen allemaal een monster werd afgenomen in verband met het lichaam dat bij de villa was gevonden. Maar Jerry was op midzomeravond niet bij de villa geweest. Hij had geprobeerd dat tegen ma te zeggen, en vervolgens tegen de agent die het monster had afgenomen, maar niemand had gereageerd.

Jerry keek steels naar zijn ouders, om beurten. Ma keek niet terug, die staarde onophoudelijk naar pa. Zijn woede begon op een ster te lijken die aan het eind van zijn levensloop ineenstort: hij slokte alle licht op, compact en zwaar.

Jerry bedankte voor de maaltijd en zei dat hij naar zijn kamer ging. Ma schrok op, alsof ze zich pas herinnerde dat ook hij zich in de kamer bevond toen hij iets zei.

'Natuurlijk, ga maar,' zei ze, en ze spande zich in om haar stem normaal te laten klinken.

Maar toen brak de façade, en ze barstte in huilen uit.

Jerry stond op van tafel en twijfelde heel even of hij ma moest gaan troosten, maar besloot toen dat het beter was 'm te smeren.

Pa liet het bestek uit zijn handen vallen. Het mes kletterde tegen de rand van het bord.

'O alsjeblieft,' begon hij, maar hij maakte zijn zin niet af omdat hij zelf ook niet wist wat hij moest zeggen.

'Probeer het toch in elk geval uit te leggen,' wist ma tussen de tranen door uit te brengen.

'Mag ik nog wel in alle rust mijn bord leegeten, alsjeblieft?' hoorde Jerry toen hij de deur dichtdeed; pa zei het met een stem die onderstreepte dat hij degene was die zich hier toegeeflijk toonde.

Eenmaal in zijn kamer aangekomen liet Jerry zich languit op zijn bed vallen. Hij zette de koptelefoon op. Even later klonk de stem van Till Lindemann boven het door de strijkers gespeelde intro. Jerry draaide de volumeknop helemaal open. De muziek vulde zijn hoofd.

Hij sloot zijn ogen. Toen hij ze weer opendeed, zag hij vanuit een ooghoek dat de deur van de kamer op een kier stond. Ma wierp een blik de kamer in en glimlachte geforceerd naar hem toen hun blikken elkaar troffen. Toen trok ze de deur weer dicht.

Toen het nummer voorbij was, haalde Jerry de koptelefoon van zijn hoofd. Hij hoorde ma praten, schreeuwen bijna. Zijn ouders hadden zich blijkbaar teruggetrokken in de slaapkamer, maar Jerry kon horen dat zijn naam werd genoemd.

'...een beetje zachter, Jerry hoort je nog,' gromde pa's stem.

'...hoort niets, heeft z'n koptelefoon op,' reageerde ma.

Jerry keek naar zijn telefoon en zag dat hij een berichtje had gekregen.

Hij moest het verschillende keren opnieuw lezen.

Een bedreigende stilte rolde uit de slaapkamer de gang in terwijl Jerry de trap af sloop. In de hal strekte hij zijn hand uit naar zijn spijkerjack. Hij stopte de beweging toen hij zich herinnerde dat het nog steeds heet was buiten, ook zo laat op de avond nog. Hij dacht even na, maar besloot toen toch zijn jas mee te nemen. Op hetzelfde moment ging het gesprek boven na een kort moment van kalmte over op de volgende fase. Het werd nu door middel van afzonderlijke krachttermen gevoerd.

Jerry glipte naar buiten. Eenmaal achter het hek bleef hij staan om naar het raam van zijn kamer te kijken. Hij zag dat ma daar naar binnen ging. Gevolgd door pa. Ma spreidde haar armen en zei iets tegen pa. Pa schreeuwde zijn naam. Ma voegde zich bij hem. Jerry draaide zich om en ging lopend op weg naar het schaduwrijke park.

Hij zette de koptelefoon, die om zijn hals hing, weer op zijn oren. De stem van Till Lindemann weerklonk weer in zijn oren. Ditmaal zong hij niet; in plaats daarvan sprak hij: *Ein kleiner Mensch stirbt nur zum Schein. Wollte ganz alleine sein.*

Via het park kwam hij bij een andere weg, waar zich een bushalte bevond. Jerry keek naar de dienstregeling en ging op het bankje zitten wachten. Toen pakte hij zijn telefoon en las hij het berichtje nog een keer.

Hé Jerry. Ze hebben tegen je gelogen. Wil je weten wie je echte moeder is?

17

De ochtend was op de slechtst denkbare manier begonnen.

Die middag moest er een persconferentie worden gehouden over de moord op Rauha Kalondo, maar Paula was om zeven uur gewekt door een telefoontje. De redacteur van een van de boulevardbladen wilde dat ze dingen bevestigde die eigenlijk nog helemaal niet openbaar hadden moeten zijn. En het ging om echte informatie, niet om giswerk gebaseerd op een slag in de lucht.

Paula was genoodzaakt geweest meteen de Lehmusoja's te waarschuwen. Een uur na het telefoongesprek stond er een foto van zowel de villa van de stichting als het huis van de Lehmusoja's op internet. Beide foto's waren recent, de poort naar de villa was versierd met politielinten. De container was dan wel afgevoerd inmiddels, maar ook dat detail was bekend bij de redacteur. De krantenkop schreeuwde 'containermoord', en in het artikel werden zowel de activiteiten van het Lehmus-concern in Namibië genoemd als het recente verscheiden van Hannes Lehmusoja.

Over de dood van Hannes was de voorgaande winter terughoudend bericht, maar ditmaal hintte de krant dat de bestuursvoorzitter van het concern 'kortgeleden onder onduidelijke omstandigheden' was overleden. Technisch gezien klopte dat, want ook Hartikainen had gezegd dat er in het onderzoek naar de doodsoorzaak een paar vragen nog onbeantwoord waren. Maar daarbij ging het hoofdzakelijk om de vraag waar Hannes voor zijn dood had zitten zuipen en waarom hij buiten in de vrieskou was beland met veel te weinig kleren aan het lijf. Waar echter geen enkele onduidelijkheid over bestond was dat Hannes Lehmusoja aan hypothermie was gestorven met meer dan drie promille alcohol in het bloed, afgaande op de bewakingscamera's en ooggetuigen in zijn eentje, en dat er geen sporen van geweld waren aangetroffen op het lichaam.

Hartikainen was als laatste aan de vergadertafel aangeschoven, sloffend. Hij had de voorgaande avond tot laat achter de computer gezeten, maar had geen nieuwe bewijzen gevonden waaruit bleek dat Rauha Kalondo met Lauri Aro of Juhana Lehmusoja had gecommuniceerd.

Renko daarentegen zag eruit alsof hij goed had geslapen. Paula had het team om negen uur ontboden, zodat ze de dingen nog konden doornemen voor de persconferentie.

Ze zouden Lauri Aro laten gaan, maar zijn doen en laten op donderdagavond moest nog wel verder worden onderzocht. Als eerste moest met de buren worden gesproken. De laatste waarneming van Rauha Kalondo was nog steeds die op de bewakingscamera op de hoek van het marktplein.

Om tijd te sparen had Paula tijdens het telefoontje van die ochtend de Lehmusoja's alsnog gevraagd naar het politiebureau te komen. Ze wierp een blik op de klok, nog een halfuur voordat ze er waren. Ze zouden nog de magere resultaten van het technisch onderzoek kunnen doornemen, die betrekking hadden op de spullen die in Rauha's hotelkamer waren aangetroffen, alsmede de aanvullende informatie van de autopsie.

Paula had echter nog geen kans gezien te beginnen, of haar telefoon ging al. Ze kreeg zelfs niet de kans haar naam te zeggen.

Elina Lehmusoja was hysterisch, en ook de anderen hoorden dat. De sfeer in de kamer verscherpte.

Paula luisterde even, waarbij ze de telefoon op een liniaallengte afstand van haar oor hield, en opende toen de deur van de vergaderkamer. De schelle stem klonk nu in stereo, zowel uit de hoorn als gedempt ergens in de verte. Al snel piepte aan het eind van de gang het hoofd van de wachtcommandant om de hoek. Paula knikte en gebaarde dat ze de vrouw mochten doorlaten. Bij het zien van Paula haalde Elina Lehmusoja de telefoon van haar oor, en ze bleef even staan. De verandering die in haar had plaatsgevonden was opmerkelijk: alles aan haar was nog steeds onberispelijk, maar oogde tegelijkertijd ontwricht. Ze zocht afwisselend steun bij de ene en de andere muur van de gang terwijl ze kwam aangelopen. Hoge hakken en paniek waren een slechte combinatie.

'Ze hebben Jerry meegenomen,' zei Elina toen ze bij Paula was aangekomen; ze fluisterde nu, alsof de verkeerde persoon haar zou kunnen horen en de informatie zou kunnen misbruiken.

'Wie?'

'Dat weet ik niet,' zei Elina wanhopig.

Paula pakte haar bij de hand en nam haar mee de koffiekamer in. Renko probeerde hen te volgen, maar Paula deed de deur voor zijn neus dicht.

Elina snoot haar neus in een tissue die, afgaande op het rode patroon, ooit was aangeschaft voor een adventsfeestje op het politiebureau.

'Is er iets met Jerry gebeurd?' vroeg Paula toen Elina weer wat tot bedaren was gekomen.

'Ik kan hem nergens vinden en hij neemt zijn telefoon niet op,' jammerde Elina. 'Ik had wel gezien dat Jerry gisteravond al ergens naartoe was gegaan, maar ik maakte me niet meteen zorgen omdat hij weleens eerder zonder toestemming is vertrokken en 's nachts thuiskwam. Ik ben in slaap gevallen op de bank terwijl ik op hem wachtte, en werd pas wakker toen er een sms'je op mijn telefoon binnenkwam.'

Paula nam nota van het feit dat Elina het alleen over zichzelf had, niet over Juhana. Was ze in die gemoedstoestand in haar eentje naar het politiebureau gereden?

Elina legde haar telefoon op de tafel en opende het laatste berichtje dat ze had gekregen. Het bevatte alleen een geluidsbestand zonder begeleidende tekst.

'Luister,' fluisterde Elina, en ze opende het bestand.

In het begin klonk er alleen maar gesuis, waarschijnlijk een gevolg van de slechte kwaliteit van de opname. Vervolgens klonk er onduidelijk gestommel, gevolgd door metaalachtig geknars.

Paula herkende het geluid meteen. Ze had het drie etmalen daarvoor gehoord toen ze zichzelf samen met het lijk van Rauha Kalondo in de kleine ruimte had laten opsluiten en gevraagd had de deur dicht te doen.

Maar pas bij het horen van de volgende geluiden begon het te draaien in haar buik. Elina Lehmusoja slaakte een gil en zette haar handen tegen haar oren.

Het gedreun begon langzaam maar het ritme werd steeds sneller.

De boodschap die het afgaf was afgrijselijk eenduidig.

Iemand bonkte in paniek tegen een muur.

Een muur die van metaal was gemaakt.

Toem toem toem.

Toem toem toem toem toem toem toem toem.

18

De lichten van het vrachtschip verdwijnen langzaam aan de horizon. De golven rollen het strand op alsof ze een verhaal willen vertellen. Ik beweeg mijn vinger langs de sterrenhemel alsof ik een verbind-de-puntenkleurplaat maak.

Uiteindelijk teken ik een kruisje op de plek van het Zuiderkruis. Alsof ik deze plek op een schatkaart markeer. Er is geen maan te zien aan de hemel, alleen de sterren. Het is de zachte schoot van duisternis. Ik streel de nieuwemaansbuik, ook die is nog niet te zien. Maar die zal samen met de maan groeien, bij de volgende vollemaan zal hij al zichtbaar zijn.

Mijn sterrenkind, kind van de maan.

Als het een meisje is, zou ik haar de naam Luna willen geven. Die schoot me net te binnen, vanwege dit landschap. Ik zou het Juhana willen vertellen, willen vragen of het een goede naam is. Maar Juhana weet het nog niet. Ik heb het nog niet durven vertellen.

Ik vertel het pas wanneer ik zeker weet dat de zwangerschap niet spontaan afbreekt. Wanneer het vollemaan is.

Hij schenkt nog meer wijn in mijn beker. Ik sla het niet af, kan er nog een paar nemen. Dat levert waarschijnlijk nauwelijks gevaar op voor het kind. Ik drink langzaam, eigenlijk heb ik dit niet nodig, want ik kan dronken worden van dit moment. Ik ben kalm. De duisternis is niet angstaanjagend, maar een warme deken.

De golven slaan tegen het strand, fluisteren terwijl ze zich vanaf het zand terugtrekken, de zee in. Wat proberen ze te vertellen? Vast iets eeuwenouds, iets wat de hagedis op de kei op het strand begrijpt en ik niet. Samen met de golven komt de zoutige geur van de zee; die is zwaar, maar wanneer ik mijn longen volzuig met de Atlantische wind, voel ik me licht.

De lichten van de schepen aan de horizon vermengen zich met de onderste sterren. Ik vraag me af wat de schepen in hun containers vervoeren – waarvandaan en waarheen. De wereld is één groot mierennest, maar dit strand hoort bij het verlaten eiland van twee mensen, ook al ligt er een heel continent achter.

De nacht heeft een glazen koepel over ons laten neerdalen. Er is alleen de zee en het strand, op het strand zijn wij en achter het glas de flonkerende sterren.

Juhana onderbreekt mijn gedachten en zegt bezorgd dat we moeten gaan. Waarom? Hij kijkt naar de duisternis en herhaalt: kom, we gaan. Terwijl ik opsta besef ik dat er iets beweegt in de duisternis wat hem zorgen baart.

Ik zie de contouren van de hyena's tussen de duinen. Hun ogen glanzen onheilspellend wanneer de lichtkegel eroverheen veegt. Ik knijp in Juhana's dijbeen. Hij lacht even en zegt dat we niet bang hoeven te zijn voor die beesten. Desondanks huiver ik bij het horen van hun schelle, hoge lach. Het is de lach van jonge individuen.

Het paradijselijke eiland dat ik in gedachten had opgebouwd, is niet echt. De hyena's wel. Ze komen overal naartoe als we niet op onze hoede zijn.

Ik streel mijn buik. Ik besluit dat ik nooit de glans in hun ogen mag vergeten, mezelf nooit in slaap mag laten sussen door een vals gevoel van veiligheid. Ze loeren altijd op de achtergrond, en ze sluipen alleen maar naderbij als je ze heel even vergeet. En wanneer ik aan de hyena's denk, ontkom ik er niet aan om aan Hannes te denken.

Hannes is bij uitstek de hyena voor wie ik op mijn hoede moet zijn.

Het zou dom zijn hem als een leeuw te beschouwen, als een oud mannetjesdier dat zijn kudde beschermt.

Hannes heeft de ziel van een hyena.

Ik weet al dat de hyena's binnenkort in mijn dromen verschijnen.

Hoewel Juhana zich in mijn hart bevindt, is het altijd Hannes' bevelende stem die in mijn hoofd weergalmt. Ik knijp in de halsketting die ik van Juhana heb gekregen als was het een gelukbrengend amulet.

Dit hier beschermt je tegen al het kwaad, zei Juhana toen hij me het sieraad overhandigde.

Maar terwijl de auto wegrijdt bij het zandstrand en koers zet naar de hoofdweg, hoor ik achter me het lage lachen van een oude hyena.

DEEL III

1

De lucht trilde boven het weiland in het zuidwesten van Finland.

De weide werd in tweeën gesneden door een landweggetje waar een glimmende blauwe tractor overheen reed. Hij naderde een kruising waar hij het weiland aan beide zijden van de weg op kon draaien.

De tractor remde ruim op tijd af voor de kruising en kwam toen helemaal tot stilstand. De chauffeur controleerde in zijn zijspiegels of er geen door de zon verblinde wegpiraat bezig was langs hem te scheuren, toen pas stak hij de rijbaan over en reed hij het weiland op. Dat was al half gemaaid, en de tractor reed verder naar het midden van de wei, draaide en reed achteruit tot hij voor de maaimachine stond.

Er stapte een man uit de cabine van de tractor die ondanks zijn jonge leeftijd de uitstraling van een grondeigenaar had. Hij droeg alleen een korte broek en een pet, waar hij oorbeschermers op had gezet.

Hij keek naar het weiland aan de overkant van de weg, dat nog helemaal gemaaid moest worden. Toen keek hij naar de wolkeloze hemel en glimlachte. Er was geen haast geboden. De hittegolf was voor boeren als op bestelling gekomen.

De man koppelde de maaimachine achter de tractor, klom weer in de cabine en begon te rijden.

Grasmaaien is meditatief werk. Dat had hij tegenover de vorige boerinnenkandidate beweerd, die ondanks alle pogingen haar spullen had gepakt na een halfjaar op de boerderij te hebben gewoond.

Toen de man in de uiterste hoek van de wei de tractor draaide, zag hij vanuit een ooghoek beweging op de landweg. Het ging om een of ander groot voertuig dat tot stilstand was gekomen. Hij keek nog eens goed en kreunde verbaasd.

Een of andere takelwagen was achteruit de oprit naar het andere weiland in gedraaid. De neus van het voertuig stond half op de weg. Aan het uiteinde van de kraan bungelde een blauwe container. De chauffeur was duidelijk van plan die op het gras in het weiland te zetten.

'Wat krijgen we goddomme nou,' zei de man in de tractor. Toen zag hij dat hij het ene uiteinde van de maaimachine in de greppel had gereden. Hij remde abrupt en vloekte zo hard dat hij zijn stem zowel in zijn hoofd als door de oorbeschermers heen kon horen. Hij zette de tractor uit en schoot zo snel de cabine uit dat hij voorover in het pas gemaaide gras viel. Zijn gezicht begon te jeuken van het zweet en de grasstengels die daar onmiddellijk op bleven kleven. Hij rukte de pet van zijn hoofd, de oorbeschermers vlogen eveneens in een boog door de lucht. Zijn goede humeur was verdwenen.

Toen de man zichzelf weer overeind had gewerkt, stond de container al op zijn plek aan de overkant van de weg, aan de rand van het weiland. De kettingen waaraan hij daarnet nog in de lucht had gehangen, rinkelden nu los tegen zijn metalen flank.

De man keek starend toe terwijl de chauffeur van de takelwagen uit zijn cabine stapte en met geroutineerde bewegingen de kettingen begon los te maken. Ook vanuit de verte was te zien hoe gebruind en gespierd de chauffeur was, wat de boer afgunstig vaststelde.

Had hij om een of andere reden zelf een container besteld en was hij dat gewoon vergeten? Had iemand anders hem besteld?

Nee. Hij kon geen enkele zinnige functie bedenken voor een vrachtcontainer op een weiland. Tenzij iemand een container vol van zijn gras naar elders wilde vervoeren.

De zon brandde op zijn voorhoofd. Dat bracht de man weer terug in de werkelijkheid; hij pakte zijn pet op, hing de oorbeschermers om zijn hals en begon met grote stappen het weiland over te steken. Hij versnelde zijn pas toen hij zag dat de chauffeur van de takelwagen zijn karwei had afgerond en van plan was weer in de cabine te klimmen.

'Hé!' riep de boer, en hij zwaaide met zijn armen. Dat waren twee staken, bleek van het stalwerk – dat schoot er ook nog door hem heen terwijl hij rende, dat hij meer buiten moest komen en niet altijd in die stal moest werken, voor zo'n takelvent was het maar makkelijk om te bruinen tijdens het werk.

'Hé, dat is mijn weiland!' brulde hij.

Eindelijk merkte de takelman hem op, en hij hield een hand boven zijn ogen om die tegen de zon te beschermen. Op zijn bovenarm zat een grote blauwe tatoeage. Maar daar verbaasde de boer zich niet meer over.

Hij was een landeigenaar. En nu had iemand iets op zijn land neergezet wat daar helemaal niets te zoeken had.

2

Elina Lehmusoja lag op haar buik aan een kant van het gigantische tweepersoonsbed, als een stuk drijfhout dat op het strand van een oceaan was aangespoeld. Haar ene hand hing over de rand van het bed, de lange vingers raakten bijna de grond.

Paula stond roerloos in de deuropening. Ze had een heel gewone opmerking in gedachten gehad, *ik besef dat dit moeilijk is maar we hebben alle hulp nodig die we kunnen krijgen* of iets in die geest, iets wat je zegt wanneer je gedwongen bent ook het allerkleinste brokje informatie los te peuteren uit iemand die tot in het diepst van zijn hart geschokt is.

Paula zette een stap achteruit en sloot de deur. Ze zouden waarschijnlijk meer aan Elina hebben als die even een moment mocht rusten.

De telefoon van Jerry Lehmusoja was uitgezet. De laatste keer was het apparaat gelokaliseerd in de buurt van het centrum van Helsinki, rond elf uur 's avonds.

Elina was helemaal kapot van het feit dat ze zich niet druk had gemaakt om het vertrek van Jerry die avond maar in plaats daarvan op de bank in slaap was gevallen. Juhana, die achter zijn vrouw aan was gereden naar het politiebureau, had geprobeerd Elina te troosten, maar die had hem alleen maar aan de kant geduwd. Wel hadden ze samen een lijst gemaakt van alle mensen die ze kenden met wie Jerry contact kon hebben gehad, en de meesten hadden ze inmiddels ook weten te bereiken. Niemand had Jerry Lehmusoja in de afgelopen twaalf uur gezien of met hem gecommuniceerd. Hem vinden was nu de prioriteit van de politie.

De persconferentie was afgelast, in plaats daarvan had men in een kort communiqué de dingen bevestigd waarvan de boulevardkrant die ochtend al melding had gemaakt. In de stille straat waar de Lehmusoja's woonden was het in één keer een stuk drukker geworden, af en toe werd er langzaam langs het huis gereden. Van tijd tot tijd stopte er een auto, werd het raampje geopend en stak er een cameralens naar buiten.

Het audiobericht dat aan Elina was verstuurd werd onderzocht, maar vooralsnog was er niets wat de identiteit van de afzender verried.

Niet iedereen was ervan overtuigd dat het audiobericht bewees dat Jerry gekidnapt was. Hartikainen had, voordat hij naar huis was gegaan om slaap in te halen, verkondigd dat het waarschijnlijk om een grap van een stel tieners ging.

Maar Paula vond dat ze de zaak moesten onderzoeken en dat ze van het ergste scenario moesten uitgaan.

Het ergste scenario hield in dat de moordenaar van Rauha Kalondo ook haar zoon in een container had opgesloten. In dat geval was Jerry in levensgevaar – of inmiddels al overleden.

Alle politiepatrouilles in de hoofdstedelijke regio hadden te horen gekregen dat iedere verdachte of zich op een merkwaardige plaats bevindende transportcontainer onderzocht moest worden.

Renko en De Beer waren bezig Jerry's kamer te doorzoeken. Toen ze langs de kamerdeur liep hoorde Paula Renko's ononderbroken monoloog.

Juhana Lehmusoja zat bij de keukentafel. Zijn gezicht was grijs. Toen hij Paula opmerkte sprong hij overeind, vroeg of ze koffie wilde en begon die te zetten ondanks het feit dat Paula had geweigerd. De espressomachine zag er hetzelfde uit als het exemplaar dat nog steeds ongebruikt bij Paula in de kast stond.

Het apparaat maakte zoveel lawaai dat Paula zich afvroeg waarom iemand zo'n ding überhaupt zou willen gebruiken. Ze zei niets toen Juhana het kopje voor haar neerzette; hij leek het nodig te hebben iets te doen wat hem kalmeerde.

'Oké dan,' zei Paula nadat ze de koffie had geproefd, die veel te sterk was naar haar smaak. 'Schiet je nog iets te binnen, om het even wat, wat zou kunnen helpen bij de zoektocht naar Jerry?'

'Ik heb niets anders gedaan dan daarover nadenken. Maar als ik heel eerlijk ben, nee... Het kan best zijn dat ik niet alle mensen ken met wie hij zijn tijd doorbrengt.'

Paula had wat dat betrof haar hoop ook op Elina Lehmusoja gevestigd, maar die was totaal uitgeput van alle vragen die ze in haar initiële shocktoestand had moeten beantwoorden.

'Je zei voorheen dat Jerry als je eigen zoon was voor je.'

'Klopt. Hoezo?'

'Wat jou betreft is een geadopteerd kind niet je eigen kind, maar áls je eigen kind.'

'Maar hij ís toch ook niet ons eigen kind,' zei Juhana kortaf. 'Een adoptiekind is geadopteerd omdat zijn eigen ouders hem niet willen.'

'Dat hoeft niet per se zo te zijn,' zei Paula net zo kortaf. 'Er zijn heel veel redenen voor een adoptie. Welke reden denk je dat Rauha Kalondo heeft gehad?'

'Hoe moet ik dat weten?'

Dat was precies waar Paula van uitging, dat Juhana dat wist. Ze stond op het punt te reageren, toen er ergens een telefoon rinkelde. Juhana schoot overeind.

'Is dat de ringtoon van jouw telefoon?' vroeg Paula.

'Ja. Ik denk dat ik hem in de hal heb laten liggen.'

Terwijl Juhana zijn telefoon haalde probeerde Paula een gedachte te grijpen die haar te binnen was geschoten. Dat lukte echter niet.

'Er is een storing in het containerdepot, in het computersysteem blijkbaar,' zei Juhana buiten adem toen hij terugkeerde in de keuken. 'Ik heb niet helemaal begrepen waar het om gaat, maar Kaakko vroeg of ik meteen kon komen.'

'Is daar nog geen politiepatrouille aanwezig?' vroeg Paula.

Juhana schudde zijn hoofd. Paula kon zichzelf wel slaan. Waarom had ze niet meteen rechercheurs gestuurd naar de plek waar de meeste containers van het concern stonden?

'We gaan met mijn auto,' zei ze, en ze wuifde tegen Renko op de bovenverdieping dat hij naar beneden moest komen. De Beer mocht Elina gezelschap houden.

Paula's auto stond voor de deur. Ze stapten snel in, zonder zich iets aan te trekken van de fotograaf die een driepoot aan de overkant van de weg had geposteerd. Terwijl Paula achteruitreed begon Juhana, die op de passagiersstoel had plaatsgenomen, te vloeken en het raampje open te draaien.

'Niet doen. Dat heeft geen zin,' zei Paula.

Juhana snoof een keer, maar draaide het raampje toen braaf weer dicht en wendde zijn hoofd af van de fotograaf.

Paula trok zich niets aan van de maximumsnelheid terwijl ze de hoofdweg op draaiden, die de meanderende kustlijn volgde, en koers zetten naar het havengebied.

'Daar heb je er weer eentje!' brulde Renko vanaf de achterbank.

Langs de weg stond een eenzame container. Al toen ze van het politiebureau naar het huis van de Lehmusoja's reden was hun blik daar steeds weer op gevallen, en ineens leek het of er overal van die containers stonden.

Ze kwamen er verschillende tegen, sommige op een takelwagen, sommige op de oplegger van een vrachtwagen.

Feitelijk was het zo dat hoe dichter ze bij het containerdepot van het Lehmus-concern kwamen, hoe meer containers ze zagen, allemaal identieke blauwe zeecontainers. Toen ze nog een paar huizenblokken te gaan hadden, begon Paula een naar voorgevoel te krijgen. Ongemerkt minderde ze vaart, ook al begon het erop te lijken dat er haast geboden was.

Juhana zat verstijfd op de passagiersstoel, zijn hand kneep in de deurhendel. Ook Renko had er het zwijgen toegedaan.

Om de bocht verscheen een vrachtwagen met een blauwe container erop. Paula liet de auto bijna tot stilstand komen om het nummer op de zijkant te kunnen zien.

'Het is er een van ons,' fluisterde Juhana Lehmusoja, en hij keek Paula vol afschuw aan.

Op datzelfde moment kwam er nog eentje, identiek aan de voorgaande, de bocht om.

3

Logistiek manager Ritva Kaakko stond naast een takelwagen die voor de poort tot stilstand was gekomen en sprak met weidse gebaren tegen de man in de cabine. Toen ze zag dat Juhana eraan kwam zette ze een stap achteruit en trok ze theatraal haar schouders op. De takelwagen kwam in beweging. Hij had een blauwe container bij zich.

Paula stormde de auto uit en ging voor de takelwagen staan. Op hetzelfde moment toeterde iemand achter de Saab. Daar stond weer een andere transportauto. Paula gebaarde tegen Renko dat die de kwestie moest gaan regelen.

In de cabine van de takelwagen die de poort uit was gereden zat een brede man met een pet op zijn hoofd. Hij opende zijn mond, en je hoefde geen kampioen liplezen te zijn om te raden wat voor woorden daaruit kwamen. Hij opende zijn zijraampje pas toen Paula haar politiepasje ertegenaan drukte.

'Ik moet u helaas verzoeken de container terug te brengen naar het depot van het concern.'

'Wat is dit, godverdomme!' riep de man. 'We hebben die container bij ons op het terrein nodig en snel een beetje!'

'Hiervandaan wordt geen enkele container meer getransporteerd vandaag.'

'En waar halen wij zo snel een andere vandaan?'

'Rij onmiddellijk terug het terrein op,' beval Paula.

De man staakte de strijd toen hij zag dat de chauffeur die had getoeterd en die het terrein op had willen rijden, eveneens achteruitreed. Hij sloot zijn raampje, en naar de bewegingen van zijn mond te oordelen was hij nog niet klaar met commentaar leveren, maar hij deed wel wat hem was opgedragen.

'Wacht tot die eikel is vertrokken en sluit dan de poort. En zet desnoods mijn auto dwars voor de poort. Niemand rijdt het terrein nog op of af,' zei Paula tegen Renko op een onnodig bevelende toon.

Ze was nog kwader op zichzelf dan eerst, omdat ze niet het benul had gehad een patrouille naar het containerdepot te sturen zodra ze het bericht op Elina Lehmusoja's telefoon had gehoord.

Ritva Kaakko keek onthutst, wat vermoedelijk kwam doordat Paula verhinderde dat haar geliefde containers hun belangrijkste, of eigenlijk enige taak uitvoerden: zich van de ene plek naar de andere bewegen. Kaakko wist natuurlijk nog niet dat Jerry was verdwenen.

Zelf zag Kaakko eruit alsof ze niet wist of ze naar een feestje ging of naar een garage. Ze had haar zijden rok gecombineerd met een T-shirt van het bedrijf, waar een zware parelketting op rustte. De geur van haar parfum kwam je al van vele meters afstand tegemoet.

Paula wachtte tot Juhana zijn verhaal in het kort aan Kaakko had gedaan. Hij dwong zichzelf neutraal te klinken, wat zijn paniek alleen nog maar benadrukte. Kaakko oogde verbijsterd, sloot haar ogen even en pakte Juhana toen bij zijn bovenarm vast.

'Hij wordt wel gevonden,' zei ze. 'Maar het lijkt me sterk dat hij hier is,' ging ze verder tegen Paula.

'We hebben reden om aan te nemen dat Jerry tegen zijn wil is opgesloten in een container,' zei die.

Eigenlijk had ze die informatie in dit stadium het liefst met zo min mogelijk mensen gedeeld, maar tegen Kaakko moest ze het wel zeggen. Als er iemand was die alles over de containers wist, was zij het wel.

‘God beware,’ zei Kaakko, en ze sloeg haar handen dramatisch voor haar gezicht, zoals ze dat in oude films deden. Nu viel het Paula op dat de geur van parfum subtiel vergezeld werd door de stank van verschaalde drank. Sterkedrank, meende ze, geen bier.

‘Vertrekken er hier op een normale dag ook zoveel containers?’ vroeg ze.

‘Nee, daarom heb ik Juhana gebeld,’ zei Kaakko. ‘Is Jerry in gevaar? Waarom denken jullie dat hij…’

‘Wanneer merkte je dat er ongewoon veel containers in beweging zijn?’ onderbrak Paula het gejammer van Kaakko.

‘Vlak nadat ik hier vanochtend was gearriveerd.’

‘Vanochtend? Waarom heb je dan nu pas gebeld?’

‘Oké, het liep waarschijnlijk al tegen de middag toen ik aan het werk ging. Het is gisteravond nogal laat geworden.’

‘Wat is laat geworden?’

‘Ik heb de avond met een vriend doorgebracht.’

‘Wat is zijn naam?’

‘Of nou ja, eigenlijk gaat het niet om een vriend maar om kunstenaar Paavali Kassinen. Hij verzocht mij naar zijn atelier te komen omdat hij de sculptuur af heeft die hij ter nagedachtenis van Hanski… van Hannes Lehmusoja dus heeft gemaakt. Hebben jullie die gezien? Hij is schitterend geworden.’

‘Hoe ontdekte je dat er iets gaande was hier?’

‘De medewerker bij de poort zei het meteen toen ik arriveerde. Ik nam het eerst niet al te serieus, maar toen ik achter de computer was gaan zitten en een paar koppen koffie had gedronken… Ik moet toegeven dat het even duurde voordat ik de situatie ben gaan checken. Toen merkte ik dat er gedurende de nacht tientallen nieuwe bestellingen in het systeem waren opgedoken.’

Kaakko had vermoed dat het datasysteem van de onderneming door een of ander virus was getroffen, en dat was de reden dat ze

Juhana had gebeld. Omdat ze niet wist dat Jerry was verdwenen, had ze de containerbestellingen op geen enkele manier dubieus gevonden.

'Ik dacht dat er misschien oude bestellingen waren geactiveerd als gevolg van het virus. Maar toen belde een van onze eigen chauffeurs, vanuit Salo. Hij had meteen aan het begin van de ochtend een container afgeleverd op het weiland van een of andere melkveehouderij. De boer in kwestie was toevallig in de buurt en beweerde dat hij geen container had besteld, ook al stond zijn naam op de bestelling.'

Meteen daarachteraan was er een boos telefoontje uit de wijk Punavuori gekomen, waar een container voor een restaurant was neergezet.

Naarmate Kaakko's verhaal vorderde begon Juhana er steeds onpasselijker uit te zien. Blijkbaar besefte hij hetzelfde als Paula: Jerry's ontvoerder was erin geslaagd containers van het Lehmus-concern over de hele stad te verspreiden, en nog wel verder weg ook, gezien de boer in Salo. Nu moesten die allemaal gecontroleerd worden, hoewel de kans heel groot was dat de bestellingen een afleidingsmanoeuvre waren die het onderzoek moesten hinderen.

De man die bij de poort werkte stak zijn hoofd door het raam van de controlekamer en riep dat zowel de mobiele als de vaste telefoon van het bedrijf rinkelde, tegelijkertijd. Paula verzocht Kaakko met de man mee te gaan en alle telefoontjes nauwkeurig te registreren, ze zouden een lijst nodig hebben van alle adressen waar sinds acht uur die ochtend, toen de poort werd geopend, containers naartoe waren gestuurd. Politiepatrouilles moesten worden gevraagd echt elk exemplaar te controleren. Bovendien moesten ze alle containers in het depot checken. Paula liet haar blik over het gigantische terrein gaan, waarachter de bouwplaats voor het nieuwe hoofdkantoor vaag te zien was – die eveneens vol stond met containers. Het duizelde haar.

Ze konden het beste meteen maar beginnen, al voordat ze nog meer mensen konden optrommelen. Het bouwterrein moest worden stilgelegd, en verder...

'Paula,' zei Juhana Lehmusoja.

De toon waarop hij dat zei en het gebruik van haar voornaam trokken onmiddellijk haar aandacht. Zijn gezicht was van alle aangeleerde waardigheid ontdaan.

'We gaan naar binnen, momentje nog,' zei Paula terwijl ze op de deur van het kantoorgebouw wees.

Renko had zijn telefoon al in zijn hand en Paula hoefde er geen tekeningetje bij te maken. Ze spraken snel af wie Renko zou oproepen en waar hij zou beginnen met het openen van de containers, onder begeleiding van Kaakko.

'Bel ook Lauri Aro en zeg dat hij ervoor moet zorgen dat dat bouwterrein wordt verlaten.'

'Vertel ik hem over Jerry?' vroeg Renko.

'Alleen als het niet anders kan,' zei Paula. Zonder goede argumenten zou Aro waarschijnlijk weigeren het bouwterrein te sluiten, zelfs als hij daartoe opdracht kreeg van de politie.

Al helemaal na de gebeurtenissen van de voorgaande dag.

Juhana Lehmusoja stond bij de glazen ingang van het kantoorgebouw met zijn hand op de deurkruk, alsof hij er bij voorbaat al van overtuigd was dat hij niet de kracht had de deur open te trekken. Paula wurmde zich langs hem heen, trok de deur open en liep de schemerige, koele vestibule in. Ze zette koers naar het zitje naast de ingang en ging zitten.

'We hebben geen seconde te verspillen,' zei ze bot.

Juhana ging in een leunstoel zitten die voor bijna iedereen te klein was. Hij kneep met twee handen in de fles mineraalwater die hij van huis had meegenomen.

'Sorry, dit is moeilijk,' zei hij moeizaam.

'Heb je hulp nodig?' vroeg Paula.

Juhana draaide en keerde in de stoel, alsof hij met geen mogelijkheid de enige juiste houding kon vinden waarin hij in staat was te praten.

'Je móét Jerry vinden,' riep hij uit.

'Wij doen uiteraard alles wat we kunnen,' zei Paula. 'Maar doe jij dat ook?'

De vraag was als een klap die Juhana aan het sidderen bracht. Hij ademde moeizaam, alsof geen enkele hoeveelheid zuurstof voldoende zou zijn.

'Laat me je op weg helpen,' zei Paula op allesbehalve behulpzame toon. 'Jij had vijftien jaar geleden een verhouding met Rauha Kalondo, en Jerry is jullie gemeenschappelijke zoon.'

Juhana drukte zijn handen tegen zijn ogen en haalde diep adem.

'We hadden een heel korte relatie destijds,' zei hij.

'Hoe kort?'

'Een paar maanden. Na die ene Namibië-reis was het voorbij. Ik keerde terug naar huis en hoorde niets meer over haar. De eerstvolgende keer dat ik haar zag was toen je me de foto van haar dode lichaam liet zien. Ik zweer het!'

'Maar jullie hebben Jerry toch geadopteerd? Dat moet of met instemming van Rauha zijn gebeurd, of ze moet daar op een of andere manier toe gedwongen zijn.'

'Nee,' zei Juhana nadrukkelijk. 'Je hebt het niet begrepen.'

'Hoe bestaat het dat je Kalondo zelfs niet hebt gezien toen je Jerry ophaalde uit Namibië?'

'Dat is gewoon zo. Er is één ding dat jij niet weet, en dat ook ik niet kan bevatten, met geen mogelijkheid. Ik heb geprobeerd het te bevatten vanaf het moment dat je me Rauha's foto liet zien.'

'Leg maar uit dan.'

'Goed,' begon Juhana, en hij keek Paula recht in de ogen, alsof hij zich ervan wilde vergewissen dat ze goed naar de climax van het verhaal luisterde.

'Ik had meteen vrijdag al een vreemd vermoeden hieromtrent. Ik heb Jerry opgevoed, maar ik wist al die tijd niet dat hij Rauha's zoon was.'

'Hoe bedoel je?'

'Ook ik dacht dat Jerry's ouders dood waren. Precies zoals mijn vader had gezegd. Pa mocht Elina graag en wist hoe graag ze een tweede kind wilde. Maar dat diende zich steeds niet aan.'

Paula staarde hem aan en vroeg zich af of ze hem moest geloven.

'Ik weet dat het klinkt alsof... Eigenlijk weet ik niet eens precies hoe het klinkt. Maar Hannes was destijds jaren aan een stuk in Namibië, en Rauha bleef op het landgoed van het concern achter toen ik daar wegging. De keer daarop ging ik het kind ophalen waarvan Hannes de adoptie had geregeld. Alle papieren van het kind waren in orde. Rauha was er toen niet, en eerlijk gezegd dacht ik ook nauwelijks aan haar, het was gewoon zoals het was.'

'Zoals wat was?'

'Zoals die dingen meestal gaan. Een korte affaire waar je niet meer aan terugdenkt.'

'Aha,' zei Paula. Ze vermoedde dat de andere partijen in Juhana's affaires er niet per se zo over dachten. 'Maar je gaf haar wel dat sieraad met hetzelfde symbool als het sieraad van je vrouw.'

'Waarschijnlijk heb ik dat gegeven. Ik weet het niet meer.'

'Doe je dat soort dingen dan zo vaak?'

'Niet vaker dan een ander. Luister nou, ik geef toe dat ik in mijn jongere jaren geen voorbeeldige echtgenoot was. Maar ik zweer dat dit de waarheid is. Ik had geen flauw idee dat Jerry mogelijk... Laten we wel zijn: Jerry is mogelijk mijn zoon.'

Die laatste twee woorden sprak hij zachtjes uit, alsof hij op dat moment pas besefte wat ze betekenden. Zijn ogen begonnen te glanzen en hij keek langs Paula heen, naar een plek die voor de blik van een mens niet bereikbaar is.

Paula overdacht wat ze gehoord had. Juhana maakte een oprechte indruk, hoe weerzinwekkend hij verder ook was. Maar zijn verhaal vertoonde één zwakke plek.

'Als Hannes wist wie Jerry in werkelijkheid was, waarom zou hij dat dan voor jullie verborgen houden?' vroeg ze. 'Of voor jou, liever gezegd? En hoe bestaat het dat Rauha Kalondo met deze gang van zaken heeft ingestemd?'

'Dat is nou net wat ik probeer uit te leggen, dat ik het niet begrijp. En anderzijds begrijp ik het ook weer wel.'

'Want?'

'Jij hebt mijn vader niet gekend,' zei Juhana zachtjes, met een stem waaruit alle emoties weer zorgvuldig waren verwijderd. 'Hij was de angstaanjagendste mens die ik ooit ben tegengekomen. Hij wist mensen ertoe te bewegen te doen wat hij wilde, maar niet door te dreigen of te intimideren, en dat was nou juist het afschuwelijkste van alles. Hij was een slecht mens die in de ogen van anderen een goed mens wilde lijken. Dat wist ik ook wel. Maar ik had niet gedacht dat ook ik daarmee te maken zou krijgen. Met die duisternis.'

'Voordat dit speelde?'

'Ja.'

Juhana sloeg zijn armen over elkaar en herhaalde: 'Ik heb Jerry opgevoed zonder te weten dat hij misschien mijn eigen zoon is. Heb je ooit iets ziekers gehoord dan dat?'

Paula schudde haar hoofd. Maar ook al had Juhana zelf niet geweten dat hij mogelijk Jerry's biologische vader was, iemand had dat wel. Iemand anders dan Hannes.

Iemand die vijftien jaar geleden in Namibië was geweest.

'Je moet hem vinden,' zei Juhana, en eindelijk gaf hij zich over aan de huilbui die er al dagenlang aan zat te komen.

Renko klopte op de glazen deur van het kantoor en gebaarde tegen Paula dat ze naar buiten moest komen. Ze klopte Juhana snel even op een schouder en snelde toen naar de deur.

Er waren twee politiepatrouilles bij de poort van het containerterrein gearriveerd, die nog niet waren binnengelaten. Renko leek buiten adem te zijn.

'De container die voor Kassinen was aangepast is verdwenen van het terrein,' zei hij. 'Volgens Kaakko zou hij nog steeds hier moeten staan en pas morgen naar de tentoonstelling worden verplaatst.'

'Zit hij tussen al die bestellingen?'

'Ja, hij is vanochtend opgehaald. Maar de oorspronkelijke bestelling was voor morgenochtend gedaan. Iemand heeft die met een etmaal vervroegd.'

'Een van de patrouilles mag jou naar de Lehmusoja's brengen. Neem De Beer mee, hij heeft een auto. Ik leid de boel vanaf hier. Neem Juhana mee, jullie brengen hem naar huis. De patrouille kan daar voorlopig blijven. Bel onderweg naar Rinne en Kassinen. Er moet onmiddellijk naar die container gezocht worden. Ik bel Hartikainen, dat-ie weer naar het politiebureau mag gaan.'

Paula had zelf ineens ook het gevoel dat ze buiten adem was, ook al stond ze nog steeds op dezelfde plek. Ze moest niet vergeten genoeg te drinken. Ze ging weer naar binnen, beval Juhana met Renko mee te gaan en zocht een toilet. Nadat ze koud water rechtstreeks uit de kraan had gedronken stak ze haar hoofd heel even onder de straal, en ze liet het water op het rugpand van haar shirt druppelen toen ze weer overeind kwam.

Eenmaal weer buiten zocht Paula met haar ogen naar Ritva Kaakko, terwijl ze naar de politiepatrouille liep die bij de poort stond te wachten. De andere patrouille was inmiddels vertrokken, samen met Renko en Juhana.

Paula verzocht de agenten te wachten; er zouden nog minstens twee andere patrouilles komen en het was makkelijker iedereen in één keer te instrueren.

'Waar is Ritva Kaakko?' riep ze tegen de bewaker in het wachthuisje, waarvan de deur openstond. De man hield een telefoon onhandig tussen zijn schouder en zijn oor en typte tegelijkertijd op een computer.

'Is ze niet meegegaan naar het kantoor?' vroeg hij terwijl hij de hoorn even bedekte met een hand. 'Ze was daarnet nog hier met die andere agent.'

Paula keek naar het kantoorgebouw. Dat was nog steeds donker. Ze had Kaakko daarnet moeten tegenkomen, of in elk geval iets moeten horen als die het kantoor in was gekomen terwijl zij zich aan het opfrissen was in de toiletruimte.

Ze liep naar de gang die tussen de containers door liep; aan beide zijden van de gang stond het merendeel van de containers van het Lehmus-concern opgestapeld, in twee of drie lagen. Ze vormden een gigantisch labyrint.

Een goede plek om je te verstoppen.

Ze kreeg opnieuw een akelig voorgevoel. Ze ging in een drafje op weg naar het andere uiteinde van de gang, waarbij ze op ieder kruispunt even vaart minderde en haar hoofd beide kanten op draaide om te zien of Ritva Kaakko ergens tussen de rijen containers stond. Misschien was ze op een idee gekomen en wilde ze iets checken.

Aan het andere eind van de gang stuitte ze op een hekwerk met aan de andere kant een verlaten weg op het haventerrein. Paula bleef staan en draaide zich om. Er was niemand te zien. Maar ergens klonk het geluid van een auto.

In de verte, achter het opslagterrein, dook heel even een kleine rode personenwagen op tussen de containers. Paula zette instinctief een stapje achteruit in de schaduw van de dichtstbijzijnde container en wachtte tot de auto op de weg naast het hek tevoorschijn zou komen.

De chauffeur gaf onbezonnen gas, de zo te horen kleine motor brulde. De auto sjeesde zo snel aan Paula voorbij dat ze niet meer dan een glimp van de bestuurder kon opvangen.

Maar dat was voldoende. De bestuurder was Ritva Kaakko.

4

Elina Lehmusoja deed open. Toen ze Juhana bij de deur zag staan, viel ze bijna in zijn armen. Juhana sloeg zijn armen om zijn vrouw heen maar duwde haar tegelijkertijd voorzichtig terug de gang in, zodat Renko ook kon binnenkomen en de deur kon dichtdoen.

'Is er... iets?' vroeg ze met een verstikte stem zonder haar hoofd van Juhana's borstkas op te tillen.

'Nee, lieverd,' zei hij liefdevol. 'Maar de politie doet wat ze kan.'

Elina jammerde, en zo stond het echtpaar elkaar omhelzend midden in de schemerige hal, als een standbeeld.

Renko liep op een klingelend geluid in de keuken af en trof daar De Beer aan, die bezig was koffiekopjes af te wassen.

'Dat waardeer ik,' zei Renko. 'Maar er is ook het een en ander aan politiewerk te verrichten.'

De Beer droogde op zijn gemakje zijn handen af voordat hij Renko de gang in volgde, zonder een woord te zeggen. Hij legde zijn hand op de schouder van Elina, die nog steeds haar man omarmde, en mompelde iets kalmerends.

'Er kan een patrouille in de tuin achterblijven om de boel in de gaten te houden,' zei Renko.

'Niet nodig,' zei Juhana. 'We redden ons wel. De agenten zijn vast elders nodig.'

'Prima. Ik laat het meteen weten als er iets te melden valt.'

Eenmaal buiten controleerde Renko of de deur ook echt in het slot was gevallen. De Lehmusoja's hadden nu even geen nieuwsgierige blikken nodig. Hij wisselde een paar woorden met de patrouille terwijl De Beer zijn blauwe sportwagen achteruit de weg op reed.

'Wauw,' zei Renko nadat hij op de passagiersstoel had plaatsgenomen. 'Kan het dak naar beneden?'

De Beer drukte op een knopje op het dashboard en het dak boven de voorbank ging open. Renko zette een zonnebril op zijn neus en draaide het zijraampje naar beneden. Toen herinnerde hij zich dat hij aan het werk was.

'We rijden eerst naar de galerie. Weet je waar die is?'

De Beer gaf geen antwoord maar wees op de gps, waarin hij het adres had ingegeven. Renko begon hem op de hoogte te brengen van de laatste wendingen, te beginnen met het feit dat er in de loop van de dag tientallen Lehmus-containers waren afgeleverd op plaatsen waar ze helemaal niet besteld waren.

Paavali Kassinen had niet gereageerd op de telefoontjes van Renko. Mai Rinne was naar eigen zeggen niet op de hoogte van het feit dat de container voor de tentoonstelling die ochtend al naar de galerie was gebracht. Ze had gezegd dat ze zo snel mogelijk zou komen.

'Hopelijk is dat ding echt daar,' zei Renko. 'Bij de galerie, bedoel ik. Als uitgerekend die container is verdwenen, zijn we op zoek naar een lijk. Zonder die kunstzinnige context kan ik maar één gebruiksdoel bedenken, en dat is al een keer uitgetest. Kijk, daar heb je er eentje.'

Op het trottoir voor de ingang van een flat stond een blauwe container, maar al van veraf was te zien dat die geen dak had en volgepropt was met rommel. Desondanks waren twee geüniformeerde agenten een poging aan het doen de container aan een van de uiteinden open te maken.

'Een afvalbak,' snoof Renko. 'De gebruiksaanwijzing vermeldt waarschijnlijk niet dat je ook je eigen hersenen mag gebruiken.'

De Beer zei niets maar gaf nog eens flink gas.

'Ik bedoel het niet rot, die gasten doen gewoon wat ze is opgedragen,' zei Renko. 'Heb je met mevrouw Lehmusoja gesproken?'

'Hm.'

'Wat zei ze?'

'Ze wist al die tijd al dat er iets niet klopte.'

'In welk opzicht?'

'Bij de adoptie. Maar ze wilde er niet aan denken.'

'Omdat ze het kind wilde houden?'

'Precies.'

'Zo zijn vrouwen,' zei Renko.

'Pff,' zei De Beer, en hij gaf weer gas.

Bij nader inzien was Renko dezelfde mening toegedaan over zijn eigen opmerking, en hij zweeg.

Toen ze de weg in draaiden die langs de galerie kwam, zagen ze meteen dat de container naar de juiste locatie was gebracht. Renko blies opgelucht toen duidelijk werd, terwijl ze naderbij kwamen, dat er gegarandeerd niemand in zat opgesloten. De deur van de container stond open en Paavali Kassinen zat ervoor, in een lotushouding op het asfalt, met gesloten ogen. De kunstenaar opende die niet, ondanks het feit dat hij hoorde dat de auto stopte en er voetstappen zijn kant op kwamen. De Beer liet een geluidje ontsnappen dat door Renko werd geïnterpreteerd als ternauwernood verholen minachting.

'Hé, Kassinen,' zei Renko joviaal.

Kassinen reageerde niet en opende evenmin zijn ogen. De Beer keek alsof hij de man het liefst een trap zou geven.

'Is er iemand aanwezig daar?' vroeg Renko terwijl hij op de geopende deur van de galerie wees. De Beer liep die kant op, waarschijnlijk content om het feit dat hij niet langer naar de mediterende kunstenaar hoefde te kijken.

Kassinens container zag er precies zo uit als het exemplaar waarin Rauha Kalondo was verdronken. Het ventiel zat op dezelfde plek, onder in de hoek bij de linkerdeur. Renko liet Kassinen verdergaan met wat zo te zien een performance was en wierp een blik in de container. Die was leeg, op een pomp en een keurig opgerolde slang na – ook die waren identiek aan de spullen die in het water bij de villa waren aangetroffen.

Renko stapte naar binnen en liep naar het midden van de container totdat hij bijna ergens over struikelde.

Het ging om een matras. Hij zag er hetzelfde uit als die in de moordcontainer. Bij de deur van de container had hij hem nog niet gezien, omdat zijn ogen bezig waren aan de duisternis te wennen.

'Waarom ligt hier een matras?' vroeg hij met een stem die eindelijk iets van een reactie bij Paavali Kassinen teweegbracht. Niet dat de kunstenaar haast betrachtte; hij strekte alleen in alle rust zijn armen voordat hij zich in een kruiphouding liet rollen en overeind kwam.

'Goedendag, brigadier van de recherche Renko,' zei hij, en hij beschutte met een hand zijn ogen tegen de zon om in het schemerduister in de container te kunnen kijken. 'Ik heb daarom gevraagd. Om die matras, bedoel ik. Ik wil in de container overnachten.'

'Waarom?'

'Waarom,' herhaalde Kassinen alsof hij het tegen een simpele ziel had. 'Zoiets vraag je niet.'

'Aha. Nou goed, weet je in elk geval waar deze matras vandaan komt?'

'Nee. Ik neem aan dat-ie uit een magazijn van het Lehmus-concern is gehaald. Wat maakt dat ook uit, nu het zwarte schaap van de Lehmusoja-clan onvindbaar is?'

'Je weet dus dat Jerry vermist wordt?'

'Uiteraard. Ik heb daar vannacht over gedroomd.'

‘Echt waar?’ vroeg Renko geboeid.

‘Natuurlijk niet. Mai belde.’

Kassinen was zo te zien in zijn nopjes met die grap. Hij begon zijn rug te strekken door met zijn handen tegen de wand van de container te leunen.

‘Je neemt dus selectief je telefoon op. Ik heb je daarnet geprobeerd te bellen.’

‘Ach, was jij dat,’ zei Kassinen met zijn hoofd tussen zijn armen. ‘Ik neem meestal niet op als het nummer onbekend is. Het spijt me, ik zal het nummer nu opslaan.’

‘Waarom noemde je Jerry een zwart schaap?’

Kassinen strekte zich en haalde diep adem. Toen schudde hij zijn handen, en hij zette ze op zijn heupen, als een deelneemster aan een missverkiezing.

‘Dat was ironie, gericht op mijzelf als vertegenwoordiger van de witte dominante cultuur. Ik weet dat ironie eigenlijk geen goed idee is, dat mensen dat niet begrijpen. Politieagenten althans niet,’ zei Kassinen schertsend. ‘Ik heb het nu niet over jou natuurlijk.’

‘Wanneer heb je Jerry Lehmusoja voor het laatst gezien?’

‘Dat weet ik niet eens meer. Ik heb hem überhaupt maar een keer of wat gezien. Het kan zelfs zijn dat de laatste keer tijdens de presentatie van het Compassie-project was. In de winter, nog voor Hanski overleed. Ik heb nauwelijks van doen gehad met het gezin van de nieuwe directeur. Maar uiteraard vind ik het heel erg. Ik hoop dat de jongen gevonden wordt,’ zei Kassinen zo oprecht en empathisch als hij waarschijnlijk kon.

Renko keek naar de matras waar hij bovenop was gaan staan toen hij struikelde, en nam er een foto van met zijn telefoon. Het flitslicht liet een vlek achter op zijn netvliezen, die verdween toen hij achter Kassinen aan naar buiten stapte, het zonlicht weer in.

‘Wacht,’ zei hij tegen Kassinen, die koers zette naar de ingang van de galerie. 'Waarom staat de container nu al hier? Was die niet voor morgen besteld?'

'Klopt,' zei Kassinen; hij draaide zich om en gaapte. 'Maar gisteravond besefte ik ineens dat ik er vóór de openingsceremonie in wil overnachten. Of eigenlijk was dat Ritu's idee.'

'Ritu?'

'De containerkoningin natuurlijk. Ritva Kaakko.'

5

Ritva Kaakko woonde in Helsinki-Oost, en een politiepatrouille had haar auto waargenomen op de Itäväylä, de snelweg in oostelijke richting, kort nadat Paula een opsporingsverzoek had uitgevaardigd.

De rijstijl van de jonge agent kwam rechtstreeks uit een Amerikaanse actiefilm. Paula had er spijt van dat ze niet voor een van de andere patrouilles had gekozen die naar het terrein van het Lehmus-concern waren gekomen; de agenten van dat team hadden duidelijk meer ervaring. Anderzijds was daar nu meer ervaring vereist, nu de patrouille alleen was achtergebleven bij het terrein.

En misschien was er nu ook wel zoveel haast geboden dat de rijstijl van de jonge agent gerechtvaardigd was.

Kaakko nam de telefoon niet op. Haar plotselinge vertrek had Paula volledig verrast. Als Kaakko schuldig was of op een of andere manier betrokken bij de zaak, waarom had ze dan zelf melding gemaakt van het feit dat er een fout was opgetreden in het ordersysteem van de containers?

Tegelijkertijd leek het deel uit te maken van de plannen van de dader om de politie gigantisch veel resources in te laten schakelen bij het opsporen en onderzoeken van alle afgeleverde containers. In dat opzicht was het logisch om de fout in het systeem onder de aandacht te brengen. Maar had Kaakko misschien ineens beseft dat ze binnen afzienbare tijd zou worden opgepakt en was ze in paniek geraakt?

Voor Jerry was dat een gevaarlijk alternatief.

De wijk met eengezinswoningen begon na het stadsdeel met flats; er was een groenstrook tussen aangebracht, als een kloof tussen huurders en huiseigenaren. Toen de auto de snelweg verliet en een zijstraat in draaide, beval Paula de agent vaart te minderen en de sirene uit te zetten. Ze staken een kruispunt over waar op een van de hoeken een man aan het grasmaaien was, slechts gekleed in een zwembroek. Hij bleef staan en keek de politiewagen na.

'De volgende rechts is het. Niet afslaan, stop hier.'

Paula dacht even na voordat ze besloot uit te stappen.

'Ik ga even kijken hoe de situatie is,' zei ze tegen de agenten, die zich leken af te vragen waarom ze niet op het interventieteam wachtte, dat ze zelf had opgeroepen.

'Ik ga alleen even kijken,' herhaalde ze, en ze deed het portier zo zacht mogelijk dicht.

Als Jerry acuut in levensgevaar was, hadden ze geen tijd om op hulp te wachten. En als Jerry nu iets zou overkomen, zou dat het gevolg zijn van Paula's vergissing. Ze had onvoldoende aandacht voor Kaakko gehad toen Renko kwam vertellen dat Kassinens kunstcontainer was verdwenen.

Aan de andere kant wist Paula niet zeker of het zinvol was de ene fout met een andere te herstellen. Ze zette de gedachte van zich af terwijl ze het kruispunt naderde, aan het zicht onttrokken door de heg van het perceel op de hoek.

Aan het eind van het zijweggetje was de rode auto te zien. Daarachter stond een blauwe zeecontainer. Kaakko was nergens te zien.

Paula trok haar hoofd weer terug achter de heg en vormde met haar lippen een geluidloze vloek, voordat ze zich de agenten in de patrouillewagen herinnerde. De jongere agent keek naar haar met zijn handen op het stuur, de oudere leek in de portofoon te praten. Paula gebaarde dat ze in de auto moesten blijven zitten en stak toen snel het kruispunt over naar het volgende kruispunt, waar ze rechtsaf ging en op een holletje naar het eind van de weg liep.

De telefoon trilde in haar zak. Paula trok zich er niets van aan maar rende verder, kwam bij het laatste huis in de straat aan en liep eromheen langs de rand van een klein bos, tot het lage huis van rode baksteen van Ritva Kaakko zichtbaar werd. Paula bleef staan. Door de dunne heg heen kon ze zien dat de voordeur wijd openstond. De container blokkeerde de oprit, Kaakko's auto stond er bijna tegenaan geparkeerd.

Paula rende naar de container en zocht daarachter dekking aan de straatkant. De rode auto was leeg en de motor uit. Ze klopte voorzichtig met haar knokkels tegen de wand van de container en drukte haar oor ertegenaan. Er klonk geen geluid aan de andere kant. Ze klopte nogmaals, iets harder nu.

Toem toem toem.

Ze verwachtte geen reactie. Daardoor schrok ze zodanig dat ze met een grote sprong midden op de weg belandde.

TOEM.

TOEM.

TOEM.

6

'Het interventieteam gaat erheen,' zei De Beer nadat hij het telefoongesprek had afgerond. 'Ik kon Paula niet te pakken krijgen en heb het de leider gevraagd.'

'Het Berenteam,' fluisterde Renko ongelovig, en hij wierp een blik op Kassinen om te zien of die het had gehoord. De kunstenaar verkeerde echter wederom in zijn eigen wereld – of probeerde althans die indruk te wekken.

De Beer beende terug de galerie in. Renko keek even naar de boeddha-Kassinen, die zijn glimlach onderdrukte, en liep toen achter hem aan.

Binnen was behalve De Beer alleen Ella aanwezig, die schijnwerpers aan het plaatsen was rond een of ander cilinderachtig geval van metaal, een creatie van Kassinen.

'Is Mai Rinne hier?' vroeg De Beer.

'Ik geloof dat die op de binnenplaats is,' zei Ella.

De Beer knikte tegen Renko om aan te geven dat hij Rinne ging zoeken. Ella hurkte neer om de lampen opnieuw te richten. Er was iets in haar verschijning en haar bewegingen wat Renko's aandacht trok. Ze hadden iets wat hem bekend voorkwam.

En ineens besefte hij waarom.

In eerste instantie reageerde Ella vrolijk op zijn begroeting, maar ze werd als bij toverslag weer ernstig en keek alsof ze elk moment in huilen kon uitbarsten.

‘Ik kan me nergens op concentreren. Mijn gedachten zijn de hele tijd bij Jerry,’ snikte ze terwijl ze steun zocht bij de vloer.

‘Het komt vast allemaal goed. Jerry wordt wel gevonden,’ stelde Renko haar gerust.

‘Ja,’ zei Ella zuchtend. Ze draaide zich weer om naar het metalen geval en verplaatste de schijnwerper op de grond tien centimeter naar rechts.

‘Jij was het, op de bewakingscamerabeelden van de galerie,’ zei Renko zo vriendelijk mogelijk tegen haar achterhoofd.

Ella’s bewegingen stokten.

‘Ik heb je herkend,’ ging Renko verder, en hij wachtte op een reactie.

Ten slotte kwam ze langzaam overeind. Haar schouders begonnen geforceerd te schudden.

‘Waarom heb je het gedaan?’ vroeg Renko.

Ella draaide zich om met haar armen over elkaar geslagen. Haar ogen waren droog, en ze leek te beseffen dat ze met haar toneelspel geen medeleven zou opwekken bij Renko, ondanks diens vriendelijkheid.

‘Het was een domme gril,’ zei ze. ‘Ik dacht dat het publiciteit zou opleveren voor ons. En aangezien hier toch al de hele tijd politie rondloopt.’

Ze sprak nu heel gewoon, alsof het kapotmaken en bekladden van ramen een normale marketingstrategie was.

‘Die andere dingen, eerder, was jij dat ook?’

‘Nee. We zijn van begin af aan echt geterroriseerd. Daarom dacht ik: waarom zouden we dat niet in ons voordeel laten werken? Dan zouden we profiteren van de gratis publiciteit die die klootzakken bieden,’ zei ze opstandig. Toen veranderde haar toon, en ze klonk al wat angstiger. ‘Gaat dit gevolgen hebben voor mij?’

'Dat hangt denk ik van je vader af. Of van Kassinen. Die ziet dit vast als een performance die hij in zekere zin zelf heeft geregisseerd,' zei Renko schamper.

Ella barstte in huilen uit. Het viel Renko op dat er ditmaal echt tranen in haar ogen kwamen. Een onbewuste uitdrukking van opluchting.

Mai Rinne stoomde de ruimte in en nam Ella in haar armen nadat ze haar gezicht had gezien, dat wat haar betrof waarschijnlijk zo huilerig oogde vanwege Jerry. Ella keek smekend naar Renko, die met een denkbeeldige ritssluiting zijn mond dichtdeed. Ella op d'r kop geven had nu even geen prioriteit.

'Wat een vreselijk nieuws,' zei Mai nadat ze Ella had losgelaten en nog even hard in de schouder had geknepen. 'Toch proberen we hier gewoon te werken, omdat we niet veel anders kunnen doen.'

'Uiteraard,' zei Renko. 'Alle politieagenten in Helsinki zijn nu op zoek naar Jerry.'

Ella hurkte weer naast de schijnwerper neer. Mai verzocht Renko gebarend of hij mee kon komen naar buiten.

'Ik wilde dit niet vragen waar Ella bij was, maar hoe is de stand van zaken nu echt?' vroeg ze toen ze aan de andere kant van de etalageruit stonden.

'Nou ja, precies zoals ik al zei. Alle politieagenten in Helsinki zijn op zoek naar Jerry.'

'Behalve jij,' zei Mai scherp.

'Ik ook. Wanneer heb jij Jerry voor het laatst gezien?'

'Ik? Ik weet het niet helemaal zeker, misschien een paar weken geleden, toen ik bij Elina op bezoek was.'

'Hoe goed ken jij Ritva Kaakko?'

'Ritu? We kennen elkaar al heel lang. Hoezo?'

'Ze is wel erg enthousiast over die container.'

Mai liet een kort lachje horen en keek naar Kassinen, die languit op het asfalt was gaan liggen, en wel zodanig dat zijn hoofd in de container stak.

'Daar heb je er nog eentje. Kom nou toch weg daar, Paavali.'

Vreemd genoeg kwam Kassinen als op bevel overeind.

'Deze is perfect,' zei hij. 'Beter dan die eerste. Hoewel ik die nu natuurlijk liever zou hebben, omdat hij deel uitmaakt van de gebeurtenissen.'

'Gebruikt is om een moord te plegen, bedoel je?' zei Renko.

Kassinen kreunde instemmend maar verbolgen, alsof Renko uit pure domheid een bijzaak onder de aandacht had gebracht. Hij zette een paar stappen bij de container vandaan en observeerde die toen met een schuin hoofd.

'Ik kan gewoon niet de gedachte loslaten aan wat voor installatie dat is geweest, in zekere zin, bedoel ik,' zei hij. 'Ik begrijp best dat dit voor jullie verschrikkelijk klinkt, maar de gedachte dat een mens, een kwetsbaar levend organisme, in de maritieme omhelzing van de container heeft gedreven als een... als een...'

'Als een foetus,' opperde Renko.

'Godverdomme!' riep Kassinen; hij draaide zich om en keek Renko met dolzinnige ogen aan. 'Dat is het gewoon!'

'Doe 's rustig,' zei Mai.

'Als een foetus,' herhaalde Kassinen langzaam. 'En dan is dit...' vervolgde hij, en hij beende de duistere container in en keerde terug met een slanghaspel. 'Dit is natuurlijk de navelstreng!'

'Gelukkig ben je geen journalist,' mompelde Mai tegen Renko.

'Tamelijk lange navelstreng, honderd meter,' zei die.

'Zo lang is deze nou ook weer niet,' zei Kassinen terwijl hij de lengte van de slang schatte met zijn blik.

'Die bij de villa was negentig meter,' zei Renko.

'Echt zo lang?' vroeg Kassinen verbaasd.

'Renko!'

Dat was De Beer, wiens stem ergens uit het achterste gedeelte van de galerie vandaan kwam. Renko liep naar binnen met Mai in zijn kielzog. Ella volgde hen.

De Beer stond in de laatste zaal voor de fotocollage. Hij stond op hen te wachten met zijn vinger omhoog, als een gids.

De vinger wees op de foto van de jonge Rauha Kalondo met een baby in haar armen. Op de onderste rand van de foto waren met zwarte viltstift twee woorden geschreven: GO HOME.

Renko keek naar Ella. Die schudde geschokt haar hoofd.

'Dat daar heb ik niet gedaan. Echt niet.'

7

Paula liep voorzichtig naar de voorkant van de container. De deur stond op een kier. Het bonken was gestopt, nu klonk er zacht, gepijnigd gevloek binnen.

De stem was die van Ritva Kaakko.

'Politie!' riep Paula. 'Kom naar buiten!'

Ze zocht beschutting om de hoek van de container en wachtte tot de slepende voetstappen de deur hadden bereikt. Toen loerde het warrige hoofd van Kaakko door de kier in de deur.

'Ik geef me over,' zei Kaakko met een treurige stem.

'Ben je alleen? Is Jerry daar?'

'Was het maar waar,' zei Kaakko, en ze verdween weer in de container.

Paula rukte de deur open. Kaakko was op de grond gaan zitten. Haar voorheen luchtige kapsel, dat met lak in model werd gehouden, was ingezakt en vormeloos. Op haar voorhoofd zat een snee waar een vers straaltje bloed uit kwam.

Paula vloekte en liep weer naar buiten. Nadat ze het interventieteam had geannuleerd belde ze De Beer, die geprobeerd had haar te bereiken.

'Wat stond er op die foto?' gromde ze nadat ze het verhaal van De Beer had aangehoord. 'Ik kom er nog op terug. De situatie is hier ook voorbij.'

Ze beëindigde het gesprek en beval Kaakko de container uit te komen. Ze voerde haar mee het huis in, waar in de gang duidelijk werd wat Paula al had vermoed: Ritva Kaakko was alcoholist. Grote blauwe IKEA-tassen waren gevuld met lege drankflessen.

'Ze sturen me de laan uit,' jammerde Kaakko terwijl Paula haar op de lichtgekleurde leren bank in de woonkamer neerplantte. 'Juhana heeft mij nooit gemogen, in tegenstelling tot Hanski.'

'Heb je ergens EHBO-spullen?' vroeg Paula.

Kaakko zei dat ze in het kastje in de badkamer moest kijken. Daar vond Paula al snel wat ze zocht, maar ze bleef even staan om de etiketten van Kaakko's voorgeschreven medicatie te lezen: bij angsten, bij slapeloosheid, bij wisselende stemmingen.

In huis was het ondanks alles netjes. Kaakko was zo'n alcoholist die haar probleem lange tijd aan het zicht van anderen wist te onttrekken.

In de woonkamer maakte Paula Kaakko's voorhoofd schoon met desinfectiemiddel. De wond was klein, een pleister zou hebben volstaan, maar Paula plakte er een stuk verbandgaas op. Kaakko mompelde een bedankje.

'Oké. Vertel me nu eens waarom je er zomaar ineens vandoor ging, zonder iets te zeggen,' zei Paula terwijl ze een krukje onder de glazen salontafel vandaan trok en ging zitten.

Kaakko slaakte een lange, naar alcohol walmende zucht en begon haar verhaal bij de voorgaande avond, toen Paavali Kassinen haar had uitgenodigd in zijn atelier.

'Paavali had whisky, wat ik onder geen beding zou moeten drinken. Maar toen de kunstenaar me een glas aanbood... Bij mij ging het licht uit, ik wist vanochtend niet hoe ik was thuisgekomen. Daarom ging ik laat aan het werk.'

In eerste instantie had ze er niets bij gedacht toen de man in de controlekamer zich verbaasde over de grote hoeveelheid bestelde containers. Maar toen was haar geheugen stukje bij beetje teruggekomen. En toen Renko vervolgens had gevraagd waar de aangepaste container was die voor Kassinen bestemd was, had Kaakko zich tot haar grote schrik herinnerd dat ze het levertijdstip zelf de vorige avond had veranderd, terwijl ze stomdronken was.

'En toen zag ik dat er ook een container voor mijn eigen adres was besteld. Ik schrok, dacht dat Jerry hier was, in mijn tuin, en dat dat op een of andere manier mijn schuld was. Daarom ben ik hierheen gereden.'

Thuis aangekomen was ze de container binnengegaan en had ze van pure woede met haar voorhoofd tegen de wand van de container gebonkt. De woede was op haarzelf gericht, benadrukte ze.

'Jij hebt dus de levertijd van Kassinens container gewijzigd. Weet je dat zeker?'

'Vrij zeker.'

'En al die andere containers dan, heb jij die ook besteld?'

'Waarom zou ik dat in vredesnaam doen?' zei Kaakko met een somber gezicht.

Paula gaf geen antwoord maar dacht dat als Kaakko met een dronken kop in het systeem van de onderneming had ingelogd, in de praktijk iedereen die toevallig aanwezig was op het terrein dat zou kunnen doen.

'Waren jullie de hele avond met zijn tweeën in het atelier?'

'Voor zover ik me kan herinneren.'

'Dat zullen we controleren.'

Paula's telefoon ging. Het was Hartikainen. Paula verontschuldigde zich en liep naar buiten om op te nemen.

'Hij is tot leven gekomen,' zei Hartikainen zodra Paula de telefoon tegen haar oor had gezet.

'Wie?'

'Jerry's telefoon. Gelokaliseerd in Vuosaari.'

‘Vuosaari? Momentje,’ zei Paula terwijl ze weer naar binnen liep.

‘Kun jij vanaf thuis in het computersysteem van het concern inloggen?’ vroeg ze aan Kaakko.

‘Uiteraard.’

‘Kun je checken of er containers in Vuosaari zijn afgeleverd?’

‘In de haven?’

‘Bijvoorbeeld. Of daar in de buurt.’

Paula volgde Kaakko naar haar werkkamer. Het opstarten van de computer duurde irritant lang.

‘Daar gaan regelmatig containers van ons naartoe, gewoon naar behoren, de wijde wereld in,’ verklaarde Kaakko terwijl ze inlogde. Ze leek meteen op te knappen nu ze het gevoel had hulp te kunnen bieden.

‘Het gaat om het afgelopen etmaal. Vooral om de containers die vanochtend zijn verstuurd,’ zei Paula.

Kaakko bekeek de bestanden, schudde haar hoofd en jammerde ontkennend. ‘Er is vandaag helemaal niets vanuit het depot die kant op gestuurd. Maar er vertrekken vandaag twee containers van ons uit de haven. Via Travemünde de wijde wereld in, op dezelfde vrachtwagen. De ene gaat verder naar Frankrijk en de andere via Hamburg naar, momentje... Namibië.’

Paula boog zich voorover en keek over Kaakko’s schouder naar het beeldscherm.

Wat stond er volgens De Beer ook alweer op de foto van Rauha en Jerry geschreven?

GO HOME.

‘Heb je dat gehoord?’ brulde ze bijna tegen Hartikainen, die via de luidspreker meeluisterde.

‘Wanneer vertrekt die boot?’ vroeg zijn piepende stem.

Kaakko typte op de computer, zette haar bril, die in de schermutselingen was verbogen, beter op haar neus en duwde haar gezicht dichter naar het scherm.

'Als het volgens schema is gegaan, is het schip een kwartier geleden van de kade vertrokken.'

8

De droom kwam niet in beelden maar als een diepe duisternis. Toen Jerry zijn ogen opende, was de duisternis nog steeds aanwezig.

Hij was van de matras gerold maar niet naar beneden gevallen. De deken om hem heen was een dun dekbed dat niet van hem was. Dat voelde hij, hoewel hij niets kon zien.

De duisternis verdween ook niet als hij met zijn ogen knipperde. In eerste instantie voelde het prettig in die warrige toestand tussen slapen en waken te verkeren. Langzaam maar zeker besefte hij echter hoe vreemd het donker was, zo midden in de zomer, wanneer je ook 's nachts niet aan het licht kon ontsnappen, zelfs niet met verduisteringsgordijnen.

De duisternis leek grenzeloos, alsof hij in een sterreloos universum zweefde. Zijn hoofd voelde wazig.

'Hé!' riep hij, en de echo antwoordde van dichtbij en bleef om hem heen stuiteren.

Hij riep opnieuw. Het geluidsbeeld tekende een kubus in zijn bewustzijn, met hemzelf erbinnenin.

Hij herinnerde zich dat hij op een leren bank had gezeten en een glas met whisky en ijsklontjes in zijn handen gedrukt had gekregen. Drie kubussen in een geelbruine vloeistof.

'Dat is bourbon. Dat kalmeert. Niet tegen je vader en moeder zeggen dat ik je dat gegeven heb,' had een zachte stem gezegd.

Hij had voorzichtig een slokje genomen. De smaak was niet zo scherp als hij had verwacht. Eerder warm. Hij had geprobeerd eruit te zien zoals een man die aan een whisky nipt er volgens hem uit moest zien. Hij had zijn benen over elkaar geslagen, was achterovergeleund en had zijn linkerarm op de rugleuning van de bank gelegd. Na de whisky had hij zich opgelucht gevoeld.

Hij had nog meer whisky gekregen. Die werd bij dezelfde, al enigszins gesmolten ijsklontjes geschonken.

De zachte stem had hem vervolgens dingen verteld waarvan hij niet kon geloven dat ze waar waren.

Dingen die zo schokkend waren dat zelfs de whisky ze niet kon afzwakken.

Toen begon de herinnering te vervormen en zich in een spiraal te draaien, om uiteindelijk in een nevel in de duisternis te verdwijnen.

Jerry stond op van de matras en voelde dat hij wankelde. Hij dacht dat dat kwam door het warrige gevoel, de nevel, die in zijn hoofd zat. Maar toen die langzaam wegtrok, wankelde hij nog steeds.

Dat kwam doordat de hele kamer schommelde.

9

De eenzame zeemeeuw die van de afvalstortplaats in Ämmässuo terugkeerde steeg en daalde zoals de tegengestelde luchtstromen hem droegen. Zijn gigantische vleugels trilden een beetje. Hij had haast, wist dat er een stormfront naderde. De donkere wolken groepeerden zich al aan de horizon in het zuidoosten.

Onder de meeuw strekte zich het schiereiland Porkkalanniemi uit, dat in het zomerse licht van de ondergaande zon een vreemde, diepgroene kleur had. Verderop glansde de zee, die rond de landtong nog kalm oogde, maar in het oosten grote golven met schuimkoppen opwierp, die vergezeld werden van de schaduwen van sombere, voortrollende wolken.

De luchtstroom voerde de meeuw net mee naar omlaag toen de vogel een helikopter zag, die laagvliegend de kustlijn volgde. De meeuw week schuin omhoog af van de route die de helikopter volgde, want hij voelde aan dat de propeller de luchtstromen door elkaar zou gooien.

In de heli zaten vier mensen, van wie er drie een donkere pilotenbril droegen. De vierde, een ambulanceverpleegkundige, beschermde zijn ogen tegen het licht met behulp van een witte pet.

Paula keek naar de rotsen langs de kust en naar de lage, kromgegroeide dennen. De laatste keer dat ze op de landtong had gelopen, omgeven door die dennen, was de hemel grijs geweest, en de regen was horizontaal neergekomen, in windstoten vanaf zee.

Nu zag ze de meeuw, en ze zette haar bril lager op haar neusrug. Ze kneep haar ogen tot spleetjes en bewonderde de grote vogel, die zwevend afstak tegen de blauwe lucht. Hij hing net boven de rotsachtige punt van de landtong.

De heli wijzigde heel licht koers en verplaatste zich richting de open zee. Paula's blik volgde nog steeds de meeuw; hij zwierde in de richting van de vuurtoren van Rönnskär, die zuiver wit glanzend in het zonlicht baadde. Toen daalde de vogel tot vlak boven de golven en verdween hij achter een rotsachtig eilandje.

Hartikainen gaf Paula een por tegen haar schouder wees naar de zee ten westen van de landtong. Paula keek in de richting die zijn vinger aanwees en zag een zeilboot die zich op de golven naar de haven haastte. Ze schoof de gehoorbescherming op haar rechteroor aan de kant en hoorde Hartikainen boven het gebulder van de helikopter uit roepen: '...schoonvader... zelfde soort... zeilboot...'

Paula knikte naar hem en vroeg zich af of Hartikainen zijn schoonvader en diens zeilboot miste, of dat de gemeenschappelijke zeiltochtjes alleen maar een kwelling waren geweest.

Links aan de horizon doemde de kust van Estland op. De piloot meldde dat hij contact had gemaakt met het schip. Voor zover Paula te weten was gekomen was alles volkomen normaal daar. Nadat de politie contact had opgenomen had men extra controles uitgevoerd op de boot, en er waren geen afwijkende dingen als overtollige personen aangetroffen.

Over tien minuten zouden ze ter plaatse zijn. Het schip was al te zien op de zee.

Paula nam een slok water uit haar fles. Ze vroeg zich af hoelang die minuten duurden voor Jerry, die dorstig in de container gehurkt zat. Hoelang kon een tiener zonder water overleven in deze hitte?

Jerry's telefoon stond nog steeds aan, en de voorgaande lokalisatie kwam overeen met de bewegingen van de boot. Ze hadden geprobeerd het nummer te bellen, en hadden Jerry een berichtje gestuurd via WhatsApp. Het vinkje dat aangaf dat de ontvanger het bericht had gezien was niet verschenen, en dat baarde Paula zorgen. Als Jerry erin geslaagd was zijn telefoon aan te zetten, waarom had hij die dan niet onmiddellijk gebruikt?

Paula rekende in gedachten uit hoeveel uur Jerry al in de container moest zitten. Als hij wakker was en bij bewustzijn, werd hij ongetwijfeld door een oneindige paniek overvallen. Hij wist immers wat er met Rauha Kalondo in een container was gebeurd.

Hartikainen oogde bezorgd en trommelde met zijn vingertoppen op zijn dijbeen. De boot was bijna tot stilstand gekomen. De heli minderde vaart en bleef even boven het vaartuig zweven. Op het achterdek stonden passagiers verwonderd naar de nieuwkomers te kijken. Op het bovendek zag Paula een cirkel met een grote letter H erin. Ze begonnen langzaam in de richting daarvan te dalen.

10

Helsinki, dat daarnet nog in het licht van de avondzon had gebaad, werd in één keer somber toen de zwarte wolkenmassa zich langzaam maar vastberaden voorwaarts bewoog. Het was alsof iemand een opgerold vloerkleed boven de stad uitrolde.

Een dikke vlieg was te pletter gevlogen tegen de voorruit. Er was alleen nog een gele vlek van over. Renko keek ernaar terwijl hij in de auto op Paavali Kassinen zat te wachten. Hij zette de ruitenwisser aan. Die knerste akelig terwijl hij over de droge ruit gleed en de vlek uitsmeerde in de vorm van een regenboog. Toen spatten de eerste, grote regendruppels op het glas.

Kassinen had niet meer opgenomen toen Renko had geprobeerd hem te bellen. De kunstenaar had een berichtje gestuurd en hem verzocht naar de galerie te komen, waar hij bezig was de laatste hand te leggen aan zijn tentoonstelling.

In het bericht had Kassinen beweerd dat hem iets te binnen was geschoten. Het was typisch iets voor de theatrale Kassinen om er niet bij te zeggen wat dan wel.

Maar in de galerie was het donker. De container stond zwijgend voor het pand.

Renko vervloekte in gedachten het feit dat hij het weerbericht niet had gecheckt. Hij stapte uit en rende naar de deur van de galerie. Die zat op slot. Hij probeerde nog een keer Kassinens nummer te bellen, maar de kunstenaar had zijn telefoon uitgezet. Misschien zat hij in de container.

Renko keerde terug naar de auto en pakte een zaklamp uit het handschoenenvakje. Hij was net weer bij de container aangekomen toen het sporadische gedruppel overging in een stortbui. Het water gutste uit de wolken alsof die een bodem hadden die het had begeven, en binnen een tel was Renko doornat. Hij pakte de deurhendel, tilde die op en draaide hem. Met de kletterende regen op de achtergrond hoorde hij de scharnieren gedempt knarsen. Toen de deur opengíng, leek de container in één grote klankkast te zijn veranderd, en de regendruppels in duizenden trommelende vingers.

Renko ging de trommel binnen om beschutting tegen de regen te vinden. Hij belichtte de duisternis met zijn zaklamp. Rond het deurkozijn waren rubberen afdichtingen aangebracht. De matras lag nog steeds op de grond.

Renko zocht met zijn zaklamp de duisternis in de container af. Die werd alleen gevuld door het doffe, gelijkmatige gekletter van de regen.

De lichtbundel was net over de achterwand gegleden toen Renko bij de hoeknaad bleef staan. Iets was er anders dan toen hij eerder die dag in de container was geweest. Hij liet de lichtkegel langzaam terugglijden over de achterwand. Daar!

Er was iets op de wand getekend. Woorden, afbeeldingen.

Hij sloop dichterbij en hurkte neer bij de met zwarte viltstift gemaakte tekening. Drie kleine apenkoppen, als door een kind getekend. Renko kon zich een oud geloof herinneren waarin één aap met zijn handen zijn ogen bedekt, eentje zijn oren en een derde zijn mond.

Deze drie apen hadden allemaal hun handen op hun ogen, en eronder waren twee woorden geschreven:

LEKKER PUH.

Renko kwam langzaam omhoog uit zijn gehurkte houding en hield zijn adem in. Hij hoorde nog steeds alleen het kletteren van de regen op het dak van de container.

Het was als een speldenprik. Of een inenting, vroeger als kind. De zaklamp viel uit zijn hand. Zijn lichaam werd gevoelloos en gehoorzaamde hem niet meer. Hij zakte ineen. Ergens uit de duisternis verscheen een hand die de lamp oppakte en hem uitdeed.

De duisternis tilde zijn slappe ledematen op. Hij voelde hoe zijn rechterhand achter zijn rug verdween, hoe vervolgens de linkerhand omhoogging en samenkwam met de rechter. De duisternis droogde het kwijl in zijn mondhoek. Toen werd er een lap stof in zijn mond gepropt en tape over zijn ogen geplakt.

Hij was nu de vierde aap. Ook hij zag niets meer.

Was ook hij zo blind geweest, tot op dit moment?

Heel even dacht Renko dat hij ging stikken, maar toen zoog zijn lichaam zuurstof naar binnen via zijn neus. Hij zag hoe de leegte in de container trilde voordat ook die in de bewusteloosheid verdween.

Het laatste wat hij boven het geluid van de regen uit hoorde was een deur die knarsend dichtging.

11

Kapitein Heinkell zette zijn pet weer op zijn hoofd. Hij had die afgezet om te voorkomen dat de windvlagen van de helikopter hem in zee zouden doen belanden. Heinkell hield hem instinctief nog steeds vast terwijl hij zijn hand uitstak voor de begroeting.

De matroos die de kapitein begeleidde opende de deur. Het scheelde niet veel of Hartikainen rolde de metalen trap af die meteen na de drempel aan zijn afdaling begon. Hij vloekte luidruchtig.

Onderaan de trap liepen ze verder door een smalle gang, met daarin de personeelslift. Er stonden twee matrozen voor, met tussen hen in een robuuste man in een wit T-shirt. Ook zonder vooraf verstrekte informatie zou je meteen hebben gezien dat hij vrachtwagenchauffeur was.

Paula wapperde snel even met haar politiekaart. De man keek de andere kant op en zei iets in het Pools. Je hoefde de taal niet te spreken om te begrijpen dat hij ontkende ook maar ergens iets van af te weten. De kapitein gaf de matrozen een bevel, waarna ze ervandoor gingen. De anderen wurmden zich de lift in, die stommelend omlaagging.

De blauwe containers op de vrachtwagen met oplegger sprongen meteen in het oog toen ze het autodek op stapten. Hartikainen bestudeerde een kopie van de vrachtbrief.

'Namibië,' zei hij met een stijgende intonatie tegen de chauffeur. Die schudde zijn hoofd en haalde een paar keer zijn schouders op.

‘Hamburg. Hamburg *harbour*,’ antwoordde hij uiteindelijk, en hij wapperde met zijn hand om aan te geven dat hij niet wist waar de container daarna naartoe zou gaan.

‘Dit is ’m. Die andere is onderweg naar Frankrijk,’ zei Hartikainen tegen Paula.

Hij zocht nog even naar bevestiging bij de chauffeur.

‘France?’

De chauffeur knikte.

‘Lyon,’ lichtte hij toe.

Hartikainen gebaarde dat hij de container moest openmaken. De chauffeur weifelde even maar deed toen wat hem was opgedragen.

‘Goddomme nee,’ kreunde Hartikainen van teleurstelling toen de deur open was.

Er stonden gele metalen kooien in die gevuld waren met afgedankte elektronische apparatuur. Mobieltjes, laptops, toetsenborden, beeldschermen en flatscreentelevisies. Hartikainen wurmde zich tussen de kooien door de container in.

‘Verder is er niets.’

‘Recyclingspullen,’ zei Paula.

‘Precies, op weg naar de afvalbergen in Ghana of zo. Hoeveel van die dingen zouden het na een week nog doen?’ snoof Hartikainen.

‘De flatscreen-tv’s misschien, mensen gooien die ook weg als ze nog goed zijn, omdat ze een groter beeldscherm willen.’

‘Bevatten die telefoons niet een of ander zeldzaam metaal? Waarom worden die niet ingezameld?’ vroeg Paula zich af.

‘Te duur. Makkelijker om ze onder het mom van ontwikkelingshulp in de landen rond de Golf van Guinee te dumpen. Snotapen snuffelen rond tussen de spullen hoewel het feitelijk gewoon probleemafval is.’

'Laten we die andere container bekijken,' zei Paula, eerst in het Fins en toen in het Engels.

Hartikainen greep de chauffeur bij zijn korte mouw en nam hem mee tussen de containers. Hij sprong op de dissel van de oplegger en ramde met zijn vuist op de linkerdeur terwijl de chauffeur de rechterdeur openmaakte. Misschien koesterde hij de hoop dat Jerry zou horen dat er hulp op komst was. Terwijl Hartikainen op de deur sloeg besefte Paula iets wat haar niet beviel: de slagen weergalmden niet, wat ze wel hadden moeten doen als de container leeg was geweest – zoals in de geluidsopname die naar Elina Lehmusoja was gestuurd.

Eindelijk had de chauffeur de deur open gekregen, en Paula zag een muur van kartonnen dozen. Hartikainen zocht steun bij een ervan en probeerde vanaf de dissel de container in te springen. Maar de doos was lichter dan hij had gedacht; hij verloor zijn evenwicht en viel van de dissel, gevolgd door de doos.

Hartikainen kwam op zijn achterwerk terecht en de doos landde naast hem. Door de klap ging hij open, en er viel een mensenhand naar buiten.

'Godverdomme!' riep Hartikainen uit.

Hij scheurde de doos helemaal open. Er vielen nog meer handen en armen uit. Het gedreun weergalmde over het autodek.

'Etalagepoppen,' stelde Paula vast.

Ze sprong op de dissel en vervolgens in de container. Erg ver kwam ze niet. De container stond vol met soortgelijke dozen.

'Het kan niet anders of hij is op deze boot. Dit moet de verkeerde vrachtwagen zijn,' gromde Hartikainen.

Paula pakte haar telefoon en zocht tussen de uitgaande gesprekken naar het juiste nummer. Jerry's telefoon rinkelde nog steeds.

Paula stak haar hoofd nog wat verder de container in en luisterde. Hartikainen beende terug naar de container met het elektronische afval. Het duurde niet lang of Paula hoorde een brul die maar op één manier geïnterpreteerd kon worden.

Jerry Lehmusoja bevond zich niet op deze boot, maar zijn telefoon wel.

Ze waren met opzet hierheen gelokt.

De hele weg terug naar het dek mompelde Hartikainen onophoudelijk, waarbij het hele arsenaal aan Finse vloekwoorden de revue passeerde.

Op het bovendek selecteerde Paula het nummer van De Beer. De helikopterpiloot had meegedeeld dat ze niet konden terugvliegen naar Helsinki zonder op het stormfront te stuiten. Raasepori konden ze nog wel bereiken, vandaar moesten ze verder met de auto.

De Beers telefoon ging een paar keer over voordat hij opnam. Paula keek naar de horizon, waar de zon in de golven leek te glijden. Toen De Beer opnam draaide Paula zich om, en aan de tegenoverliggende horizon zag ze donkere wolken die aan de onderkant door het licht van de ondergaande zon een somber-feestelijke rode kleur kregen.

Nadat ze De Beer op de hoogte had gebracht van de situatie probeerde Paula Renko te bereiken.

Die nam niet op.

De baby, dacht ze. In gedachten zag ze Renko die bezig was het kleine, mollige, huilende jongetje te kalmeren. Was er in elk geval iemand die momenteel iets nuttigs deed.

Paula voelde een onweerstaanbare behoefte om te huilen. Ze had in geen jaren gehuild. De tranen kwamen gewoon niet, zelfs als ze dat wel wilde. Een schuldige mocht niet huilen, ze had geen recht op de opluchting die de tranen boden.

Ze zouden Jerry Lehmusoja vandaag niet kunnen opsporen, en dat kon betekenen dat ze hem niet op tijd zouden vinden. Paula had het gevoel dat ze gefaald had. Ze dacht aan Elina, die volgens

De Beer de hele dag in bed had gelegen, en aan Juhana, die zich wellicht ook op dit moment afvroeg of Jerry niet toch zijn eigen zoon was.

Paula mocht niet opgeven. Ze keek naar de klok op haar telefoon, die aangaf dat het middernacht was. Ze zou naar huis gaan, maar alleen om de ergste vermoeidheid van zich af te slapen.

Hartikainen stapte de helikopter in, somber als het weer dat aan de horizon wachtte. Ze meden elkaars blik toen de heli opsteeg en koers zette naar de kust.

Paula probeerde haar gedachten te ordenen. Ze had vast iets over het hoofd gezien.

Rauha Kalondo, die een verhouding had gehad met Juhana Lehmusoja.

Jerry Lehmusoja, van wie ze niet zeker wisten wie de vader was.

Hannes Lehmusoja, die zonder daartoe gerechtigd te zijn het landgoed aan Rauha had vermaakt.

Lauri Aro, die een berichtje had ontvangen van Rauha.

De container die een kunstwerk moest worden, maar in plaats daarvan in een dodelijke val was veranderd.

Het gedreun van de helikopter had een verdovende werking, en Paula begon in te dutten. Ze liet haar gedachten de vrije loop; ze verdwenen om beurten en gleden dan vanuit een andere richting, ergens anders vandaan, haar bewustzijn weer binnen.

Ergens op de grens tussen het bewuste en het onbewuste loerde ook de gedachte die ze die ochtend was kwijtgeraakt en die ze niet meer te pakken had kunnen krijgen. Die ontvlamde nu helderder dan alle andere gedachten.

Het licht was eerst nog gedempt, maar hoe helderder het werd, des te beter vielen ook alle andere gedachten in de juiste volgorde op hun plaats.

Paula opende haar ogen. Ze was ineens totaal niet meer moe. Ze haalde haar telefoon uit haar zak, schreef een kort berichtje en zond dat aan Lauri Aro. Ze moesten hem ertoe brengen te vertellen wat er in het sms'je van Rauha Kalondo onderaan de foto te lezen was geweest.

12

De westenwind blaast bijna de breedgerande witte hoed van Hannes' hoofd. Hij grijpt hem vast, zijn hand laat een nieuwe deuk achter in het model. Ik zeg er niets van.

Er hangt een dun wolkendek in de lucht, maar wanneer ik naar de zee kijk die zich voor de haven van Walvis Bay uitstrekt, moet ik een hand tegen mijn voorhoofd zetten om mijn ogen te beschutten, hoewel ik een zonnebril opheb. De zon is hier overdag altijd aanwezig, ook als je hem niet ziet.

In de verte, boven de open zee, zweeft een grote vogel door de gaasachtige sluierwolken. Is het een albatros? Onwaarschijnlijk. Maar dat is hoe ik hem in mijn geheugen heb gegrift wanneer ik later terugdenk aan dit moment. Je moet je belangrijke dingen kunnen voorstellen, zodat je er herinneringen aan overhoudt. Zo worden ze levendiger. En ik heb me heel wat voorgesteld de afgelopen tijd.

Ook nu stel ik me voor dat Juhana zo meteen liefdevol zijn arm om mijn schouders slaat. Dat dit het moment is dat aan de aanraking voorafgaat.

Maar Juhana's handen blijven op zijn eigen heupen rusten. Hij kijkt naar de grote, blauw-gele hijskranen die containers van een schip laden, blauwe en rode.

Die is van ons, zegt hij uiteindelijk wanneer de kraan na drie rode containers een blauwe optilt; op de zijkant staat in grote witte letters een woord dat ik niet goed kan zien.

Hannes stuurt Juhana naar het havenkantoor. Ik wil met hem meegaan, maar Hannes grijpt me bij de arm. Beveelt me met hem mee te komen. Ik kijk naar Juhana's rug, die zich steeds verder verwijdert, en er lopen koude rillingen door me heen.

Ik voel de blik van de hyena in mijn nek, zijn naar kadaver stinkende adem. Ik ben alleen met hem achtergebleven, zonder bescherming.

Ik heb geen andere keus dan hem te volgen. Ik zou achter Juhana aan willen rennen, maar we lopen in de verkeerde richting. Ik zie Hannes' gezicht niet terwijl hij tegen me praat. Hij praat fluisterend, of sissend, liever gezegd.

Ik moet het weggeven.

Dat is het offer dat de grote hyena van me eist als ik wil vasthouden aan datgene waarnaar ik streef.

Aan mijn geluk, aan mijn liefde.

Je moet je plaats kennen in de hiërarchie van de kudde. Je onderwerpen aan het feit dat de alfahyena als eerste mag kiezen welk deel van het kadaver hij wil hebben.

13

Op het terrein voor het atelier van Paavali Kassinen stapte Paula uit de auto. De ochtend was fris en helder na de regenbui. De zon scheen weer, maar genadiger nu.

Ze was eerst langs de galerie gereden, maar die was verlaten geweest. Ze had Kassinen niet binnen gezien, en evenmin bij de container die voor de galerie was neergezet. Anderzijds was het nog niet eens acht uur.

De ramen in de kleinere deur in de oproldeur waren aan de binnenkant zwartgeverfd. Dat was buiten al te zien. Het leek erop dat het donker was in de hal. Paula drukte de deurkruk omlaag; de kleinere deur ging open.

Wanneer zeerovers het gevecht van een zonovergoten bovendek verplaatsen naar een donker ruim, halen ze het ooglapje van hun oog. Omdat dat afgedekt is geweest, kan het zich snel aanpassen aan het schemerdonker. Paula moest daaraan denken toen ze de fabriekshal binnenstapte.

De deur viel achter haar dicht. Het was meteen pikkedonker in het atelier. Haar pupillen verwijdden zich, probeerden de weinige flarden licht uit de duisternis op te zuigen, om er vormen mee te creëren in de leegte. In het licht dat was binnengeglipt via de geopende deur had ze nog net een glimp van de grote versie van Hannes Lehmusoja's grafsteen kunnen opvangen.

Paula riep Kassinens naam. Vervolgens probeerde ze het met Renko's naam. Diens telefoon had de hele ochtend al uit gestaan.

In het donker tastte ze de wand naast de deur af. Ze vond een schakelaar en drukte erop. Toen op die ernaast. Op dat moment leek het alsof er binnen een grote zwerm cicaden was neergedaald. Hun oorverdovende getsjirp vulde de verlaten hal. De oude tl-buizen zoemden en flakkerden terwijl ze probeerden aan te springen, wat niet lukte. Ze knipperden, de hele ruimte leek wel een disco. De spiraalvormige grafsteen wierp een veelvoudige schaduw op de muur achter zich, die bij iedere lichtflits groter leek te worden.

Ergens startte een apparaat. Paula lokaliseerde het snorrende geluid in een hoek achter in het atelier, op een plek die ze niet kon zien. Toen werd het gebrom overstemd door geknars en geloei.

'Politie!' riep Paula, en ze vloekte in gedachten omdat ze haar zaklamp in de auto had laten liggen.

De lichten knipperden steeds sneller. Achter in de hoek bewoog iets, vlak bij het plafond. Het kwam dichterbij, maakte al loeiend een rondje langs de muren, waarna het afboog en recht op haar afkwam tot het stopte.

Paula kneep haar ogen tot spleetjes om beter te kunnen zien in het blauwe licht. Er zat iets vastgebonden aan de rails die over het plafond liepen. Toen klonk het gerinkel van kettingen. Het vormeloze blok aan de rails zakte naar beneden. Of liever gezegd, iemand liet het zakken, besefte Paula; ergens was iemand die dat toestel bediende. Maar verder kwam ze niet, want een schijnwerper in het plafond sprong aan en verlichtte het blok recht van voren.

Het was het naakte lichaam van Paavali Kassinen.

Het hoofd van de kunstenaar hing tegen zijn borstkas. Hij oogde meer als een sculptuur dan als een mens. Onder zijn oksels door liep een touw waarmee het lichaam aan een haak was opgehangen.

Instinctief rende Paula een paar passen op Kassinen af, alsof ze hem nog voorzichtig kon laten zakken en nieuw leven kon inblazen. Tegelijkertijd haalde ze haar telefoon uit haar zak om een ambulance te bellen. Precies op dat moment werd het ineens weer helemaal donker.

De cicaden zwegen. Paula's rechterhand viel verdoofd naar beneden en de smartphone viel op de betonnen vloer.

Ze moest eigenlijk haar pistool uit de holster pakken, maar haar arm werkte niet mee. Ze begon haar hand als een gek bevelen te geven, maar die verroerde geen vin.

Ze verstijfde ter plekke en stelde zich de stad om haar heen voor, steeg op tot ze er in vogelperspectief naar keek en zag hoe zijzelf te midden van alles stond, binnen in een donkere kubus.

Ze probeerde wederom haar hand op te tillen, maar die gehoorzaamde nog steeds niet. Toen werd de duisternis doorbroken door een flits, maar het licht was niet blauw.

Het gebeurde binnen in haar hoofd.

14

De Beer parkeerde zijn auto tegenover de galerie die werd verhuurd door de Lehmus-stichting. De blauwe zeecontainer stond te glanzen voor het pand, de regen van die nacht had hem schoongelikt.

Iets klopte niet, of misschien had De Beer zich alleen maar ingebeeld dat hij tot de inner circle van het onderzoek had behoord die te allen tijde op de hoogte werd gehouden van de ontwikkelingen.

Die tweede optie was nog de meest waarschijnlijke. Toch was het vreemd dat hij Paula niet te pakken kreeg, hoewel het al na negenen was. Hartikainen had slaperig de telefoon opgenomen en de telefoon van Renko stond uit.

In de voorste ruimte van de galerie stonden Mai Rinne en Ella Lehmusoja geconcentreerd te kijken naar een vergrote foto op de grond. Terwijl hij naar binnen liep wierp De Beer snel even een blik in de andere ruimtes, maar de anderen waren nergens te zien. Hij wilde niet vertellen dat hij de onderzoeksleider kwijt was.

'Hebben jullie Jerry gevonden?' vroeg Ella vurig zodra ze hem zag. Ze ging bijna op de foto staan, maar Mai hield haar nog net tegen.

'Helaas hebben we niets nieuws te melden,' zei De Beer op vriendelijke toon, en hij realiseerde zich meteen dat hij geen geloofwaardig excuus paraat had voor het feit dat hij in de galerie was opgedoken.

'Zijn jullie van plan vandaag de openingsceremonie te houden?' vroeg hij toen maar vlug.

Ella's gezicht vertrok, en De Beer besefte dat hij een onhandige opmerking had gemaakt.

'Natuurlijk niet,' zei Mai verontwaardigd. 'Er wordt geen feest georganiseerd zolang Jerry niet gevonden is.'

'Uiteraard, natuurlijk niet.'

'Maar Paavali, de kunstenaar dus, wil dat alles wordt voorbereid,' zei Mai.

'Het is prettiger om hier te zijn dan thuis,' voegde Ella er zachtjes aan toe.

De Beer keek door de etalage naar de container buiten. Naast het ventiel in de onderste hoek lag een opgerolde brandslang op het asfalt.

'Paavali heeft ons verzocht de container vandaag al te vullen,' zei Mai toen De Beer naar buiten bleef staren. 'De slang moet door de galerie heen naar de achterdeur worden gelegd en daarvandaan in het water.'

'De zee is inderdaad heel dichtbij hier,' zei De Beer.

Ook hij had de voorgaande dag in de container gekeken en wist dat Jerry Lehmusoja er niet in zat. Toch was het een akelige gedachte dat de container met water zou worden gevuld. Het bracht het gezicht van Rauha Kalondo in herinnering.

'Ik laat het je meteen horen zodra we iets te weten komen,' zei hij tegen Ella, en hij knikte tegen Mai toen hij weer wegliep.

Eenmaal terug op straat belde hij opnieuw Paula's nummer, maar ze nam niet op. Hij ging in de auto zitten en keek naar de stationwagen die voor hem geparkeerd stond. Die was, komend vanuit de tegenovergestelde richting, vooruit in het parkeervak neergezet, zodanig dat de neus naar de neus van De Beers auto keek.

Door de voorruit heen zag hij een zonnebril aan de achteruitkijkspiegel hangen.

Die kwam hem bekend voor.

Hij kwam zover overeind op de bestuurdersstoel dat hij het kenteken van de andere wagen kon zien. Toen ontgrendelde hij zijn telefoon en voerde hij het nummer in een database in.

De eigenaar van het voertuig: Aki Renko.

Waarom stond Renko's auto hier?

De Beer probeerde hem te bellen, maar zijn telefoon stond nog steeds uit. Hij startte zijn auto en begon langzaam weg te rijden.

Aan de overkant was Ella Lehmusoja bezig het korte stukje slang dat aan de pomp vastzat met het ventiel in de container te verbinden.

De Beer zwaaide naar haar en reed naar het eind van de straat, waar je alleen rechts kon afslaan. Hij reed de hoek om en zette de auto toen stil langs de weg.

Er was iets echt helemaal niet in orde.

15

Paula opende haar ogen. Ze voelde hoe haar hoofd hing. Haar achterhoofd dreunde alsof het in de fik stond.

Ze bewoog haar benen. Die zwaaiden in het niets. Toen ze haar hoofd optilde besefte ze dat er onder haar oksels een strak touw liep waar ze met haar hele gewicht aan hing. Haar koppelriem was verdwenen. Haar polsen waren achter haar rug samengebonden, met een kabelbinder waarschijnlijk, die in haar huid sneed.

Ze kon haar ogen maar niet openkrijgen. Er zat iets kleverigs op; dat moest haast wel bloed zijn. Ze knipperde met haar wimpers, die halfdicht zaten, en haar ogen begonnen te branden en vol te lopen met traanvocht.

Een paar meter verder naar boven, schuin voor haar aan de linkerkant, zag ze wazig het naakte lichaam van Paavali Kassinen, dat nog steeds werd beschenen.

Een eindje verderop was een blauwachtige doos te zien. Het ging om een afbeelding die op de muur werd geprojecteerd; Paula kon er alleen wat onduidelijke vormen in herkennen.

Ze haalde diep adem en probeerde zichzelf te kalmeren. Beneden op de grond flitste een licht, dat afkomstig was van haar eigen telefoon. En nu hoorde ze ook het getril dat aangaf dat ze gebeld werd. De telefoon was uit haar hand gevallen, herinnerde ze zich. Haar hand was gevoelloos geworden en de telefoon was eruit gegleden als uit de vingers van een dode. Ze bewoog haar handen. Die leken ondanks de kabelbinder nog in orde.

Het belangrijkste was dat iemand probeerde haar te bereiken. Paula greep die gedachte maar al te graag vast. Men probeerde haar te bereiken, en het zou niet lang meer duren of men zou haar zoeken.

Ze concentreerde zich erop rustig te ademen. Iedere ademhaling deed pijn in haar ribben.

Toen ze weer gelijkmatig ademhaalde probeerde ze zich een beeld te vormen van haar omgeving. Ze wierp opnieuw een blik op het lijk van Paavali Kassinen en wist toen met pijn en moeite haar hoofd in de richting van de ingangsdeur te draaien. Die lag buiten het bereik van de lichtstralen. Het beeldscherm van haar telefoon ging uit. Behalve door de spotlight werd de hal alleen verlicht door een projector aan het plafond en de afbeelding die werd geprojecteerd op de achterwand.

Ze drukte haar oogleden een paar keer stevig tegen elkaar om de traanvochtproductie opnieuw op gang te brengen en haar ogen op die manier schoon te maken. Vervolgens probeerde ze haar blik op de achterwand te focussen.

Op de afbeelding was weinig anders te zien dan een donkere gestalte in het midden. Ook die leek op een of andere manier belicht te worden; gedempt, maar toch. Het licht wees op het hoofd van de gestalte, dat zich het dichtst bij de camera bevond. De persoon lag op de grond, en het leek erop dat zijn handen achter zijn rug waren samengebonden.

Was dat Jerry Lehmusoja?

Het beeld was zo onscherp dat dat onmogelijk te zeggen viel. Paula spande zich in om beter te kunnen zien, maar het enige wat ze behalve het hoofd en de naar achteren gedraaide armen kon zien was het patroon, of liever gezegd de tekst, op de rug van de gestalte.

Paula wist zeker dat ze die al eens ergens had gezien, nog niet zo lang geleden zelfs. Ze kon de letters niet onderscheiden, maar rond de bovenste tekstregel zat iets van een ring.

Paula concentreerde zich op haar gevoelsgeheugen. Wat had ze gevoeld in de situatie waarin ze die tekst had gezien?

Het begon haar te irriteren. En op dat moment wist ze het weer.

System of a Down. Een tour-T-shirt uit 2017. De band was niet in Finland geweest, maar wel in Zweden.

Aki Renko was ook bij dat optreden geweest.

Gek genoeg had Paula dat onthouden van alle babbels die Renko de afgelopen dagen op haar had losgelaten.

Gisteravond had Renko de telefoon niet opgenomen, en vanochtend stond de telefoon uit. Paula werd bang bij de gedachte aan wat dat betekende. Wel voelde ze een klein beetje opluchting toen ze merkte dat het om een video ging die livebeelden toonde. Misschien werden die naar de videoprojector in het atelier van Paavali Kassinen verzonden vanaf de plek, waar die ook mocht wezen, waar Renko zo te zien bewusteloos lag. Paula staarde gefixeerd naar de wazige gestalte, alsof ze die puur en alleen met haar blik kon wekken.

Hoe langer Paula naar de videobeelden keek, des te meer was ze ervan overtuigd dat Renko in een container lag. En ze had het gevoel dat Renko meer in gevaar was dan Jerry Lehmusoja, voor zover die nog leefde.

Kassinen, die nooit meer iets zou zien, hing naast de grafsteen voor Hannes Lehmusoja als een beschermengel die zijn habijt heeft laten vallen.

Dit schouwspel was geheel en al voor Paula gecreëerd. Haar maag draaide om. Ze moest op een of andere manier op de grond zien te belanden.

Ze moest bedenken hoe ze dat ging doen voordat ze zichzelf zou proberen te bevrijden. Ze mocht geen tijd verspillen door vergeefs te sjorren en te trekken.

Kassinen was aan de haak aan het uiteinde van de kabel die naar het plafond liep bevestigd met hetzelfde dunne touw dat ook onder Paula's oksels door liep. Er was een lus gemaakt in het touw, en die lus was aan de haak gehangen. Het leek erop dat de lus niet was vastgeknoopt maar alleen aan de haak hing. Als ze haar handen kon bevrijden, kon ze zichzelf simpelweg een stukje optillen en losmaken.

Paula had echter al snel vastgesteld dat ze haar handen niet voldoende kon bewegen om de kabelbinder ook maar in de verste verte kapot te kunnen trekken. De enige mogelijkheid was om met haar benen ergens op te steunen, maar er was niets wat dicht genoeg in de buurt was om dat te doen. Ze liet zichzelf heen en weer schommelen om met haar benen zo ver mogelijk naar achteren te reiken, maar die raakten niets.

Het schermpje van de telefoon lichtte opnieuw op. Iemand probeerde haar te bellen. Hoelang hing ze hier inmiddels al?

Schuin achter haar klonk geknetter; vervolgens baadde de hal heel even in het licht, waarna het atelier na weer een knal donkerder werd en opnieuw alleen door de spotjes werd verlicht. Bij de ingangsdeur klonken traag naderende, zachte voetstappen.

Paula sloot haar ogen en vroeg zich af of ze beter kon doen alsof ze nog steeds bewusteloos was. De voetstappen klonken nu vlak voor haar. Toen voelde ze dat er iets tegen haar buik stuiterde, gevolgd door een plof beneden haar.

Paula besefte dat er iets tegen haar aan was gegooid.

Ze opende haar ogen.

16

Herr Doktor is een gentleman met charmante grijze haren op zijn slapen. Zijn Duitse naam gaat langs me heen. In mijn hoofd bevindt zich een nevelige wolk die boven de diepe, donkere zee binnen in mij zweeft. Ik heb niet verstaan of Fritz zijn voornaam is of het begin van zijn achternaam. Ik had geen zin om het te vragen, het was me eerlijk gezegd een zorg of hij Doktor Meier of Fritzmeier was. Hij speelt alleen maar een bijrol.

Nu zit hij samen met Hannes op het terras. De whisky die hem werd aangeboden heeft hij dan wel weer geweigerd.

De kamer is helemaal alleen voor mij opnieuw ingericht. Ik kijk naar de deuropening en ben bang voor wat komen gaat. De kamer glanst in het licht dat door de witte jaloezieën binnenstroomt.

Ik hoor het geluid van een auto en storm naar de deur. Juhana stapt uit de jeep, in het gezelschap van een jonge vrouw. Ze babbelen vrolijk. Alsof dit alles Juhana op geen enkele manier aangaat.

Hij haast zich niet naar binnen, naar mij toe, en dat voelt als een belediging. Hij blijft buiten staan roken.

De vrouw legt haar vingers op zijn borstkas, duwt lichtjes en lacht tegen hem wanneer hij iets zegt. Alsof ze zich inbeeldt dat ze Juhana's vriendin is!

Maar die vrouw heeft geen flauw idee van de eisen die de liefde stelt. Ik ben bereid er het grootste offer voor te brengen dat iemand ooit kan eisen. Ik streel mijn buik.

Ik ben bereid jou op te geven voor Juhana.

Ze merken mij op. Ik ben blijkbaar al de trap op gestapt. Juhana zwaait. Dan komen ze naar me toe. Ik zet geen stap verder hun kant op.

Dat is dus de vrouw die jou komt wegnemen.

Juhana stelt mij voor. De vrouw probeert haar gelaatsuitdrukking zo ernstig en meelevend te laten lijken als door de situatie wordt vereist. Ze steekt haar hand uit.

Ik pak die vast, en ze stelt zichzelf voor.

Haar naam is Rauha Kalondo.

17

Mai Rinne stond met de armen over elkaar geslagen op de grond in het atelier.

Ze droeg dezelfde moeiteloos stijlvolle overall met korte broekspijpen waar Paula eerder die dag, in de galerie, bewonderend naar had gekeken. Het licht van het spotje viel vanaf de zijkant op haar gezicht en richtte de aandacht op de zware make-up, die werd afgerond met dieprode lippenstift.

De rode lippen vertoonden een glimlach die de ogen niet bereikte.

'Het spijt me dat je de voorstelling in zo'n ongemakkelijke houding moet aanschouwen,' zei Mai.

'Dat lijkt me sterk.'

'Wat?'

'Dat het je spijt,' zei Paula zo kalm ze kon.

Mai lachte even. Toen begon ze om Paula heen te lopen; ze verdween even uit het zicht, verscheen toen opnieuw, aan de andere kant van Paula, in de lichtkring rond Paavali Kassinen, en bleef op de rand van de kring staan. Paula keek niet naar haar maar naar de videobeelden op de achterwand, die Aki Renko toonden, die zich nog steeds niet bewoog.

'Ik heb me altijd afgevraagd hoe het voelt om lang en groot te zijn,' zei Mai. 'Het soort vrouw dat zich met een man kan meten.'

Paula keek haar een tikje verbaasd aan. Zij had juist het tengere lichaam van Mai bewonderd, het soort lichaam dat ze in jongere jaren zelf graag had willen hebben. Het spotje scheen van bovenaf op Mais blote bovenarm, die door de opgerolde mouw werd onthuld. Paula zag nu pas hoe gespierd die was. Mai was zo klein en sierlijk dat haar spieren geen enkele aandacht trokken. Ook die waren klein van stuk.

'Ik heb me juist altijd afgevraagd hoe het voelt om tenger te zijn,' zei Paula. Ze had het gevoel dat ze het spelletje maar beter kon meespelen. 'Wie is hier nog meer bij betrokken, behalve jij?'

'Hoe bedoel je?'

'Zelfs ik zou niet in staat zijn Paavali Kassinen op te tillen.'

'Ik hoefde hem niet op te tillen,' zei Mai.

Toen verdween ze weer uit het zicht, en naar de geluiden te oordelen liep ze naar de achterkamer. Toen ze weer in Kassinens lichtkring terugkeerde had ze een afstandsbediening in haar hand. Ze keek naar Paula, vervolgens naar Kassinen, en drukte toen op een knopje op het apparaat.

Kassinens lijk begon te dalen. Mai liet hem zo ver naar beneden komen dat het uiteindelijk leek alsof hij voor haar stond.

'Ik hoefde alleen maar te wachten tot hij op de juiste plek op de vloer stond, precies zoals met jou. Ik heb wel zwaardere werken gehanteerd dan jullie twee,' zei ze.

'Waarom is hij uitgekleed?' vroeg Paula. Ze huiverde om de manier waarop Mai naar haar verwees alsof ze een kunstwerk was.

'Waarom niet?' vroeg Mai terwijl ze naar Kassinen keek. 'Het lichaam van een man van middelbare leeftijd is mooi. Maar ik garandeer je dat ik hem niet seksueel heb misbruikt.' Ze lachte gemaakt om haar stomme grapje. Toen ging ze zo dicht bij Kassinen staan dat ze de man, die twee keer zo groot was als zij, had kunnen omhelzen.

'Je had je bij het maken van kunst moeten houden, Paavali, in plaats van waterslangen op te meten. Kijk nou hoe het je vergaan is.

Je bent dood, je kunst is nog steeds troep en nou moet ik die jonge agente daar ook nog doden.'

'Dat hoeft niet,' zei Paula snel. 'Als je nu stopt, kunnen we nog een oplossing zoeken.'

'Ik wil geen oplossing zoeken. Je bent vijftien jaar te laat,' zei Mai, en ze drukte op een ander knopje, waarna Kassinen weer omhooging.

'Het is niet te laat,' ging Paula verder. Het had waarschijnlijk allemaal geen zin, de dingen die ze zei, maar ze moest het proberen. 'Mensen die politieagenten doden worden minder vriendelijk behandeld dan anderen. Stop nu, dan –'

'Dit is intuïtie,' snauwde Mai terwijl ze Paula minachtend aankeek. 'Ik verwacht niet dat je het op wat voor manier dan ook kunt begrijpen, maar dit is het belangrijkste kunstwerk waarvoor ik ooit als curator heb opgetreden, en ik heb het zelf gemaakt.'

Mai siste en gooide de afstandsbediening in een hoek. Vanuit de duisternis klonk gekraak. Paula wierp een blik op Kassinens lijk, dat weer in de lucht was geheven. Het hing een stuk lager dan eerst.

'Hoelang heb je al een relatie met Juhana Lehmusoja?' vroeg ze. Ze probeerde haar stem ferm te laten klinken, alsof het heel normaal voor haar was mensen te verhoren terwijl ze aan het plafond hing.

Mai keek naar haar gelakte nagels en grimaste.

'Ik had Juhana moeten vragen een andere ringtoon in te stellen.'

'Het was dus Juhana, daar in jouw slaapkamer, toen ik samen met Renko bij jou op bezoek was zaterdag?'

'Ook toen, ja.'

'Ik dacht dat je een relatie had met Lauri Aro.'

'Uiteraard dacht je dat. Want dat is wat ik wilde dat je dacht.'

'En Elina? Zijn jullie dan geen vriendinnen?'

Mai keek Paula minachtend aan.

'Hebben we naar jouw mening zoveel overeenkomsten?'

‘Dat bedoelde ik niet.’

‘Ik heb vooral veel medelijden met haar.’

‘Omdat Juhana haar bedriegt?’

‘Oké, je bent dus toch een sufferd,’ zei Mai. ‘Alsof je Elina nog nooit hebt ontmoet. Vind jij haar nou een voorbeeld van iemand die vrij en veelzijdig is?’

‘Geen idee. Dat zijn misschien niet de eerste woorden waarmee ik haar zou beschrijven.’

‘Elina heeft een bepaalde levensstandaard.’

‘Aha,’ zei Paula. ‘En jouw levensstandaard is anders?’

Mai tilde haar kin op en glimlachte.

Paula had zo’n glimlach al eens eerder gezien. Hij behoorde toe aan de bijenkoningin – aan vrouwen die wisten dat ze iedere man konden krijgen die ze wilden, en die ook namen, zelfs al ging het om de echtgenoot van een vriendin.

‘En de levensstandaard van Rauha Kalondo, hoe was die?’ vroeg ze.

Mai bleef glimlachen, maar haar ogen doofden uit.

‘Waar is Jerry?’ ging Paula verder. ‘Wat ben je met hem van plan?’

Mai gaf geen antwoord maar liep naar het videobeeld op de achterwand, bleef daar staan en pakte de telefoon uit haar zak. Ze tikte iets in, keek toen naar Renko en mompelde iets.

‘Je hebt geen kinderen,’ zei Mai ineens scherp, en ze draaide zich zodanig om naar Paula dat haar gezicht zich in de duisternis bevond. ‘Voor zover ik weet heb jij geen kinderen. Waarom niet?’

Paula wist niet wat ze moest antwoorden. Ze keek opnieuw naar Kassinen, die levenloos aan de haak hing. Het leek onwaarschijnlijk dat ze de situatie kon ontladen door te praten. Maar om een of andere reden wilde Mai het nu over kinderen hebben.

‘Ik weet het niet,’ zei ze. ‘Ik denk dat het juiste moment gewoon nooit is gekomen. En er was ook nooit een geschikte partner.’

Dat was niet waar. Het juiste antwoord zou zijn geweest dat ze geen kinderen meer had willen hebben nadat ze er eentje had moeten weggeven.

Moeten, gedwongen.

Paula had pas veel later beseft hoe haar vader haar daartoe had gedwongen: door het idee in haar hoofd te prenten dat ze te jong was om moeder te worden, dat ze zich niet zou weten te redden met een kind.

Mai was duidelijk ontevreden met dat antwoord. Ze begon weer naar de videobeelden te kijken. Renko lag roerloos op de grond.

'Het lijkt me eerlijker om te wachten tot hij wakker is,' zei Mai. 'Anders kan hij immers geen rol spelen in het werk.'

Ze is van plan Renko te verdrinken, besefte Paula. Op dezelfde manier als ze Rauha Kalondo had verdronken. Er was dus toch iemand die haar daarbij assisteerde.

De tranen waarop ze zo lang had gewacht welden op in Paula's ogen.

Zodra de gestalte op de videobeelden zijn hoofd zou oprichten, zou de container vollopen met water, en dan zou rechercheur Aki Renko voor Paula's ogen verdrinken.

De vader van de kleine Heikki zou in een met water gevulde container drijven. In zijn eentje in een donkere, volgelopen cel.

'Het is als een baarmoeder,' zei Paula.

Mai draaide zich om in een flits. Haar ogen brandden van enthousiasme.

'Dat was ook wat Renko zei. Een mooie vondst. Ik begon op een gegeven moment al te vrezen dat de interpretatie geheel aan toekomstige generaties moest worden overgelaten.'

'Dat is wat jou is overkomen,' zei Paula traag, terwijl de gedachte zich vormde in haar hoofd. 'Je hebt een abortus ondergaan.'

Ze wierp een blik op de achterwand. Renko's hoofd bewoog. Ze wilde niet dat Mai dat zag.

‘Werd je daar met geweld toe gedwongen?’ vroeg ze terwijl ze Mai strak aankeek. Die lachte spottend.

‘Toen jij jong was, moest je toen met geweld worden gedwongen om iets te doen wat je niet wilde? Waarschijnlijk niet. Je deed gewoon wat er van je verwacht werd, toch? Wat mannen van je verwachtten, wat ze lieten doorschemeren.’

Mai draaide zich om naar de wand. Renko tilde opnieuw zijn hoofd op.

‘Eindelijk,’ zei Mai verheugd. Ze drukte op het scherm van haar telefoon en zette die tegen haar oor.

‘Hoi, met mij. Je kunt nu beginnen.’

In de container ging Renko op zijn knieën zitten. Het leek alsof hij slechts ternauwernood in staat was overeind te blijven. Zijn handen bevonden zich nog steeds op zijn rug, waarschijnlijk waren die op dezelfde manier samengebonden als die van Paula. In zijn mond had hij iets wat hij vergeefs probeerde uit te spugen.

Het water begon de container in te stromen.

18

Het uiteinde van de slang was via de achterdeur de galerie uit getrokken en in de zee gelegd. De Beer liep ernaartoe. De slang was opgezwollen, de pomp liep al.

Renko's vrouw had opgenomen toen De Beer nog een keer had gebeld. Ze had zich verontschuldigd voor het feit dat ze niet eerder had kunnen antwoorden omdat ze bezig was de baby te voeden, maar vervolgens had ze zich hardop afgevraagd waarom een collega van Renko haar probeerde te bereiken. Daarop was ze onmiddellijk in de stress geschoten, en ze was pas gekalmeerd toen De Beer haar met de stem van een sprookjesverteller verzekerde dat het om een misverstand ging en dat er geen reden was voor paniek.

Alleen was er na het telefoongesprek meer dan ooit reden voor paniek.

De echtgenote had namelijk verteld dat Renko de hele nacht niet thuis was geweest. Ze had gedacht dat hij op het werk had moeten blijven.

Aangezien Renko feitelijk verdwenen was en Paula niet opnam, had De Beer Hartikainen gebeld en hem gevraagd naar de galerie te komen.

'Er is iets gaande,' had hij gezegd voordat hij had opgehangen, zonder op nadere vragen te wachten.

Hartikainen kennende zou die laagvliegend en woest als een door de hitte geplaagde wesp komen aanzetten.

De Beer volgde de slang tot de achterdeur van de galerie. Hij luisterde even aan de deur en ging toen de kleine, op een gang lijkende ruimte binnen. De slang lag strakgetrokken, recht en opgezwollen midden op de vloer. De Beer liep naar de deur van de volgende ruimte, ervoor wakend op de slang te stappen.

De deur stond net ver genoeg open om de slang erdoor te laten. Voorzichtig opende De Beer de deur helemaal. In de achterste tentoonstellingsruimte was niemand, maar ergens klonk geluid. Hij liep snel door de middelste ruimte verder naar de voorkant van de galerie, die baadde in het zonlicht. De vergrote foto was een stuk opzij geschoven. De slang kronkelde naar de voordeur en vandaar naar een pomp waar Ella Lehmusoja naast stond, de armen over elkaar geslagen.

Ze schrok toen ze De Beer de galerie uit zag komen. Toen ontstak er hoop in haar ogen.

'Heb je Jerry gevonden?' vroeg ze wederom.

De Beer gaf geen antwoord. Om de hoek kwam een auto aangezet met Hartikainen achter het stuur. Hij stuurde zijn wagen naar hetzelfde parkeervak waar De Beer eerder had gestaan. Het vak daarnaast was leeg.

Aki Renko's auto was verdwenen.

De Beer keek naar Ella Lehmusoja, die nog steeds met een hoopvolle blik op nieuws over haar broertje wachtte. Toen keek ze naar de pomp; de motor bromde zachtjes. Op het asfalt ernaast was een donkere vlek te zien, veroorzaakt door druppelend zeewater.

Hij pakte Ella bij de schouders vast, kalm maar doortastend, en vroeg: 'Waar is Mai Rinne?'

19

Paula sloot haar ogen maar dwong zichzelf ze meteen weer open te doen.

Het water vormde een stroming die de hele container rondging, flakkerend in de lichtstraal die ergens bij de camera in de duisternis scheen. Het wateroppervlak steeg langzaam maar gestaag. Binnen afzienbare tijd had het Renko's knieën bedekt. Het zou niet lang duren, dan zou het zijn middel al bereiken, tenzij hij in staat was op zijn knieën te gaan zitten of om te gaan staan.

Renko leek helemaal verlamd te zijn. Paula's hart brak als ze eraan dacht wat er op dit moment door zijn hoofd speelde.

Mai Rinne was zo dicht bij de achterwand gaan staan dat de lichtstraal van de projector haar schaduw scherp afgetekend op de beelden wierp. Ze speelde met haar schaduw, stak haar hand uit naar Renko's gezicht als om het te strelen. Paula slikte en dwong zichzelf haar blik van de hulpeloze Renko af te wenden, die ze niet zou kunnen redden als ze nu niet onmiddellijk weer op de grond kwam te staan.

Ze mat opnieuw de afstand tussen zichzelf en Paavali Kassinens lijk. Dat hing nu minstens een meter lager dan voorheen. Misschien lukte het er met een zwaai bij te komen en het vast te klemmen. Maar hoe snel kon ze dat doen? De kabels knarsten als ze bewogen. Mai zou het onmiddellijk merken. Toch moest ze iets ondernemen.

Ze drukte haar benen tegen elkaar en begon ze naar Kassinen toe te bewegen, schuin naar voren en naar achteren, zoals een kind op een schommel. De kabel knarste maar heel lichtjes. Mai liep nu achteruit bij de videobeelden vandaan, als in een museum, alsof ze een kunstwerk van verder weg wilde bewonderen.

Paula tilde haar benen op terwijl ze ze naar voren zwaaide. Ze zou vrij gemakkelijk haar benen onder Kassinens oksels kunnen klemmen. Maar dat zou niet toereikend zijn. Ze moest haar benen in één keer op zijn schouders zien te krijgen.

Ze zwaaide haar benen zo ver achteruit als ze kon en stootte ze toen uit alle macht weer naar voren. Op dat moment bewoog de kabel zijwaarts over de rails. Het schelle geknars weergalmde in de bijna lege hal, en Mai draaide zich om. Paula begon te spartelen, alsof ze wanhopige pogingen deed zichzelf los te maken van de haak. Ze vertrok haar gezicht in een gepijnigde, huilerige grimas. Tegelijkertijd keek ze snel even naar de videobeelden. Renko was een stukje overeind gekomen en probeerde moeizaam de andere wand van de container te bereiken, ondanks het wervelende water. Paula liet een zacht jankend geluid uit haar mond ontsnappen, waarover Mai zich ronduit leek te verheugen.

'De geest wint het van het lichaam,' zei Mai terwijl ze om beurten naar Paula en Kassinen keek.

Paula bleef doorgaan met haar zogenaamde gejammer. Renko was bij de wand aangekomen en leunde daartegen om overeind te gaan staan; hij draaide zich om naar de wand en drukte zijn voorhoofd ertegenaan. Het water kwam nu net tot aan zijn dijen. Het leek alsof hij onder water woest tegen de wand probeerde te trappen. Paula wist niet of het een goed idee zou zijn Mais aandacht op haarzelf gericht te houden, zodat die niet op Renko's doen en laten kon reageren. Misschien had ze een handlanger die ervoor zorgde dat niemand Renko zou kunnen redden, zelfs als iemand het trappende geluid zou kunnen horen. Aan de andere kant kon Paula niet proberen zichzelf te bevrijden zolang Mai naar haar keek.

Paula hoefde die afweging niet zelf te maken. Mai kwam vlak voor haar staan en stak haar hand op om aan te geven dat Paula kon stoppen met jammeren.

'We zullen elkaar niet meer zien,' zei ze. 'Geniet van de voorstelling.'

Mai draaide zich om naar de videobeelden op hetzelfde moment dat Renko omviel en onder water verdween. Toen liep ze naar de toegangsdeur.

Zodra ze de deur hoorde dichtvallen begon Paula op volle kracht heen en weer te zwaaien. De kabel bewoog van zijn plaats en knarste. Tegelijkertijd keek ze naar Renko, die nu als een zwarte klont achter in de container te zien was. Hij was er in elk geval in geslaagd zijn hoofd boven water te krijgen. Paula zwaaide haar benen naar achteren en weer naar voren, steeds weer opnieuw, totdat ze zichzelf met behulp van de kracht in haar buikspieren zowel schuin omhoog als naar voren wist te bewegen, de benen gespreid. Haar kuiten raakten Kassinens schouders, en Paula kruiste haar enkels achter zijn nek.

Ze trok zichzelf dichter naar hem toe en voelde hoe haar buikspieren zich aanspanden, en hoe tegelijkertijd het touw onder haar oksels slap werd. Ook een kleine zwaai zou nu genoeg kunnen zijn om de lus van de haak te halen. Ze plantte haar hakken in Kassinens bovenrug, trok haar achterwerk aan zodat dat tegen zijn borstkas drukte en bewoog toen met alle kracht die in haar was haar bovenlichaam explosief omhoog.

De lus raakte los. Tegelijkertijd verloren haar benen ook hun greep op Kassinens lijk, toen de tot het uiterste ingespannen spieren zich gewonnen gaven.

Paula landde met haar rechterbovenarm op de grond en brulde het uit van de pijn. Een eind verderop begon haar telefoon te flakkeren op de vloer. Paula dwong zichzelf op haar knieën te gaan zitten en sleepte zich naar de telefoon; haar schouder leek uit de kom te zijn. Op het scherm stond dat De Beer de beller was. Paula ging met haar rug naar de telefoon toe zitten en wurmde zichzelf in een zodanige positie dat ze de groene knop op het scherm kon zien.

'Renko zit in een container die volloopt met water!' brulde ze.

'Wat?'

Ze draaide zich om, boog zich voorover naar de telefoon en kalmeerde zichzelf voordat ze met duidelijke stem herhaalde: 'Renko zit ergens in een container die op dit moment volloopt met water.'

De Beer stelde geen nadere vragen maar mompelde iets, en er verstreken maar een paar seconden, toen werd het videobeeld op de wand heel even bijna wit. De beelden werden rustiger, het water stroomde uit de container en onder in beeld verscheen een achterhoofd dat Paula overal zou herkennen als dat van Hartikainen.

Ze snikte van opluchting. Toen kwam ze langzaam overeind; ze dreigde meteen weer om te vallen maar wist haar balans te bewaren en kroop naar de achterkamer in de hal, waar Paavali Kassinen haar vastgekoekte koffie in een kartonnen bekertje had aangeboden. Ze deed het licht aan met haar elleboog en zag dat ze het zich juist had herinnerd: op de grond in het hokje stond een gereedschapskist.

Ze trapte die omver, de inhoud verspreidde zich over de vloer. Ze ging zitten en grabbelde moeizaam naar een zijkniptang, worstelde daar even mee tot ze hem op de juiste manier vasthad en de kabelbinder in de bek van de tang had gewurmd. De kabelbinder knapte doormidden.

Ze probeerde geen aandacht te besteden aan de pijn terwijl ze de telefoon van de vloer pakte; de lijn met De Beer was nog steeds open.

'Hallo, hallo,' herhaalde ze terwijl ze naar buiten liep. Haar eigen wagen stond nog op het terrein, Mai Rinne was nergens te zien.

'Renko leeft nog,' hoorde ze De Beer zeggen. 'Hij heeft z'n hoofd akelig gestoten maar –'

'Luister,' onderbrak Paula hem, en ze stapte in de auto. 'Mai Rinne is de verdachte. Ik herhaal, we zoeken Mai Rinne. Vaardig onmiddellijk een opsporingsbevel voor haar uit. Bovendien moet ze een handlanger hebben die op bevel van Mai water in de container begon te pompen.'

'Dat was Ella, maar ik geloof niet dat die echt medeplichtig is. Ze zit te huilen en zweert dat ze niet wist dat Renko in de container zat. Maar Mai is waarschijnlijk met Renko's auto onderweg. Waar ben jij?' vroeg De Beer.

'Ik sta op het terrein voor Kassinens atelier. Binnen bevindt zich het lijk van Kassinen. Ik ga zelf achter Mai Rinne aan,' zei Paula terwijl ze achteruit de weg op draaide.

'Welke richting is ze op gegaan?'

Paula gaf geen antwoord maar reed naar de T-splitsing aan het eind van de verlaten havenweg en stopte. Ze had haar telefoon op de passagiersstoel neergelegd, de stem van De Beer klonk gedempt. Ze moest antwoorden en opbiechten dat ze geen flauw idee had waar Mai Rinne naartoe was gereden.

Wat had ze ook alweer gezegd?

Ik begon op een gegeven moment al te vrezen dat de interpretatie geheel aan toekomstige generaties moest worden overgelaten.

We zullen elkaar niet meer zien.

Rinne was niet van plan in leven te blijven.

En ze zou Jerry meenemen de dood in – of in elk geval de informatie over zijn verblijfplaats.

Paula haalde diep adem en keek beide kanten op. Rechtsaf reed je in de richting van het containerdepot van het Lehmus-concern. Daar zou Mai waarschijnlijk niet naartoe gaan; het terrein was afgesloten en er waren vast ook politiepatrouilles ter plaatse.

Tussen twee torenflats door was een hijskraan te zien. Dat moest de kraan zijn op het bouwterrein van het nieuwe hoofdkantoor.

Daar werd nog steeds niet gewerkt, en de containers daar werden al sinds gisteren onderzocht. Maar een paar dagen eerder nog had Paula gezien dat de hijskraan met zijn giek betonelementen verplaatste als een ooievaar met een bundeltje jonge vogels aan de snavel.

Er flitste iets in de lucht. Paula kneep haar ogen tot spleetjes.

Ook nu hing er iets aan de haak van de giek. De zonnestralen hadden de lading beschenen, die een hemelsblauwe, glanzende zijkant had.

20

Ik draag het dode jonkie naar de rand van de woestijn.

Naar de schaduw van de laatste tamariskboom.

Aan de rand van de woestijn kniel ik neer. De fuchsiakleurige bloemenzee ver weg op de savanne is verwelkt, maar aan de woestijn doet ze zich weer voor als een luchtspiegeling.

Je hebt geen naam, en ik doe zelfs geen poging er eentje te bedenken. Je mag naamloos zijn. Je was nog maar een hoopje cellen dat zich tot om het even wat had kunnen ontwikkelen.

Een schattig mensenkind – of een hyena.

Nu word jij de heerser over dit landgoed.

Ik heb je een amulet meegegeven dat jou mag beschermen wanneer je bezit neemt van dit land. Het sieraad is een geschenk van je vader. Mij heeft het niet beschermd.

Ik kijk naar de bodem van de kuil die door de kromgebogen tuinman aan de voet van de boom is gegraven, als een donkere kloof. Het is dezelfde boom waar ik na de regentijd het vogeljonkie heb begraven. Hij staat op de laatste grens, daar waar de woestijn begint.

Het graf dat de tuinman heeft gedolven is diep. Ik zou niet tot die diepte hebben kunnen graven. Toen ik naar hem toe ging om een schop te halen, pakte hij er eentje uit het schuurtje, maar hij gaf hem niet aan mij; hij klemde zijn hand stevig om de steel en ging zonder naar mij te kijken op weg naar de rand van de woestijn. Toen draaide hij zich om en liet hij met zijn blik weten dat ik hem naar de plaats moest leiden waar ik jou wilde begraven. Hij zou de kuil graven. Zo liepen we achter elkaar aan naar de voet van de tamarisk. Ik met een schoenendoos, een klein grafkistje, in mijn armen. De oude tuinman liep achter me met de schop plechtig naar voren gestoken, als een vlaggenstok.

Ik offer jou op voor de goede zaak. Maar begraaf ik tegelijkertijd mijn zinloze dromen?

De wind blaast fijn zand vanaf de woestijn deze kant op, ik krijg het in mijn ogen, die rood worden en beginnen te tranen. Ik ben leeg, en dezelfde woestijnwind stuift binnen in mij.

Ik leg jou in het graf en spreek in gedachten het gebed voor de allerkleinsten uit, terwijl ik je met zand bedek.

Ik zet geen kruis op het graf. Ik herinner me die plek ook zo wel.

Ik herinner me de boom, ik herinner me alle wind en al het zand.

21

Toen Paula de ladder tot ongeveer tien meter hoogte had beklommen, bleef ze staan op een platform en keek ze naar beneden. Ze had ooit iemand horen zeggen dat je op latere leeftijd duizelig werd op grote hoogten. Dat bleek te kloppen.

Ze klemde haar lippen op elkaar en keek omhoog. Ze moest doorgaan, een andere keuze had ze niet.

Aki Renko's auto had bij de poort van het bouwterrein gestaan. Bij gebrek aan toegangspas was Paula genoodzaakt geweest over de poort te klimmen.

Ze hoorde de sirenes al, en als De Beer en Hartikainen de instructies die ze had geschreeuwd hadden verstaan, dan was het zachte geklapper in de verte afkomstig van de politiehelikopter.

Mai Rinne zou zich niet overgeven, dat was duidelijk. Ze zou ook niet meer twijfelen. Ze moest gestopt worden – met blote handen desnoods.

Paula keek opnieuw snel naar beneden tijdens het klimmen; ze was nu bijna halverwege. Toen ze haar blik weer omhoogrichtte zag ze bovenaan beweging. Een kleine zwarte gestalte liep boven op de hijskraan naar de container die ongeveer halverwege de giek hing.

Dat was Mai Rinne. Paula kon niet met zekerheid zeggen of Jerry Lehmusoja in de container zat die op ongeveer vijftig meter hoogte in de lucht bungelde. Ze probeerde sneller te klimmen en hield haar blik strak omhooggericht.

Beneden klonk het geloei van de eerste politiewagens die arriveerden. Nog even en alles zou voorbij zijn, op wat voor manier dan ook, maar vanaf de grond konden ze Jerry Lehmusoja niet helpen.

Paula kwam snel vooruit, ze voelde geen pijn en geen uitputting. Ze was al vlak bij de cabine van de kraan; vanaf het laatste platform zou ze op het dak van de container kunnen kijken.

Het hoofd van Mai Rinne verscheen bij de dakrand en verdween ook meteen weer.

'Mai!' brulde Paula, en ze trok zichzelf verder omhoog. 'Mai!'

Op die grote hoogte leek de wind harder te waaien; hij droogde haar zweet maar maakte tegelijkertijd haar duizeligheid erger. Paula bleef op het platform staan, vermeed het naar beneden te kijken en wikkelde een van haar armen om de ladder voordat ze omkeek.

Mai Rinne stond met de rug naar Paula toe op het dak van de container. Ze hield haar armen gespreid, alsof ze genoot van dezelfde wind die Paula zo liet rillen.

Bij Mais voeten stond een rode jerrycan. Paula voelde haar maag omdraaien.

Mai was van plan iets in brand te steken. Zichzelf misschien. Maar zat Jerry Lehmusoja in de container opgesloten?

Mais moment van stilte was voorbij. De helikopter kwam in zicht, hij bleef nog op afstand. Mai leek er niet van te schrikken, ze straalde kalmte uit. Ze knielde neer, en nu zag Paula dat er in het dak van de container een klein ventiel zat. Mai schroefde het open. Toen pakte ze het benzineblik, draaide de dop open en begon de vloeistof in de container te gieten.

'Mai, luister! Ik heb ook een kind gehad!' riep Paula.

'Echt waar,' ging ze verder toen Mais hand even stopte. 'Ik heb hem weggegeven. Omdat mijn vader dat eiste!'

Ze zei dat nu voor het eerst hardop, en het klonk net zo verschrikkelijk als ze al had gevreesd. Maar in elk geval had ze Mais interesse gewekt.

'Dat heb je waarschijnlijk niet verzonnen,' zei Mai.

'Had ik dat maar,' zei Paula zo kalm als ze kon, en ze probeerde oogcontact te houden.

'Maar hij mocht wel in leven blijven.'

'Zit Jerry in die container?' vroeg Paula.

Mai gaf geen antwoord, glimlachte alleen maar.

'Laat hem in leven, hij is een onschuldig kind.'

'We zijn allemaal ooit onschuldig geweest,' zei Mai. 'En dan wordt ons die onschuld afgenomen.'

Paula hoorde dat iemand onder haar de ladder opklom. Laat het Hartikainen zijn, bad ze in gedachten, als er iemand is die een hijskraan kan bedienen dan is hij het wel, maar kan hij in godsnaam niet wat stiller zijn bij het klimmen? Ze durfde niet naar beneden te kijken; Mai leek nog niets te merken.

'Wie heeft jou je onschuld afgenomen?'

Paula vond zelf dat haar vraag klungelig klonk, maar hij had wel een uitwerking op Mai. Ze kwam overeind en zette het benzineblik naast haar voeten neer. Paula vroeg zich af hoe snel ze op het dak van de container zou kunnen klimmen. Niet snel genoeg.

'Maar de grootste van deze is de liefde,' zei Mai met een lege stem.

'Je hield van Juhana,' brulde Paula, om het geluid van de klimmende persoon te overstemmen.

'Ik moest ermee instemmen, anders had ik niet kunnen blijven. Het kind zou alles hebben verpest. Ik moest het doen, voor de liefde.'

'Ik begrijp het,' zei Paula, hoewel ze er totaal niets van begreep.

Ineens klonk er ergens gebonk en geschreeuw. Paula keek naar beneden en zag dat het daadwerkelijk Hartikainen was die bezig was omhoog te komen. Maar het geluid kwam niet onder haar vandaan.

Het klonk vanuit de container. En het maakte Mai woedend.

'Stil!' riep ze. 'Jouw moeder heeft mij m'n kind afgenomen, maar jij mocht leven!'

'Mai, luister!' riep Paula.

Maar Mai luisterde niet; ze pakte de jerrycan en hield die boven haar hoofd. Paula beklom het laatste stukje trap naar de cabine van de hijskraan, en terwijl ze daarin plaatsnam zag ze dat Mai de jerrycan omkeerde. De benzine stroomde over haar heen; toen liet ze het blik zakken en goot ze de resterende inhoud op het dak van de container.

'Zeg me wat ik moet doen!' riep Paula tegen Hartikainen, maar die was nog te ver weg om te kunnen helpen. Paula zocht naar een stroomschakelaar, de benzine was al tot in de cabine te ruiken, Hartikainen brulde iets. Paula zag twee joysticks voor zich, greep ze vast en duwde eerst tegen de ene en vervolgens tegen de andere, maar er gebeurde niets. Door het vensterglas van de cabine zag ze hoe Mai, dampend in de hete zon, iets uit de zak van haar overall pakte. Hartikainen was nu vlak bij Paula, ze kon horen hoe hij hijgde, en op datzelfde moment stak Mai haar hand omhoog, met een aansteker erin. Paula riep, en Hartikainen riep, en ineens was Hartikainen bij haar en drukte op de stroomschakelaar, die zich achter de stoel bevond. Toen Paula tegen de linkerjoystick duwde, bewoog de giek zich een stukje. Mai wankelde maar viel niet. Paula duwde de joystick de andere kant op en meteen weer terug, de container schommelde, Mai probeerde de ketting te grijpen, ze verloor haar grip en viel op haar knieën op de rand van de container.

'Mai, luister!' riep Paula opnieuw. 'Juhana is niet Jerry's vader!'

Mai keek op. Te midden van de wanhoop was een glimpje hoop te zien.

'Het resultaat van de DNA-test is een uur geleden binnengekomen. Juhana is niet Jerry's vader, hij is Jerry's broer!'

Dat was slechts giswerk, maar het miste zijn uitwerking op Mai niet. Langzaam ging ze overeind staan. Hartikainen probeerde de joysticks te grijpen, wilde Mai blijkbaar laten vallen, maar Paula liet ze niet los.

Mai keek naar Paula en liet een stralende glimlach zien.

Ze was opnieuw de bijenkoningin.

Toen zette Mai Rinne de laatste stap die ze in haar leven zou zetten, opzij.

22

Jerry Lehmusoja zat samen met zijn moeder en zijn zus in het prieel. Hij had een koptelefoon op zijn oren en staarde naar zijn telefoon.

'Jerry,' zei Elina Lehmusoja met stemverheffing.

'Laat 'm maar,' zei Paula. 'Is alles in orde met 'm?'

Elina knikte en glimlachte.

'Bedankt voor de bloemen, dat was niet nodig geweest,' zei Paula.

Elina had een bos zonnebloemen voor haar laten bezorgen op het politiebureau. Ze had die doorgegeven aan Renko, die nog steeds thuis zat te herstellen. Je had er toch op zijn minst een ander kaartje aan kunnen hangen, had hij geamuseerd gezegd.

Elina kon natuurlijk niet weten dat zonnebloemen de bloemen uit haar nachtmerries waren, die het veld in haar dromen overwoekerden terwijl haar moeder er op te hoge snelheid langsreed.

Ze wisselde nog wat beleefdheden uit met Ella. Er was iets veranderd in de jonge vrouw, de lichtheid en rusteloosheid waren verdwenen. Maar ze glimlachte wel verlegen bij het afscheid, alsof ze nog maar net geleerd had te glimlachen.

Juhana Lehmusoja stond op dezelfde manier op de bootsteiger als twee weken geleden, toen Paula voor het eerst bij de villa was geweest.

'Ik denk dat ik deze plek overkoop van de stichting,' zei hij nadat ze elkaar hadden begroet.

'Een ander zou hem juist willen verkopen,' merkte Paula op.

‘Ik heb in elk geval besloten langzaam maar zeker te stoppen met de stichting, ik ga er geen geld meer in pompen.’

‘Is dat niet een beetje een overhaast besluit?’

‘Die stichting is nog nooit mijn ding geweest.’

‘Wat heb je hun verteld?’ vroeg Paula.

Juhana draaide zich om naar het prieel. Elina stond bij de deur en keek naar hen. Toen zwaaide ze en ging ze weer naar binnen.

‘De waarheid. Dat Mai geschift was.’

Die uitleg leek in elk geval goed genoeg te zijn voor Elina. Ze had Paula geen vragen meer gesteld nadat Jerry thuis was teruggekeerd. De bos zonnebloemen had wat Paula betrof niet alleen ‘bedankt’ gezegd, maar ook ‘nee bedankt’: laten we het er niet meer over hebben.

Elina hoefde in elk geval, ook wat Paula betrof, niet te weten dat Juhana al die jaren een verhouding met Mai had gehad. Jerry zou verder lijden worden bespaard zolang het gezin om hem heen intact bleef.

‘Ik snap niet waarom Mai dacht dat Jerry mijn zoon is,’ zei Juhana.

‘Waarschijnlijk had ze het berichtje van Rauha op de telefoon van Lauri Aro gelezen. Lauri herinnerde zich dat hij had gezien hoe ze een keer met zijn telefoon bezig was.’

‘Wat stond er in dat bericht?’

‘Mr Lehmusoja is the father of my son.’

‘Alleen ging dat dus over Hannes, en niet over mij.’

Toen het resultaat van de DNA-test eindelijk was binnengekomen, was gebleken dat Hannes Lehmusoja daadwerkelijk de vader van Jerry was. Maar Mai had onmiddellijk geconcludeerd dat het over Juhana moest gaan.

Dat zei iets over Mai, en ook over Juhana.

Paula dacht aan Mai, die met een glimlach op haar lippen was gestorven terwijl ze zich inbeeldde dat ze dus toch de enige, echte liefde van Juhana was.

'Hannes heeft Rauha ongetwijfeld verkracht,' zei Juhana.

Paula reageerde niet. Dat was iets waar ze waarschijnlijk nooit achter zouden komen, maar misschien was dat de reden dat Hannes ermee had ingestemd het testament ten gunste van Rauha Kalondo op te stellen. Blijkbaar had Hannes in elk geval een bevalling in een privékliniek bekostigd, gezien de keizersnede die Rauha had ondergaan.

'Ik heb Lauri gevraagd de dingen zo te regelen dat Rauha's nabestaanden dat vervloekte landgoed krijgen,' zei Juhana.

'Voor zover ik weet had ze geen andere familie dan haar moeder,' zei Paula, en ze herinnerde zich de hoop die in Hilma Kalondo's ogen was opgeflakkerd toen ze de foto van Rauha en de baby had gezien. 'De oma van Jerry.'

Juhana mompelde iets en staarde naar het water bij de oever, dat doorschijnend leek in het zonlicht en waarin kleine visjes met rukkende bewegingen rondzwommen.

'Waarom stemde Mai ermee in abortus te plegen?' vroeg Paula.

'Heeft ze je dat verteld?' vroeg Juhana verbaasd. 'Die beslissing nam ze echt helemaal zelf.'

'Dat was niet de indruk die ik kreeg.'

'Hoezo?'

'Wat beloofde je haar in ruil daarvoor?'

'Helemaal niets,' zei Juhana gespannen.

'Ik kreeg de indruk dat Mai dacht dat ze op die manier jullie relatie kon redden. Dat die anders niet had kunnen voortbestaan.'

'Wat ook zo was.'

'Jij zei dus tegen haar dat als ze zich liet aborteren, jullie de relatie konden voortzetten?'

'Nou ja, misschien heb ik iets in die geest gezegd. Maar god nog aan toe, ik kon toch niet weten dat dat haar zo hoog zat!'

Paula keek aandachtig naar Juhana's gezicht, dat baadde in het wrede zonlicht. Ze keek er in alle rust naar en prentte zijn gelaatsuitdrukking in haar geheugen.

Daar had je het weer: het slechte waartegen niets je kon beschermen.

Zonder een woord te zeggen liep ze weg bij het water.

AUGUSTUS

Haar broer ontweek de tram en reed naar de parkeerplaats bij de Länsisatama, de westelijke haven van Helsinki. Hij zette de motor niet uit.

Hij had beloofd Paula's Saab voor onderhoud en olieverversing naar hun vader te brengen terwijl Paula op reis was.

'Hij zal wel teleurgesteld zijn dat je de auto niet zelf komt afgeven.'

'Ik denk dat hij liever de Saab wil zien dan mij,' had Paula lachend gezegd.

Zelf had ze haar auto liever naar een Saab-garage gebracht, maar haar vader had van begin af aan geëist dat hij de periodieke onderhoudsbeurten en olieverversingen mocht uitvoeren.

'Dat is zijn manier om te laten zien dat hij om je geeft. Omdat hij niets anders kent of kan verzinnen,' zei haar broer.

'Dat kan kloppen. Ook aan de telefoon vraagt hij altijd als eerste hoe de Saab het doet.'

'In zijn taal betekent dat: hoe gaat het met je, Paula, is alles goed?'

Paula was ontroerd, ook al besefte ze dat haar broer zelf evenmin had gevraagd of alles goed met haar was. Op dit moment wist ze niet wat ze daarop zou moeten antwoorden.

Ze draaide zich om en keek naar de schoorstenen van de veerboot naar Tallinn en de meeuwen die daarboven vlogen. Ze balde haar rechterhand tot een vuist, strekte toen haar vingers en herhaalde die beweging een paar keer, als om zich ervan te vergewissen dat de hand nog steeds functioneerde.

'Pa en jij zijn wat dat betreft op dezelfde manier sociaal,' ging haar broer verder, net zo luchthartig als daarnet.

'Dat zal dan wel.'

'Waarom ga je trouwens naar Tallinn?'

'Vakantie,' zei Paula snel. 'Ik kon voordelig iets huren in de oude stad. Er is een interessante tentoonstelling in het Fotografiska.'

Daar nam haar broer genoegen mee, en hij vroeg verder niets over de tentoonstelling – gelukkig maar, want Paula wist niet eens meer wat er op de tentoonstelling werd getoond. Wat ze zich daarentegen maar al te goed herinnerde waren het adres, het telefoonnummer en de locatie van een privékliniek in Tallinn.

Nadat ze afscheid hadden genomen stapte Paula uit de auto, maar ze draaide zich nog een keer om naar haar broer.

'Hoe zit het trouwens met die steekpartij?' vroeg ze, alsof de kwestie haar nu pas te binnen was geschoten.

'O ja, die processen-verbaal. Dat was echt zo'n standaardgeval. Moord onder invloed van verdovende middelen, typerender vind je ze niet.'

'Er was dus niets vreemds mee,' zei Paula zachtjes.

'Op zich niet, nee. Al was er wel één detail dat een beetje jeukte. De plaats delict, of eigenlijk het adres van de woning. Die ligt in een betere buurt, zeg maar, waar totaal geen sociale huurwoningen zijn. Toch stond het slachtoffer daar ingeschreven.'

'Misschien is de woning van een familielid?'

'Dat heb ik gecheckt,' zei haar broer een tikje zelfingenomen. 'De eigenaar van de woning is een collega. Een advocaat dus. Ik heb hem nooit ontmoet, maar ken zijn naam en zijn reputatie. Iemand van dat kaliber verhuurt zijn woning niet per ongeluk aan een drugsverslaafde. Als ik me ergens op zou richten in die zaak, dan op hem.'

Paula bedankte hem voor de informatie, deed het portier dicht en zwaaide terwijl haar broer achteruit het parkeervak uit reed.

Waarschijnlijk zou er wel een logische verklaring worden gevonden voor de verhuur van de woning. Maar het was hoe dan ook de strohalm die Paula dringend nodig had. Ze balde haar rechterhand opnieuw tot een vuist.

In de hal van de terminal klingelde Paula's telefoon. Het berichtje bevatte een foto van Renko met Heikki op zijn schoot. Ze droegen allebei een zonnebril met felgroene poten. De donkere glazen weerspiegelden mevrouw Renko, die de foto nam.

Er ontbrak niemand op het familiekiekje.

JANUARI

De zon was eindelijk teruggekeerd aan de hemel na een lange, donkere en grijze periode. Het licht was een genadeloos, alziend oog.

De jongeman leunde met zijn hoofd tegen de betonnen muur en blies ringen van rook uit in de nevelige kou. Zijn grijze ogen zochten in het landschap naar een detail waarop ze zich konden richten, zoals de merel die boven op de muur was geland.

Hij hield van merels. Het waren deeltrekkers, sommige exemplaren vertrokken in de winter naar het zuiden, andere bleven in Finland.

Dat klonk als werkelijke vrijheid.

In de zomer had hij veel tijd doorgebracht in de bibliotheek, waar hij eerst had geleerd de vogels en insecten die hij op de binnenplaats zag te herkennen. Toen hij eenmaal wist welke kever wanneer over het grind liep, had hij zich geconcentreerd op de lagen in de atmosfeer. Hij kon al redelijk goed zien wat de wolken vertelden.

Zijn lichaam verlangde af en toe terug naar de chaos waarin hij had rondgedreven, maar zijn geest deelde dat verlangen niet. Hij zocht bijna nooit het gezelschap van anderen op.

Hij keek naar de doorzichtige, amberkleurige vloeistof in de porseleinen mok met het in de afwas verbleekte logo van IFK erop. De thee was afgekoeld terwijl hij in het landschap had rondgedwaald om aan zijn somberste gedachten te ontkomen. Hij liet zich daardoor echter niet uit het veld slaan en slurpte van zijn thee.

Zijn schuldgevoel was uitgeput en had zijn achtervolging heel even stopgezet. Hij had een staakt-het-vuren bereikt met zijn demonen. Of dat met de levenden net zo vlot zou gaan, wist hij niet. Ooit zou hij ook hen onder ogen moeten komen.

De demonen koesterden misschien geen wrok, die hadden altijd al begrepen hoe de regels van het spel luidden. Maar de levenden waren niet bekend met die regels, en hij kon hun die ook niet uitleggen aangezien hijzelf ze ook niet precies had begrepen. Niet voordat het te laat was geweest, toen er geen weg terug meer was.

Er was alleen die onherroepelijke daad, en daar moest hij nu boete voor doen.

Hij ademde zo woest in door zijn neusgaten dat de kou op zijn slijmvliezen brandde. Hij liet de kou alle bewuste gedachten uit de weg ruimen.

Een tijdloos moment lang had hij het gevoel in de ideeënwereld te sidderen, buiten het bereik van de materie. Toen was dat moment voorbij.

Hij liep door de lange gang en probeerde te versmelten met de grijs geverfde betonnen muur. Toen sloot hij aan bij een rij, pakte het metalen bord dat hem werd aangereikt, zocht een plekje in de eetzaal en at gretig zijn maaltijd, waarbij hij zich zoals altijd niet verwonderde over de smakeloosheid van het eten.

Na het eten lag hij op zijn bed. Op de tafel, naast het pakje sigaretten, wachtte een doos die die ochtend was gearriveerd. Hij zat vol met brieven. Hij had geen haast willen maken met lezen, want het enige wat hij hier had was tijd.

Hij had geen post verwacht. Al helemaal geen schoenendoos vol brieven met op de enveloppen een handschrift dat hem vreemd was.

In totaal waren er drieënzestig brieven. Ze waren genummerd, maar desondanks had hij ze tot twee keer toe geteld, omdat hij er nog steeds geen enkele durfde te openen. Wie was degene die hem zoveel te zeggen had?

Hij wist dat ook de ergste moordenaars fanmail kregen van vrouwen. Het leek een onmogelijke gedachte dat iemand hem liefdesbrieven zou schrijven.

Uiteindelijk gaf hij toe aan zijn nieuwsgierigheid en opende hij envelop nummer één, klunzig. Die scheurde bijna doormidden.

In de envelop zaten drie keurig opgevouwen velletjes papier. Hij opende het bundeltje en wierp een blik op de eerste, met een vulpen geschreven regel op het bovenste blaadje.

Mijn dierbare zoon Pauli.

Zo heette hij niet, maar op de doos stond wel de juiste naam.

Hij herkende het handschrift nog steeds niet; het was gelijkmatig, op een of andere manier kalm. De letters herhaalden zichzelf steeds in dezelfde vorm, anders dan de letters van zijn ma, die nu eens voorover, dan weer achterover leken te vallen, alsof de tekst in de wind was geschreven terwijl die plotseling van richting veranderde.

Hij bladerde snel even door de tekst, die verderging op de achterkant en vervolgens op een nieuw blaadje, in compacte en gelijkmatige regels waarin hij geen afzonderlijke woorden kon herkennen.

Hij draaide het bundeltje om. De brief eindigde op de achterkant van het derde blaadje.

De brief was ondertekend met één woord.

Mama